Gaea

Gaea

〔完〉

星子teensy ——— 著

葉明軒 ——— 插畫

太歲 卷七

目錄

78 血海

遠遠望去，天上黑壓壓一片，全是一隊一隊的妖魔兵團。每一大隊妖兵都由兩到三個領頭帶著，數十隊妖兵排成長長一串，井然有序飛進洞天入口光門。

一旁停在空中的是四御紫微，紫微身後跟了十數名智囊，正不停地交談、討論著。紫微神情激動，正在大聲嚷嚷。

另一個白袍大神，頭戴白金冠，是午伊。午伊臉色難看，而他身後那胖壯大將是福生，神情呆滯、臉色蒼白。

順風耳閉著眼睛，側著耳朵聽，再將消息報給阿關說：「紫微大人很生氣吶，他罵熒惑星和斗姆不聽號令，擅自進攻，現在一點消息也沒有！」

阿關躲在離洞天入口十分遠的矮山樹林間，他本來騎著石火輪往洞天入口趕來，途中感應到了那大片惡念，妖氣之大，就連寶塔裡的神仙、精怪也都感應到了。

阿關召了千里眼、順風耳出來，這才知道原來紫微領著魔界大軍，浩浩蕩蕩在洞天入口前整兵待命。

紫微趕來時，已不見熒惑星和斗姆，驚愕之餘派了斥候小隊進入洞天。見到洞天平原那片燎原大火，這才知道必定是熒惑星和斗姆搶先攻進去了。紫微傳了許多符令都得不到回音，氣得大罵，指派了幾路魔軍，聲勢浩大地往洞天進攻。

「他們大軍好像還沒到齊！主營裡似乎出了些紛爭，我聽到紫微在說后土的壞話……他說，『后土那賊婆娘就知道討玉帝歡心，油嘴滑舌、搬弄是非……』」順風耳不停說著，還不忘補充：「這是紫微大人說的，我只是照實敘述。」

阿關點點頭說：「看來后土娘娘在主營的行動挺順利，玉帝得了獄羅神這軍團頭頭，后土也重回四御行列，紫微大概感到自己的地位一下子被瓜分許多，所以心裡不舒服吧。」

千里眼探頭望著那方天際，問：「我見到雷祖大人了，他好像也急著進洞天，他也邪了嗎？」

順風耳連連搖頭說：「不……好像不是吶！雷祖說……他說……」

「紫微大人，讓我和那批大軍進去，盯著他們，以免生亂！」雷祖神情激動，不安看著一隊隊成山似海的妖兵，魚貫往洞天入口擁進。

電母也附和說：「是啊，紫微大人，或許玉帝想借魔王之力，以魔治魔。但這洞天終究也是精怪們的家園，即便現在鬧翻了，好歹也讓咱們在前頭，見著了樹神，好好和她講。你讓大片妖魔闖進去，燒殺破壞，以後咱們和樹神豈不是再無情面可講了？」

紫微默默聽著，不發一語。

一旁午伊哼了哼說：「你們一對魯莽夫妻懂什麼？我們本要和那干精怪談，是他們故意刁難，窩藏天界叛將，還出手打傷神仙，早已沒有情面可講。樹神道行再高，終究也不是正位神仙，我們豈能讓她擺架子？」

電母讓午伊一陣搶白，氣得說不出話。雷祖則嘿嘿冷笑，拍了拍電母說：「這小老頭以往見了我們都叫一聲雷將軍、電娘娘，現在倒稱咱倆『魯莽夫妻』啦，哼哼、哼哼！」

「此一時、彼一時，現在我是代理歲星，你們膽敢以下犯上！」午伊喝了一聲，全身閃耀銀白電光。

「你倆都給我閉嘴。」紫微沉下臉。

「是。」雷祖撇了撇嘴，低聲向電母埋怨說：「看，代理太歲在我倆面前使雷放電。」

午伊神色悻然，瞪視著雷祖。這些日子他在主營裡，處處都讓黃靈搶了風頭。黃靈使計收了七海，還受玉帝稱讚「善於制御惡念，拯救天界大將有功」。

玉帝知道七海武勇，又是洞天煉出的神仙，征討洞天一戰少不了他，便要黃靈、午伊其中一位代理太歲領著七海隨軍出戰。

午伊本來猶豫，是該留在主營避免黃靈近水樓台好，還是領軍攻洞天表現好。好不容易想通了，自個兒不若黃靈討喜，便決定要攻洞天，好好發揮。

只不過晚了一天，先隨斗姆前來的七海，竟跟著擅自作主的斗姆殺進洞天。七海身上滿是惡念，拖久了很可能便像飛蜓一樣，不受控制，好不容易收來的大將，可能又沒了。

午伊只覺得自己百事不順，大夥兒都偏袒黃靈。以往和黃靈同聲出氣，共任那小歲星備位時，還覺得黃靈這夥伴乖巧聰明，對年長的自己也挺尊敬，此時一想起黃靈近來得意模樣，再想到歲星大位很可能落在黃靈身上，自己便要當他備位，更是憤恨難平。黃靈比自己年紀了數百年，當他備位，可能備到自己仙逝了，黃靈都還活蹦亂跳。

「歲星諸將、甲子神，隨我一同進洞天，擒那叛逃小輩——」午伊吆喝一聲，身後以福生為首的將領，一個個隨著午伊轉向洞天入口，後頭還跟了十數名天將。

順風耳聽見了這號令，一字不差報告給阿關。

阿關覺得奇怪，問：「午伊身邊哪還有諸將？不就剩福生一個了嗎？還有那甲子神……」

千里眼插口說：「尉遲敬德、秦叔寶也在午伊後面，那些本都是大牢裡關著的邪化神仙，大概都讓午伊收買了，當了他的部將。那干甲子神大概也和邪天將一般，都是魔界妖魔吧！」

阿關點點頭，心想黃靈、午伊要收買那些牢房邪神們可是再容易不過。大勢已定，玉皇一方佔了絕對優勢，小神仙再也沒有作亂機會。那些牢裡邪神自然也明白，階下囚和五星大將，當然選擇後者了，歸降者自然不少。

阿關又問：「那個什麼獄羅神的，有沒有見到他？」

千里眼搖搖頭說：「沒有，除了紫微、午伊、雷祖以外，沒其他大神了。魔界將領倒是不少，有個傢伙挺威風，背上揹著一整排長槍，身後還跟著一票大將，我不認得他……紫微似乎和他不睦，一句話也沒和他說。唉呀！我見到太子，太子也來了！」

阿關陡然一驚，那厲害難纏的太子爺也來，洞天情勢便更危急了。

「太子！你來得好，聽說那洞天有個第一勇士，熒惑星和斗姆擅作主張，搶攻進去，現在音訊全無，或許讓那什麼第一勇士害了。你有把握對付那第一勇士嗎？」紫微說得大聲，似乎故意說給那魔界大將聽。

那魔界大將高壯嚇人，臉上塗著紅色紋彩，兩隻眼睛又細又長，背上揹著一排長槍，腰間也懸了把大刀。

太子爺哈哈笑著，身後並無天將，更無什麼五營軍。

紫微怔了怔，問：「你那支玉帝新派的五營軍呢？」

太子聳聳肩，聲音高亢尖銳地回答：「低賤妖魔……豈配做我大將？有幾個冥頑乖劣，讓我趕回了主營。洞天第一勇士？對付一個精怪何須如此陣仗？我一個就行啦，哈哈哈！」

那魔界大將終於開口說：「太子將軍、紫微大人，剛才這番話，怎麼不在玉帝面前說？既然我們獄羅神大王已歸順玉帝，且即將受封四御，大夥兒便平起平坐，都是天界夥伴，怎又分低賤？」

太子爺哼了哼，瞪著那魔界大將說：「你主子受封四御，又不是你受封四御。聽說你很能打，是你主子手下第一號大將，有沒有這回事？你叫什麼來著？」

太子爺經過黃靈、午伊調整了惡念侵染程度，神智清晰了些，說起話來也伶牙俐齒許多。

魔界大將淡淡笑了笑說：「小的叫槍鬼，主子身邊的打手而已，能打不敢當。天界二郎將軍一直是我仰慕已久的大神，在他面前，我可稱不上厲害。」

太子爺聽那自稱槍鬼的魔界將軍只捧二郎，隻字不提自己，臉色一沉，說：「你主子曾說洞天第一勇士讓你來對付，咱們來比比，看誰先拿了那精怪腦袋。若你拿了，我當你手下；若我拿了，你當我打手。」

槍鬼還沒答話，太子已經縱身往洞天入口飛竄，還不忘激槍鬼：「別丟你主子的臉！」

槍鬼嘿嘿一笑，目送太子竄進了那洞天入口。

阿關聽千里眼、順風耳描述那兒的情形，知道午伊、太子一個個進了洞天，心中著急，說：「糟糕，他們全擠在那兒，我們一接近就被發現啦，就算進了洞天，也很可能撞上太子，該如何是好？」

這時，白石寶塔一震，百聲跳了出來，說：「關哥，你怕什麼？你的石火輪快如飛電，午伊、太子對洞天環境又不熟。我和九芎生於洞天，知道各種捷徑小道，有大眼、大耳當你耳目，要搶先一步和翩翩姊會合，那太容易啦！就算眞碰上了敵人，有我百聲在，敵人休想傷得關哥一根寒毛。我百聲打不過，還有寒單、有應跟一票凶悍義民，加上那厲害風伯，神擋殺神、魔擋殺魔！我跟你說，做人要有志氣，要勇往直前，大嘴蝦蟆跟我說過，翩翩姊曾說，這希望之火……」

「夠了、夠了，我只是擔心而已。」阿關見百聲一開口就沒完沒了，趕緊打斷了他，說：「快進來吧！百聲、九芎在塔頂待命，我找機會衝上山頭，你們立刻跳出施咒開洞，趁他們應變不及，一進洞天他們就追不上了！」

「好！」百聲吆喝一聲，和千里眼、順風耳都進了寶塔。

白石寶塔塔頂上聚著各路人馬，聲勢浩大，阿泰將一捆寫滿符咒的細長黃布，捆滿了全身，外頭套上他那件大風衣，大衣內側也貼滿了符，一只只內袋裝著各式各樣神祕法寶，腳邊還有兩個厚重大皮箱，鼓脹脹的。

風伯神情憂愁，呆坐在一棵樹上發愣，有應公和寒單爺則蹲在樹下逗他，李強則領著十數名義民舉刀操練，義民身上大都仍帶著厚重惡念。

由於大戰在即，阿關只收去了李強身上惡念，便無法分神將風伯、有應公、其他義民身上的惡念全數收盡。一方面怕耗盡自己力氣，另一方面要是一下子收光惡念，這些厲害神仙可都要癱軟虛弱好幾天，無力廝殺了。

有應公雖然瘋癲，卻還認得寒單爺這個他口中的「臭笨蛋」，還記得要一同去打「壞傢伙」。

風伯由於掛念雨師，和阿關也素無怨仇，一路上倒也配合大夥兒行動。

阿關收去了李強身上惡念，李強身子疲軟無力了好一陣，由眾神仙輪流施法醫治，這才恢復了力氣，親自統領一票義民，倒也將這票義民管得服服貼貼。

大鬼王鍾馗隨軍同行，領著一票鬼卒在塔上待命，心裡還計算著能否想些點子，騙老子將那頭大青牛送他，騎著可威風了。

城隍獨臂揮刀，正操練著新八將團，甘、柳、范、謝將軍身後，還有幾個花臉漢子，竟是那些官將首。

那晚一戰赤三，生擒了一些官將首，連日來身上惡念已讓阿關除了，但一直不服阿關。直到此時塔裡聚集了大票神仙，有些地位還挺高，齊力慫恿威逼，硬是將官將首湊合進了城隍的家將陣頭裡，湊出了一批新家將團。

幾個官將首心不甘情不願，使著不習慣的武器，跳著不習慣的步伐。一旁葉元老道也湊著熱鬧，不時指點哪兒跳得不對，要他們多多用心。

「大家準備好！關哥要出發了，大家齊心，好好打贏這一仗！」百聲叫聲高亢宏亮，塔頂上響起一片應和呼喊，氣勢高昂。

外頭，阿關在自己身上拍了幾道隱靈咒，深深吸了幾口氣，閉眼感應天上那票神仙的大致方位，接著睜開眼，腳下踏板猛力一踩，身形立時化為一道電光，倏地竄過幾座小山。

遠遠天上有些妖魔感到下方有東西竄過，低頭張望找著，卻什麼也找不著。

紫微正調派大軍依序進入洞天，一旁的雷祖仍不忘想要進洞天盯著妖兵。紫微硬是不理睬他，正僵持著，只聽見電母喊著：「是他！」

紫微陡然一驚，見著了下方那道閃光飛快，直直竄向洞天入口。

「是那叛逃小歲星，給我擒下他——」紫微高聲吶喊，雙手放出金光，向阿關罩去。

阿關頭也不回，石火輪又飛快竄出好幾里，眼前即是洞天入口。

「將門封了！」紫微急吼，洞天入口光門前的兩個文官連忙施咒關門。

白石寶塔一震，九芎挽弓躍出，兩箭分別射倒兩文官，光門只關上一半。

阿關便騎著石火輪撞進排得井然有序的妖兵大隊裡，手上白石寶塔又是一震。霎時狂風亂捲、飛沙走石，風伯伴著黑風殺出，旋身一揮就是幾股龍捲巨風，靠得近的妖兵們前幾秒還無聊排隊走著，下幾秒就是天昏地暗，還不知道發生了什麼事，都給吹飛老遠。

紫微領著大軍掩來，阿關早已在九芎和風伯護衛下，鑽進那關上一半的洞天光門裡。一進洞天入口長道，裡頭排著許多妖兵，還不知發生了什麼事，李強已經領著義民當先殺出白石寶塔。

義民們讓太陰囚禁多時，怒氣全在此時一口氣爆發出來，通道裡的妖兵登時成了出氣筒，瞬間讓義民們一鼓作氣殺盡。

「別打了，快進洞天！」阿關大聲喊著，百聲已經飛竄來到通道另一頭，施咒開啓壁門。

九芎見身後光門又要張開，知道是外頭神仙要搶進來，趕緊搭弓射箭。那光門大放光明，一片片金光往通道裡映，九芎讓那金光逼得睜不開眼，往後急退。

「你們膽大妄爲！」一聲暴烈怒吼，紫微踩踏著金色雲朵，雙手抓著光團，步進光門。

九芎自知不敵，在紫微踏進時，早已往後退，吆喝驅趕著義民。

「妳、妳——」紫微和九芎打了個照面，先是呆怔數秒，登時背後紫金光芒大現，吼聲震天說：「太白星德標——你也和那干叛將同流合污？」

九芎和百聲讓紫微一吼，都不免一陣心虛。

「別理他！」阿關喊著，領著大夥兒全衝進壺形谷口。

九芎和李強殿後，才剛踏進洞天草地，背後幾股異色流光漫來，四周登時天旋地轉起來。

阿關陡然一驚，抬頭一看，天是猩紅血色，地是滿滿的紅漿，前後左右全冒出了死屍。

「天障啊——」阿關怪叫著，已感到那猩紅色自四面八方蓋來。

「紫微大人，他們已讓小將收進了天障。」槍鬼淡淡笑著，領著一干魔將飛入了壺形谷口。紫微瞪著谷口中央一處紅殷殷的血色光球，那便是槍鬼施下的天障。

槍鬼向紫微拱了拱手說：「紫微大人，我這天障不是尋常神仙破得了的，短則十數日，長則經年才能找著出口，諒那叛逃歲星絕對無法逃脫的。紫微大人大可安心領兵攻打洞天，回程時一併將這叛逃歲星收了便是。」

紫微皺著眉頭說：「就怕那小歲星身邊有厲害幫手，我瞧見太白星德標部將也跟在他身邊，連風伯都跟在那叛逃小歲星身邊，可有些棘手……」

槍鬼手一招，背後四將齊出。一個魔將高頭大馬，滿臉橫肉，四隻手舞動四面黑旗，旗上帶著尖矛；一個婀娜女妖，手上一根精緻法杖閃耀著七彩光芒；一個蒼老大妖，鬍子都垂到地上，臉上皺紋多得幾乎看不清眼睛；一個彪形大漢，拿著一柄大鎚滿布尖刺。

「紫微大人，你放心，我這四個厲害手下殺進天障，仗著地利，去將那叛逃歲星一舉成擒，等我隨大人擒下樹神，回程中必能得此叛逃歲星。」

紫微點點頭，槍鬼一揮手，四個魔將立時竄進那血色大球裡，後頭是四個魔將手下那妖兵大隊，成千上百的妖兵們都往血球裡鑽。

紫微見槍鬼派去追捕阿關的兵力甚多，倒也安心，轉頭一見雷祖和電母也進了洞天，便將方才見著九芎一事說了。

「我就覺得奇怪！」紫微恨恨地說：「這些時日下來，西王母和勾陳殘兵皆已滅了，就只剩那南部啓垣、澄瀾，太白星手下文武兼備，偏偏連個消息都探不到。我看包準是那德標和澄瀾交好，早已經反了！」

「紫微大人，或者是誤會？」電母說著。

紫微心中怒極，也聽不進電母說話，連連招著手，吆喝著：「別囉唆了，你們趕緊將洞天給我收了，別讓那獄羅神小覷了我紫微！」

雷祖和電母只一頭霧水，但紫微下令，也只好從命，領著一票雷部將士，循著長長妖兵隊伍，往洞天平原飛去。

□

李強指揮著義民，將阿關緊緊守住。百聲和九芎飛到阿關上方，百聲曾在南部育幼院一戰中和魔軍對陣過，此時滔滔不絕地向九芎解釋這天障奇異之處。

「大家小心，得趕緊找到出口！」阿關喊著，四周本來的壺形谷口已完全變了樣，成了一片紅色森林，林中躺滿屍體。

陣陣臭味瀰漫捲來，義民們不覺得難聞，但百聲和九芎早已皺緊眉頭，阿關也乾嘔了許多次。大夥兒走了許久，早已分不清東南西北。

「怎麼辦？」阿關苦惱著，他對這天障可一籌莫展，綠眼狐狸此時又不在這兒，只得搖了搖白石寶塔說：「王公大哥，出來幫幫忙。」

老六、老七自寶塔竄出，他倆曾隨著千壽公同守金城大樓，也算對天障有幾分了解。但老六、老七才一飛出，就連連搖頭說：「小歲星吶，這天障咱們倆可沒有辦法，不過……」

「鍾馗手邊倒有個手下，說是能幫得上忙。」老六說著。阿關正覺得奇怪，白石寶塔抖了抖，鍾馗躍了出來，手上還提了個全身裹著黑袍的傢伙。

「小老弟啊，這天障可不是一般人能破得了，你要出這天障，沒我可不行！」鍾馗嘿嘿笑著，神情古怪。

阿關欣喜問著：「鍾馗大哥，你能破天障？」

「不是我。」鍾馗搖搖頭，指了指手邊那裹著黑袍的手下。「是我手下。」

「他？」阿關問著。

鍾馗連連點頭說：「我這手下對這天障倒也熟稔，只是怕你見怪，想問問你，能不能幫忙？」

「啊？」阿關有些愕然，笑著說：「大家被困在這裡，能幫大家逃脫出去，當然好啦，我為什麼要見怪？你們別把我當成是那熒惑星啊，我架子沒那麼大！」

「不……只因你們以前有點過節……」鍾馗咳了兩聲，那黑袍手下伸手掀起了頭蓋。

「喝！」阿關大叫一聲，瞪著那鍾馗手下，竟是雪媚娘。

雪媚娘見阿關大叫，退了兩步，此時她只有尋常精怪身手，一點也沒以往那大魔王威風了。

「妳怎麼會在這裡？」阿關叫著，一手已經召出了鬼哭劍。

許久之前，翩翩綠毒加重復發，生不如死，全因雪媚娘受了林珊驅使，伏擊城隍，在翩翩傷藥裡摻入了蛇毒所致；之後又受林珊指使，在攻打凶獸一役中，領兵圍攻翩翩，要不是辰星及時救援，翩翩便要死在這女魔王手下了。

「她怎麼會在這裡？」阿關跳下了石火輪，就要往雪媚娘殺去。

「喂！你說過不見怪的！」鍾馗攔在阿關身前，連連解釋說：「這雪媚娘是辰星啓垣帶來給我的。」

原來辰星當日擒了雪媚娘，問出所有詳情後，便打定主意要以雪媚娘收買鍾馗。之後幾經輾轉，辰星和鍾馗總算會了面，相談甚歡，辰星留著雪媚娘無用，便送給鍾馗做個人情。

鍾馗本還記得當初雪媚娘在眞仙宮一戰受擒，被抓回山中洞窟陪他吃吃喝喝了好些日子。雪媚娘養好了傷，竟殺了他一堆手下後自行離去，還尋到同樣流亡凡間的窮野紅妹，再度聚兵作亂，最終敗於太白星手下。

這時再度相逢，鍾馗知道雪媚娘魔力盡失，已無威脅，不但沒吃她，反而收爲手下。雪媚娘身手早不若以往，回到魔界也只會受到魔界舊敵威脅欺凌，在凡間更有一堆仇敵，不論心中願不願意，也只能做鍾馗手下，圖個安全了。

鍾馗得知雪媚娘受了林珊唆使後對付翩翩的手段，知道阿關對這女魔頭必然恨之入骨，和阿關相遇後便一直隱瞞此事。雪媚娘時常以黑紗蒙住臉，混在一干鬼卒中，也沒被認出來。

直到此時，鍾馗知道這可是讓雪媚娘將功折罪的好機會，這才開誠布公說了個明白。

「小老弟啊，俗話說得好，君子不記隔夜仇，看在老子面子上，饒了我手下吧！」鍾馗嘻皮笑臉，打躬作揖地說：「她是魔界大王，對這天障最熟悉不過，既然你那美麗小蝴蝶已成了凡人，和你配成一對兒，先前這些恩怨便一筆勾銷吧，免得拖了救援時機，你那美麗小娃兒又要再死一次啦！」

「唔……」阿關想也沒錯，此時要是再起內訌，可救不了洞天了，吸了口氣說：「好，一筆勾銷吧，要怎麼做才能破這天障呢？大嫂。」

阿關見鍾馗這樣呵護雪媚娘，必然是見雪媚娘美艷漂亮，喜歡她了。

「臭小子別亂扯狗屁，當心我殺了你！」雪媚娘一聽阿關叫她大嫂，氣得漲紅了臉，從前那狠樣又回來了三分。

「三八！妳以前將人家害得多慘，人家饒妳一命，妳不感激人家，還耍潑辣，別鬧啦，快領大夥兒出這天障吧。」鍾馗喝著，卻滿臉笑意，一副甜在心頭的模樣。

「想跑可沒那麼容易——」一聲長嘯吼來，四手魔將揮著大旗，領著一片妖兵，鋪天蓋地殺來。

四周血紅森林震動起來，高處的小坡傾下了血河，血水裡一具一具屍體沖來。

阿關叫嚷著，吆喝大夥兒進了白石寶塔。百聲和九芎一左一右將阿關連人帶車提了起來，躲避著後頭那四手魔將的追擊。

「四隻手的是『魔拏』，小心他四張大旗上的惡毒怪風。」雪媚娘從白石寶塔探出頭來，看著那叫作「魔拏」的四手魔將。她在魔界做魔王時，也曾和獄羅神有過糾紛，和獄羅神手下槍鬼對陣過幾次，對他的手下瞭如指掌。

「謝謝大嫂提醒！」阿關將雪媚娘的頭按了回去，轉頭看那魔拏。九芎一手提著阿關，一手舉起了弓，用口咬弦，幾支光箭隨著拉弓浮現。九芎口一鬆，光箭流星似地朝魔拏打去。

魔拏揮了揮手上那面旗子，幾股黑煙覆住了光箭，捲動起來，越捲越激烈，成了兩道龍捲黑風，猛烈朝阿關襲來。

「退到前面高地！」阿關指著前頭一處較高地勢喊著，那兒血河淹不上去。

百聲和九芎急急降著，一面施咒擋著後頭的黑龍捲風。黑龍捲風伴著濃烈臭氣，熏得百聲、九芎和阿關都嗆咳連連，幾乎要嘔。

好不容易摔落到坡地上，魔拏領著漫天妖兵已蓋了下來，魔拏又揮動另一面旗，一片紅色風霧蓋了下來，夾雜著黑色龍捲風。

「你這潑皮妖魔，讓我來跟你玩玩——」白石寶塔猛一震，狂風大作，風伯張揚著雙臂殺出，雙手一揮就是兩股惡龍黑風，衝散了魔拏的紅煙霧。

魔拏見風伯一招就破了他的法術，驚愕不已，連忙鼓動大旗吹風，四面大旗吹出四色狂風；風伯卻只揮那黑色風暴，雖只一色，卻比魔斧四種顏色加起來還要狂烈許多。

天上妖兵讓四面亂衝的巨風吹得亂竄，地上阿關一行也好不到哪裡去，讓天上吹下的四色風嗆得眼淚直流，此時四周林子也殺出一群群妖兵。

九芎咳著，拉弓射箭，射倒一隻隻妖兵，百聲則揮劍在阿關身前護衛。

阿關高舉白石寶塔，裡頭大軍齊出，寒單爺、有應公狂吼亂跳，搶在前頭打倒一片妖兵。

王公、城隍家將團、義民們等都殺聲震天、鍾馗也不落人後，一爪爪抓起妖兵，在鼻子前嗅著，嫌臭不吃，都撕成了碎塊。

水藍兒也領著海精殺出，章魚兒、螃蟹精等一票海精都養精蓄銳許久，此時大殺一陣。他們殺到小坡邊，見了那血河，只覺得恐怖莫名，都不敢往血河裡踏。

只見血河越漲越高，往小坡上漲來。阿關吆喝大夥兒往更高處退，妖兵雖多，但阿關這方強手如雲，大戰半晌，妖兵也死傷慘重。

魔斧在天上和風伯鬥風，也佔不了便宜，四支旗子給奪去兩支，法力大減，狼狽退走，妖兵們一哄而散。

阿關收聚兵馬，只有十來隻海精受了傷，大夥兒全進了寶塔，只留下百聲、九芎、風伯在外頭護衛。

「耶，好玩，這旗子真好玩！」風伯得意洋洋，把玩著自魔斧手中搶來的兩面旗子。他呵呵笑著，揮了揮旗子，立時漫出紅色煙霧，嗆得阿關、百聲、九芎都狂咳不止。

「風叔叔——」九芎哭笑不得，連連搖手說：「你別玩啦，要是將小歲星給嗆死，老君爺爺可不救雨叔叔了！」

風伯這才乖乖停手，伸手拂了拂阿關被風吹亂的頭髮，溫柔地說：「你這小歲星也挺好玩的，白白嫩嫩，模樣倒也不錯！」

九芎哈哈笑著問：「風叔叔啊，小歲星阿關比起雨叔叔如何？」

風伯則毫不猶豫地說：「還是雨兄弟英俊。」

阿關苦笑說：「你們比較搭配，我已經有……」

風伯嘿嘿笑著問：「咦？你說你已經有誰來著？」

阿關摸了摸頭，支支吾吾說不上來。

百聲搶著說：「當然是翩翩姊，她成了凡人，和關哥是天造地設的一對吶！」

「你們瞎扯夠了沒？」雪媚娘又從白石寶塔探出了頭，指著右方說：「走那兒才對，這是槍鬼親自施下的天障，可厲害了，你們閒聊個沒完，走三天都走不出去！」

大夥兒這才緊張起來，心想怎能在這鬼地方困上幾天幾夜，只得好聲好氣地將雪媚娘請了出來，恭恭敬敬地問她，也不敢再開她玩笑。

在雪媚娘指路下，大夥兒在血紅林子裡加快了速度前進。

79 火燒神木林

「來了來了，他們來了！」在神木林大樹上站哨的精怪們紛紛喊著，矮樹叢前方天際漸漸明亮，黑夜過去，遠方天上一點一點的黑影越來越密、越來越近。

「往後頭通報，要弟兄們提神！」紅耳蹲在矮樹叢中，專心凝神地看著前方天上大軍。

只見那片黑壓壓的大軍像是黑雲一樣蓋來，本來發白的天空，一下子又漸漸晦暗。大軍前頭爲首的是紫微，左右是午伊和雷祖，槍鬼領著殺氣騰騰的妖魔大軍殿後。

「象子，這是哪兒？要如何攻？」午伊咳了兩聲，身邊的福生神情呆滯，想了好一會兒才指著前頭那片大樹海說：「那兒是……神木林……裡頭的樹又高又壯……還有些樹洞可以捉迷藏……裡頭有座黃金池，裡頭的池水好好看……」

「那邊的山……」福生指著另一方的高聳山壁，自顧自講著，手還不停拍著肚子，似乎有些餓。「那邊的山壁是鳳凰谷，洞天鳳凰都躲在那兒下蛋……從前翩翩和紅雪還曾經上那兒偷過鳳凰蛋……讓火給燒了……哈哈……」

「別瞎扯些無關緊要的事！」午伊低喝著：「洞天樹宮究竟在哪兒？」

「穿過神木林，繞過鳳凰谷……再走一段路，就是樹宮啦……」福生肚子咕嚕叫了起來。「午伊大人，我的肚子好餓，能不能先吃些東西？」

紫微聽了，皺起眉頭。午伊急忙怒斥說：「胡說什麼？大戰在即，還嚷肚子餓？要不是你這腦袋不靈光，將洞天地勢忘了個乾淨，拖慢了我軍速度，咱們早已擒了樹神，開慶功大宴啦！」

午伊又斥責了福生幾句，轉頭向紫微說：「紫微大人，若如象子所言，樹宮就在前頭那大樹林後，咱們趕緊進兵，將樹神一舉成擒吧！」

紫微點了點頭，手一招，後頭槍鬼舉起了長槍，在空中旋著，大喊：「攻——」

那黑壓壓的妖魔大軍照著事先規劃好的陣形，排山倒海地向前俯衝，妖兵們在空中分成兩支妖魔大軍。

大軍一半在天空鋪了開來，像張毯子似地往神木林蓋去；另一半巨浪似地降下，捲入各個交錯糾結的山道，從地面向神木林進軍。

雷祖見己方妖兵海攻勢浩大，又不免緊張起來，向紫微說：「紫微大人，我去監軍，避免濫殺！」

紫微淡淡地回答：「濫殺又如何？」

雷祖倒吸了口冷氣，不再多說，飛回電母身邊，高揚起手，大吼：「雷部將士，出陣——」

紫微愕然急喊：「雷祖，你負責護衛我，豈可擅自行動！」

雷祖頭也不回繼續喊著：「雷部將士，出陣——」

電母隨在雷祖身邊，轉頭看了看，隨行的雷部將士竟只有五、六個，其餘新編的部將雷兵們竟一個都沒跟來，反而往槍鬼靠去。

「沒一個聽話、沒一個聽話！」紫微氣極大吼，轉頭望著午伊說：「你快傳符令給太子，問他究竟到了哪兒？那個頑劣小子明明不認路，偏要自個兒亂跑！要他打先鋒，咱們大軍開到了，先鋒都還沒來，一個個都是飯桶、飯桶——」

「是……是……」午伊唯唯諾諾地傳命。

「大家聽好，一定要頂住！」紅耳大聲吩咐著，前方土石亂滾，四面八方的妖兵已經掩到了百公尺外的坡地，殺聲震天。

紅耳從腳邊拾起一塊大石，向上一拋，另一手巨棒轟出，只聽見轟隆一聲巨響，那大石像是炮彈一樣轟進前方妖兵海中。

妖兵們狂捲著前進，突然前頭倒了一片，還不知道發生了什麼事；又是一聲巨響，一塊大石飛來，再轟倒一片妖兵。

「有隻精怪朝我們砸石頭！」妖兵們嘶吼著，往神木林前側邊的小坡地衝，前方便是由紅耳防守的矮樹叢堆。

光影閃耀，矮樹林子變化著，枝幹上生出了刺，樹葉堅硬如刀，樹枝互相交錯盤繞，在坡地最外圍結出一圈護牆。

最前頭的妖兵們撞上這些如同荊棘一般的樹枝護牆，全咆哮狂吼起來，那些樹枝捆上他們手腳、纏上他們的身子。

「全是嚇唬人的伎倆，別怕，衝進去！」一名領頭魔將斷吼下令。

「擋下！」紅耳在結出護牆的矮樹林子唯一出入口前張臂吶喊。守在矮樹叢護牆後的精怪衛隊全是紅耳帶領的精銳，個個身強體壯，都舉起石矛、石斧，隨著紅耳一同吶喊，聲聲長嘯地動天驚。

妖兵們瘋狂往紅耳擁去，紅耳停下吼聲，深深吸氣，猛一下巨棒狂掄，將最前頭撲來的一大群妖兵全都轟飛好遠。

樹叢裡的精怪衛隊們，湊著樹叢護牆的縫隙，朝外頭放箭。

天上十來隻長著翅膀的五頭蛇妖，凌空撲下矮樹叢，精怪衛隊們有的舉矛刺擊、有的向天發箭。

「他們來了，小心！」神木林上一座座守衛平台、樹洞裡的精怪們，全都搭起了弓，緊握著手上武器。

另幾路妖兵們殺進神木林，四面推進，抬頭一看，黑壓壓的全是樹葉。嘩啦啦聲音落下，穿過茂密葉海的是畫了咒術的箭。

妖兵們中箭嚎叫，知道精怪們都躲在樹上，紛紛向上飛起，有些則爬上了樹，向上攀爬著。

一棵棵參天神木都爬滿妖兵，大樹四周也飛滿妖兵。

「放！」翩翩一聲令下，精怪們一傳十、十傳百，紛紛割斷那些綁在樹幹上的繩索。

妖兵們只聽見四面八方傳出了碰擊聲、慘嚎聲。

一根根大木樁晃盪下來，像鐘擺似地亂盪，有些木樁上貼滿了符，有些木樁上帶著尖刺，四面轟擊著那些在大樹周遭亂飛亂竄的妖兵。

「別管那些機關，往上攻！」魔將們吶喊指揮。

此時樹上砸下一片火牆，殺下來的是若雨。若雨飛下平台，揮動鐮刀，斬落一隻隻妖兵腦袋，直直攻向領軍的魔將。

妖兵們爬著，數百座平台上的守備精怪們不停放著箭。

「他們上來了……上來了！」「別慌，別慌！」精怪們尖叫著，紛紛發現腳邊堆積的箭漸漸不夠用了。

妖兵們用嘴咬著刀，一隻隻往上爬，一搆著那些守衛平台，便拚命竄著、爬著殺上去，有些妖兵則撕咬著樹幹上用來固定平台的繩索。

妖兵們爬過一座座平台，和平台上的守衛精怪激戰，拆毀平台、殺落守衛精怪，再繼續往上攀爬。

翩翩和青蜂兒同守在神木林中最大的守衛平台上。翩翩低頭向下看著，拍了拍青蜂兒肩頭說：「蜂兒，這兒交給你，我下去幫忙。」

青蜂兒還沒答話，翩翩已經縱身落下。

一處平台上廝殺慘烈，精怪們挺著石矛，和擁上來的妖兵大戰，漸漸不敵。

頭上忽然一陣光亮，妖兵們倒了一片。精怪們抬頭，翩翩早已飛遠，竄到另一處平台下方樹幹，雙月光圈連珠炮似地射出，將一隻隻向上爬的妖兵打落。

「報告，他們當中有幾個特別厲害吶！」妖兵們怪叫通報己方領隊。

只見翩翩和若雨在上空游擊，四處替危急的守備平台解圍。幾隊領頭魔將紛紛飛起，去追擊翩翩和若雨。

□

「有刺啊！」從天而降的妖兵大隊，從神木林頂端降下，急急向下落著，隨即尖叫四起，四處都騷動起來。

大樹高處的樹枝樹葉全都生出了尖刺，那些妖兵們竄進帶刺的樹叢中，都痛得大叫，無法靠近樹幹，上頭的妖兵們卻仍往下降。混亂之際，聲聲尖啼迴盪，黑壓壓的茂密葉叢中，卻又不時有些銀光閃耀，是洞天鳥精大隊。

那些鳥精在茂密樹叢中來去自如，以銳利翅膀來回飛割那些擠下來的妖兵們。

一隻妖兵抓著了一隻鳥精，恨恨往一處帶刺樹枝叢砸去：「這可惡陷阱，我讓你也嘗嘗！」

那鳥精砸在葉叢上，似乎一點也不痛。妖兵大驚，仔細一看，鳥精身邊葉叢上的尖刺竟柔如羽毛，還泛著螢白光芒。

「怎麼這樣？」妖兵大吼著，又要抓那鳥精。鳥精身子向後一縮，擠過柔軟的樹葉叢。妖兵伸去的手一碰到那樹葉叢，枝葉上的軟毛登時又成了尖刺，且捲動起來將他整個捲住。

「樹會纏人啊！」「上頭別再擠下來啦，底下全都是尖刺！」妖兵們嘶吼著，儘管身邊幾乎沒有敵人，但密密麻麻帶著尖刺的樹枝狂揮亂捲，加上四處游擊的鳥精，便讓大片大片自空落進神木林的妖兵們吃足了苦頭。

□

翩翩轉頭見魔將逼來，拂了拂綁在雙肩上的千羽巾，呢喃地說：「我苦練好久，現在全靠你了！」

幾個魔將鼓著黑風，殺氣騰騰往翩翩竄去，卻見翩翩速度奇快，在四周參天神木群裡飛竄。

魔將急急追，卻怎麼也跟不上翩翩。

一個魔將追過一處大樹轉角，翩翩早在樹背後等著，手起刀落，斬下那魔將腦袋。後頭三個魔將大驚失色，恨恨追上。

翩翩又逃，忽上忽下地飛，突地飛到一棵大樹邊，割斷那大樹幹上的繩子。

一根大木樁倏地轟來，三個魔將給打飛兩個，另一個狂叫一聲，一刀斬斷那擺盪回來的木樁。翩翩卻已竄到他身前，一片光圈打去。那魔將全身中了光圈，炸出耀目光爆。光才褪去，翩翩一刀斬下，又斬死了這魔將。

「可惡的傢伙！」「有種好好打，別只會逃！」那兩個讓木樁打飛的魔將又追了上來，恨恨罵著。

「好。」翩翩叱了一聲，身形猛一竄，雙月光刀大現，對著兩魔將一陣狂攻。

兩魔將驚愕格擋，翩翩攻勢強猛剛烈，一記記光刀亂斬。他們本都以為眼前的女孩只是速度飛快，怎麼也沒料到她近戰也異常驍勇。其中一隻魔將奮戰之際覺得肩頭一涼，竟是左手已經沒了。

「哇——」那魔將大吼一聲，便讓翩翩攔腰斬成兩截。

最後一個魔將也跟著中刀，身子給劈出一條大口，趕緊轉身逃。四周尖啼聲大起，一道道銀光閃動，一片鳥精飛來，捲上那魔將，千百對銳利翅膀捲過，立時捲死了那魔將。

「別小看我們精怪，笨妖魔、臭妖魔！」小猴兒高聲大喊著，掄動鐵棒，領著一隊猴精在幾處守衛平台周圍，盪著繩索四處亂打，打落一隻隻妖兵；綠眼狐狸和一隊狐狸精吹出紫霧，守住另幾處平台；癩蝦蟆則領著一隊蝦蟆精，在另一處隱密平台上嚼著符紙，吹出泡泡，那些泡泡四處亂飄，碰上妖兵便化散破開，裡頭的碎符炸出烈火；老樹精則在一高處平台上，指揮四周神木掩護己方精怪。

□

「他們死戰不退！」「上方攻不下，路面有拿著大棒子的大精怪擋著！」「有個女娃好厲害，殺了我們好多大將！」

妖兵們紛紛往後方回報，紫微瞇著眼睛，不以為然地看著槍鬼。

「洞天精怪誓死奮戰，倒也棘手。」槍鬼聳了聳肩，手一招，後頭又一隊大妖落下。領頭的魔將一身炭黑，黑沉沉的鎧甲罩了全身，一支尖刀也是墨黑色。

「武王，用火攻。」槍鬼一聲令下，那叫作武王的魔將，領了一批似牛似馬的巨獸落下，往神木林逼去。

紫微也下令說：「午伊，你也去，替我擒下那些歲星叛將。」

「是！」午伊領了命令，抽出腰間長劍，領著福生、秦叔寶、尉遲敬德及一票天將，浩浩蕩蕩往神木林飛去。

武王領著那批巨獸，落在神木林前，也不管裡頭猶在廝殺的妖兵夥伴，一聲令下，巨獸大口齊張，嘴巴炸出了艷紅火光。

火焰接觸到樹身，立時向上捲去。

接近外圍的大樹登時燒出一片火海，巨獸們似乎能夠操縱這些火焰，避開己方妖兵密集之處，往那些守衛平台捲去。

「啊！他們放火——」精怪們狂叫著，一個個往平台下跳，身上觸到了火的，怎麼也撲不熄，只能活活燒死。

若雨揮動鐮刀來援，卻捲不走任何一棵樹上的火，陡然驚叫著：「這是地獄炎！」

在文新醫院大戰魔將一戰中，一個叫作焦人的魔將，也曾使出這「地獄炎」火術，還燒上了阿關的手。無論是擅使火術的若雨，還是降雪的月霜，都滅不了這地獄炎。

武王驅使著這些火獸，踏進艷紅火光中，卻一點也不覺得難受。武王揮動尖刀，斬在一棵神木上，斬出好大一條口子，地獄炎自長刀竄上那神木，向上狂燒著。

「大夥兒別慌！」翩翩高喊著，一手握著靛月，一手召出歲月燭。燭火忽地竄起，吹上了一棵燃得轟轟烈烈的大神木上，五色流光在樹身蔓延開來，瞬間滅去這大樹上的地獄炎。

翩翩轉頭四顧，火勢越漸猛烈，底下的武王威風指揮著火獸前進。妖兵們也受不了這地獄炎，紛紛退出神木林，看這武王表演。

「紅雪掩護我！」翩翩高喊一聲，往武王攻去。

若雨緊隨在後，鐮刀狂舞，一片片火牆打進地獄炎海裡，打出了一大片空。

翩翩在若雨火牆掩護下，殺到武王身前，幾記光圈打去。

武王舉刀擋飛光圈，隨即反攻翩翩身子，長刀上伴著火當頭朝翩翩砍去。翩翩側身閃過，手臂上仍給劃出傷痕，一股劇痛襲心，地獄炎自手臂燃起。

千年不滅即時揚起，捲上翩翩手臂、捲上翩翩全身，阻住了武王放出的大片火海。

五色流光中炸出漫天光圈，武王也是一驚，長刀狂揮擋著，身後火獸紛紛倒下，都讓光圈射倒。

武王揮動長刀，攻勢凌厲，朝翩翩橫劈豎斬，每一刀上都帶著猛烈的地獄炎。

翩翩一手拿著歲月燭，只能單刀應戰，威力小了些，讓武王一陣猛攻殺得連連後退，腰間讓長刀劃過，地獄炎登時燃起，所幸身上纏繞的千年不滅即時撲滅了惡火。

若雨見翩翩獨力戰不下武王，四周火獸凶猛惡毒，急忙提醒：「翩翩姊，別和他硬打，這兒守不住啦，咱們掩護精怪撤退！」

翩翩點點頭，發出一片光圈逼開武王，趁勢飛出戰圈，和若雨高高飛起。

□

前方紅耳陣線開始鬆動，本來擁入神木林的妖兵們，都讓大火逼了出來，轉向將紅耳領兵守禦的矮樹叢團團圍住。一波波襲來的妖兵，踩踏著堆積在矮樹叢護牆外圍的夥伴屍身，朝裡頭攻打。

「紅耳大哥，樹神奶奶下令撤退！」一名滿身浴血的大精怪，蹲在矮樹叢一棵小樹邊，採下了一片泛著澄黃光芒的葉子，將這發光葉子拋向紅耳。

「樹神下令，大家準備退！」紅耳高聲吶喊，矮樹叢護牆的另一頭裂出了個破口，上百隻精怪衛隊一面和那些攀過荊棘護牆、或是凌空落下的妖兵們血戰，一面朝那裂口方向突圍。

「蹲下——」紅耳暴烈一吼，衛隊們像是早有準備，同時蹲下。那裂口處擋著的妖兵們，讓一根飛竄的大棒轟隆砸出了一個大坑。

「衝啊！」衛隊們再度起身，挺著石斧石矛奮勇衝著。

紅耳全身浴血，一拳打翻幾個妖兵，搶下數支大矛，一把抓在手上，倒也像握了根大棒似的，左右掄動，掩護著衛隊後退。

紅耳退到後方矮樹叢裂口附近，拾起落在地上的大木棒，左右開弓亂打。

這樹叢裂口處連接著好幾條小徑，小徑曲曲折折，都通往黃金池。妖兵們早已經殺進這些小徑，和撤退的衛隊死戰。

紅耳殿後，也正要退入小徑，突然上方黑影降臨，槍鬼雙手交叉，威風凜凜停在紅耳身前，笑問：「你就是那洞天第一勇士？」

紅耳絲毫不理，緊緊握著大木棒和一把長矛，咬牙切齒瞪著槍鬼說：「你就是領兵來犯洞天的惡神仙！」

「不。」槍鬼挺起手上長槍，長槍漆黑剛硬，槍頭閃耀著淡紫色的光芒，沉沉地說：「我不是神仙，我們比神仙更優秀。你記住我的名字——『槍鬼』。」

「我叫紅耳！」紅耳巨吼一聲，勢如狂獅猛虎，揮動大木棒轟然向槍鬼打去。槍鬼身影閃動，輕易閃開了紅耳轟擊，同時挺槍還擊。

紅耳身上瞬間多出了十幾處血窟窿，傷處都冒出紫霧。

紅耳中槍同時，也扔出了手上長矛，儘管長矛破空凌厲，卻全讓槍鬼打落。

「你力氣果眞大，可是太慢，打不著我。」槍鬼嘿嘿笑著，黑槍狂起，一槍刺進紅耳右腹。

紅耳手一鬆，大木棒落下了地。

「這就是洞天第一勇士？」槍鬼哈哈一笑，手一收，插在紅耳腹間的槍卻拔不出來。

紅耳陡然伸手握住槍鬼那黑槍，虎吼一聲，大棒向槍鬼狂掃而去。槍鬼一驚，鬆手棄槍，向後一躍，閃過那大棒。

「哼哼……」槍鬼眼光閃爍，又從背後抽出一柄長槍。

「哈哈！你擒他不下，乖乖看我殺他！」一聲尖銳高吼，急竄而來的正是擅自行動的太子爺。

太子爺尖聲狂笑著，挺著火尖槍勢如飛龍，猛烈地往紅耳竄去。

紅耳拾起木棒，橫攔著要擋太子刺擊。太子攻勢更爲猛烈，一陣突刺，竟將紅耳那堅實大木棒刺得四裂崩毀，碎片炸了滿天；再乾坤圈一記砸在紅耳胸前，將他砸飛老遠。

「太子大人，我來助你！」槍鬼揮動長槍追擊紅耳。那柄槍槍頭扭曲，如蛇矛一般。

「哪輪得到你插手！」太子吼聲尖銳高亢，甩動混天綾朝槍鬼捲去。槍鬼翻了個筋斗落地，默然瞪視著太子。

「槍鬼，別搶功勞，你的武器讓那精怪奪了，何不看太子表現？」紫微的聲音從天而降。槍鬼先是漠然，跟著淡淡笑答：「是。」

「神木林火燒得旺，我在天上見著了那些精怪開始後撤，你的天障不是厲害？快將他們阻下。」紫微踩著光雲降臨。

槍鬼也不答話，身子猛一竄，竄上天空，雙臂高張，閃耀出一陣陣血紅光障，朝神木林蓋下。

太子挺著火尖槍眼見就要刺上紅耳腦袋，突然紅光降下，四周血紅一片，竟是槍鬼的天障將紅耳捲了進去。

「混帳——」太子怒吼衝天，轉身瞪著天上槍鬼，墨黑臉上筋脈凸現，兩頰鬢毛都飄揚了起來。

「槍鬼，你表面從容，心眼倒小，還眞將太子打賭放在心上。你擒不下洞天第一勇士，便也不想讓太子擒他。」紫微嘿嘿兩聲，揶揄著槍鬼。

四周紅光海嘯似地呑噬著神木林，天上雲彩、林裡小溪一下子全染成一片血紅。刺鼻的血腥味蓋住了花香草香，地獄炎的惡火燒垮了一棵棵神木。

紫微高喊著：「天障絆住了那票精怪，別讓他們逃，各路大軍快追上去！」午伊領了號令，見前頭血紅一片，也有些猶豫，但紫微連連下令，只得硬著頭皮領兵殺入。

「嗯？」槍鬼施術半晌，咦了兩聲，只見那些讓紅光蓋住的地方，仍然傳出廝殺聲，本來給捲入天障中的精怪，有些又落了出來，在地上掙扎著往後頭退。

紅耳也摔落在地，在幾隻衛隊和一票鳥精的護衛下，繼續往後頭撤退。

太子見紅耳本讓紅光覆去，卻摔了出來，覺得甚是奇怪，猶豫著該不該追。他生怕闖入槍鬼的法術天障中，或許會讓槍鬼暗中捉弄也說不定。

紫微見太子不聽號令，急忙催促著：「太子，你還愣著做啥？還不去追？」

「都是那妖魔攪局，故意阻礙，前面全是他的噁心法術，我才不要進去，我自個兒找路——」太子高吼著，縱身又竄得不知蹤影。

「這小子可眞頑劣！」紫微氣得瞪眼吹鬚，同時也注意到了槍鬼天障異象。正要出聲詢問，便見到神木林那端閃耀著淡淡虹彩，這才明白，喃喃說著：「樹神總算出手了。」

大平台上，樹神全身閃耀著光芒，白髮、衣角、袖口都浮動飄揚，兩手互握，十指糾結，舉在嘴前禱唸著咒文。

阿老和毛禹十來位精怪長老，手牽著手圍了一圈，一同施放靈氣法術。一陣陣虹彩四起飛天，像刀一樣劈砍著自天上壓下的血紅大牆。

青蜂兒領著精怪，在大平台上守護著樹神和洞天長老。儘管那些妖兵因爲地獄炎而暫時退出神木林，但四周大火卻比那些妖兵更難以對付。

平台開始搖搖晃動，想來是那些來不及退出的妖兵們，正躲在平台下方，啃噬、拆著這大平台上的繩索，要將整座平台掀翻跌落進火海裡。

一陣閃耀電光乍起，平台一處傳來轟隆隆的雷聲，雷祖、電母雙雙立在大平台邊緣。

「雷……雷祖大人！」青蜂兒一見雷祖親臨，嚇得全身發顫，持長刀攔在樹神身前。樹神默默地看著雷祖，向他點了點頭。

「樹神，大神仙們都說妳據地爲王，不服天神。如今神仙大軍壓境，妳可有話說？」雷祖神情嚴肅，一字一句地說。

樹神微微一笑，一面持續發出彩光，抵禦槍鬼天障，一面回答：「洞天千百年來始終閒逸安樂，要當大王、要得到無窮無盡的利益，咱們洞天精怪想都沒想過。遷鼎大戰，洞天義無反顧地出兵相助。如今神仙爲了稱霸三界，寧可聽信魔王妖言，領兵火燒洞天，我這老樹當眞無話可說。」

青蜂兒大喊大叫，揮動長刀，趁著雷祖說話，揮手便是一陣光針，直直射向雷祖。

「小仙敢偷襲！」電母怒斥一聲，袖口電光射出，將那些光針全打落。

四個雷部將士全舉兵刃攻向青蜂兒，青蜂兒盡力死戰，卻一步也不後退。

「停下，別打了！」雷祖一聲令下，圍攻青蜂兒的雷部將士立即飛遠。青蜂兒連連喘氣，看著雷祖。

雷祖苦笑一聲說：「我倒也不明白玉帝大人、紫微大人爲何要與那魔界群魔合作？」

電母勸解著：「我們只是戰將，或許不明白大神們有更深遠的考量，也只能聽命行事。樹神，若妳無異心，便投降順服神仙，別讓戰火傷及無辜。」

「千百年來，洞天精怪始終順服神仙，精怪沒變，變的是神仙，從前的順服便也瞧得不順眼了，瞧不順眼便來將美麗洞天燒成煉獄，那些痛哭嚎叫的，一個一個都是我的好精吶。」樹神一面放出虹彩抵禦天障，一面騰出了一手，按在樹幹，口中喃喃唸著。

神木群緩緩震動，樹幹上長出了更寬闊的樹枝，彼此相連。各個平台上的精怪，總算能順著這些相連接的枝幹紛紛往後退，躲避前頭蔓延的火勢。

雷祖、電母沒有回話，怔怔看著底下越漸旺盛的凶殘烈火，和那火光中一隻隻跌落下樹的精怪、一座座燒垮的平台，聽著那撕心的哭嚎聲。抬頭看去，天上凶烈至極的血色天障，瀰漫著濃厚魔氣，強悍霸道地蓋下，這豈是神仙的行事作風？

大平台晃動得更加激烈，青蜂兒眼見地獄炎就要燒上平台，顧不了雷祖還攔在前頭，將樹神拉起，揹在背後，扯著喉嚨大喊著：「長老們，快撤退，火燒上來啦！」

大平台上的精怪們騷動著，掩護著樹神和洞天長老們撤退。支撐大平台的那幾棵神木讓地獄炎燒得開始崩裂，平台一端燃起了火，地獄炎燒得又快又急；但一干洞天長老分心施術抵禦天障，動作不夠敏捷，眼看就要讓地獄炎給追上。

突地一聲巨響，幾道閃耀電光打來，將大平台攔腰打成兩半。其中一半上頭還群聚著洞天長老和樹神、青蜂兒及一票精怪，另一半平台隨即讓地獄炎覆滅，那些逃跑不及的精怪全都給燒成灰燼。

原來是雷祖見地獄炎凶猛，平台上洞天精怪逃得慢，便發出電光，搶在地獄炎火勢之前將平台打斷，截住了火頭，救了大部分的精怪。

樹神向雷祖感激地點了點頭，大平台持續傾塌歪斜，但一棵棵大樹長出的寬厚樹枝，成了精怪們的逃難通道。

雷祖、電母也不阻攔，領著雷部將士飛昇上天，四處放雷轟擊，攔截各處火勢，盡力減緩了地獄炎的推進速度，讓精怪們得以安然撤退。

四周精怪紛紛退著，底下的武王仍驅動著火獸燒樹，妖兵大隊全退在火勢後頭。

翩翩和若雨高高飛著，不再戀戰，只是放著法術掩護精怪撤退。

「好好一座神木林，就讓神仙放的惡火給燒燬了！」幾隻精怪哭叫著，互相攙扶著後退。若雨和翩翩也落在樹梢，翩翩拍了拍那精怪肩頭說：「別氣餒，快退，和大夥兒退入黃金池，同時通知夢湖準備！」

槍鬼仍凝神放著天障，一面揮手，四周魔將聚來，妖兵們也紛紛集結，似乎要發動追擊。

紫微靜靜看著槍鬼高飛指揮大軍，四周黑壓壓的，更多妖兵聚來，一隊隊井然有序地殺進紅色血霧中。

紫微沒來由地不安起來，他本來便對獄羅神有戒心，自然處處提防這獄羅神手下第一大將。本來他還有熒惑星和斗姆這兩支強悍部隊，但此時環顧四方，除了一干文官智囊外，前後左右全是槍鬼魔將和浩浩蕩蕩的妖兵大陣，不禁有些後悔將午伊和雷祖都派去追擊精怪。

「樹神有萬年道行，你提神點，別攻太急，穩紮穩打。」紫微對著槍鬼下令。

「是，紫微大人。」槍鬼恭恭敬敬地對紫微點了點頭，笑容深沉。

紫微領著自己一隊天將和文官往後退了退，向幾個文官們吩咐說：「打出符令通報二郎，要他快點領兵來與我會合。」

□

「樹神奶奶，您歇歇吧，精怪夥伴們也大都逃出神木林，正往黃金池趕去吶！」若雨急急喊著。幾隻精怪架著樹神飛空撤退，樹神仍禱唸著咒文，口角已淌下了血。

翩翩輕握住樹神的手，施咒傳去清澈靈光，想助樹神一臂之力。

樹神張開眼睛，朝翩翩笑了笑說：「小蝶兒，妳別浪費力氣在我身上，洞天還得依靠妳。

我感覺得出來，那猩紅色的邪惡法術厲害得很，比大火更加凶烈，我必須全神抵抗，否則大夥兒恐怕到不了黃金池……」

「樹神奶奶，洞天依靠的是您。」翩翩這麼答。

幾個精怪長老也紛紛開口說：「是啊，樹神老姊，妳先歇歇，我們已飛得遠了，幾個老頭輪流施術，擋得住的！先退到黃金池再說吶！」

樹神苦笑，點了點頭，這才停下施術。只見到後頭血光一下子又強盛起來，幾個長老鼓足了全力，施展法術，抵禦著漫天撲來的血紅天障。

「到了、到了，前面就是黃金池了！」「看！他們準備萬全，等著我們吶！」撤退的精怪們往下飛著。前方林子後頭，有好大一片圓形湖面，閃耀著金色光芒。

湖面上漂浮著一片片大葉，葉子上聚著三五成群的精怪，手拿著石矛、小弓。這兒便是精怪們在洞天設下的最後一道防線——黃金池。

80 槍鬼四將

歲星殿森森暗暗，幾間大室空空蕩蕩。

林珊在歲星宮大廳中快步走著，一手按著長劍。她緊蹙眉頭，神色陰晴不定，不知在想些什麼。

殿裡曲折通道當中，站著許多守衛天將。林珊頭也不回地走，推開幾道門，進入最後一間密室。

密室正中一座金色小椅上那金袍青年，正是黃靈。他側身倚著扶手，一手還舉著個小金杯，眼中金光流動閃耀，凝神望著手上的小金杯。

一旁一座鼎，裡頭一片鮮紅，是太歲血。

林珊進來，向黃靈點點頭說：「經過我一番遊說，玉帝已經默許，但吩咐暫時不許讓午伊知道，別讓他作戰時分神。」

黃靈微微笑著，步下金椅，一把拉過林珊，將那金杯湊上林珊的嘴，笑著問：「要不要也來一點？」

「太歲大人！」林珊神情驚愕，向後退了退。

「和妳開個玩笑，妳當然不能飲太歲血，妳的身子無法承受的。」黃靈哈哈大笑。

「但我可以。」黃靈邊說，將小金杯裡的鮮紅血液一飲而盡，舐了舐嘴角，拿起一旁鼎裡的金杓子，又舀了一杯，拍拍肚子說：「味道不錯，要是配點小菜就更好了。」

林珊靜靜看著地上，默不吭聲。

「福地都準備好了？」黃靈再度將金杯裡的太歲血一飲而盡，眼睛金光更是明亮，全身都泛起金色電光。

「都準備好了，萬無一失。」林珊點點頭說：「就等太歲大人你親自前往鎮守，不論誰去，都只得束手就擒了。」

黃靈哈哈大笑地問：「就算是那前任歲星，也拿我沒輒？」

林珊身子微微一顫，說：「那叛逃歲星……終究是凡人肉身，本便不如你，更何況此時？」

黃靈本來興致高昂的神情一下子冷峻起來，嚴厲怒斥說：「誰說他了？我是說那澄瀾！那個無恥小子？他哪配與我相提並論？」

「是……」林珊點點頭說：「福地準備萬全，即便……澄瀾親臨，也得乖乖束手就擒，就像上次一樣。」

黃靈哼了哼，自顧自地喝起了太歲血。越喝，身子越是燥熱，神情又興奮起來，眼睛像是要劈出閃電似的。他領著林珊走出密室，走出歲星殿。

歲星殿外，是一條廣闊的長道，四方是純白石壁，長道也綿長曲折。黃靈和林珊一層層往下走，來到一條甬道，遠遠便聽見甬道中傳出一聲聲低沉的哀號聲。

林珊神情冰冷，緊跟在黃靈身後，見到兩側鐵牢中那些全身給捆上黑布、懸空吊著的神仙，黑布上頭旋動著妖艷的符光，是魔界法術。哀號便自這些神仙喉中發出，猶如身受酷刑。

黃靈嘿嘿笑著，像是觀賞著有趣玩意一般。甬道的末端佇著一個身穿灰羽袍子的大將，那大將羊頭人身，神情陰厲可怖，似笑非笑地瞧著一間牢房。

「禽曲，情形如何？」黃靈走近那叫作禽曲的羊頭大將，笑著問。

林珊也同時看向那牢房，牢房裡一個女神披散長髮，全身纏滿了符布，眼口皆給縫了，飄浮在牢房中。

「太陰娘娘整治得如何了？」黃靈笑嘻嘻地問。

禽曲開了牢房，領著黃靈進去，說：「她身上邪氣一時難除，還得太歲大人多多費心，出力拯救這七曜大神。」

黃靈哈哈一笑，說：「這太陰以往高傲冰冷，除了太陽之外誰也不理，我想和她說幾句話都嫌我囉唆，如今還不是得靠我黃靈治她。」

黃靈邊說，邊抬起手，瞇著眼睛，手上閃耀金光，按在太陰額頭上。太陰身上惡念四處流竄，卻不是脫離身子，而是在體內激撞衝突。

另一邊禽曲也使出法術，幾道紫光迷離魔幻，也從太陰腦袋灌去。太陰像是身受酷刑，卻嚎叫不出聲音，皮膚更顯發紫，周身瀰漫黑氣。

「太陰娘娘身上力量大增，福地又增添了一名生力軍吶。」禽曲停下施法。

黃靈又問：「另外兩個情形如何？」

禽曲回答：「西王母聽話得很，但碧霞奶奶本身神力和我法術相剋，還需些時間施法。」

黃靈點頭說：「兩個已經夠了，咱們動身前往福地準備吧，就等那澄瀾、啓垣前來自投羅網。」黃靈語畢，得意地笑了起來。

□

遼闊的雪山山腰皇宮廣場上，一座座大殿聳立，歲星殿、辰星殿、鎮星殿、太白星殿、熒惑星殿、太陽殿、太陰殿等等大宮殿。外圍是美輪美奐的花園庭院及許多通往上下的長梯，長梯扶手上鑲滿了閃亮耀眼的美玉。

七曜宮殿往上一層，是更爲華麗廣大的四御殿，數不盡的碧玉石柱，攀著巨龍、鳳凰，整齊排列在廣場上，頂著上頭那有著巨大龍紋裝飾的宮頂。

玉帝和后土站在四御大殿外的廣場一角，靜靜看著遠方天空，從這兒看得到雪山四周景色和凡人中部市鎭。

「這獄羅神倒有心，臨時造了這麼一個漂亮天障給咱們住。」后土笑盈盈地看著遠方，伸手自一旁花圃摘下了朵花。「可惜，不夠眞切，只是虛幻浮影。」后土語畢，手上漫起金光，那花登時腐敗，化成了一縷黑煙。

「這天障只是藍圖，平定了四方，自然會造一座眞正的大宮。」玉帝這麼說。

「平定四方理所當然。」后土淡淡地說：「這些日子，我遠遠望去，見有些凡人流著淚，還聽見他們的哭聲。玉帝大人，你說說，是否是那黃靈、午伊失職，沒將凡間惡念收盡？」

「征戰連連，兩個代理歲星無法專心制御惡念，也是沒辦法的事。」玉帝愣了愣，這麼答。

「也有道理，爲了一統三界，犧牲些低賤的凡人、精怪，也是理所當然的。只是咱們費盡心血，造出了這些低賤生靈，任其散布惡念，想來倒也可笑。玉帝，你還記得神仙爲何要造人嗎？」后土微笑問。

「不……不……」玉帝怔了怔，神情有些茫然，好半晌才說：「三界歸一，神仙們自當要讓萬物蒼生過好日子……神仙造人，不是要將凡人當作奴隸，而是……而是……」

「玉帝大人……」天工由幾個工匠攙扶著，緩緩走來，全身枯瘦，雙眼滿布血絲，顫抖著雙手，奉上一柄寶劍。劍鞘上鑲滿了華麗珠寶，一條金色龍紋威風凜凜地雕在上頭。

玉帝接過劍，拿在手上秤了秤，皺了皺眉。抽出劍來，金光四射，揮舞一陣，還劍入鞘，隨手拋在地上。轉身背向天工，不悅地說：「太輕，再重些；龍紋漂亮是漂亮了，但不夠威風，重做。」

「是……」天工身子搖晃，跪下地來，重重磕了幾個頭，將劍拾起，雙眼無神。攙扶他的一個工匠忍不住滴下了眼淚，卻不敢發出任何聲音，只能緊緊握著天工細瘦的手臂，扶著他走出四御大宮。

后土看著天工背影許久，終於開口說：「天工老而無用，一把劍不眠不休打造二十天也造不成，一次、一次重做，虧他有臉獻上。玉帝既不滿意，何不殺了他，我親自去凡間替您奪些凡人珠寶，或是屆時攻下洞天，要那些洞天巧匠替您造劍罷了。」

「天工儘管年邁，卻也是千年神仙了，沒有功勞也有苦勞，造不好劍，豈是死罪？」玉帝搖搖頭。

「一造再造，造完龍椅造金劍、造完金劍造大宮；一柄金劍就要他老命似的，何況之後造這獄羅神的堂皇大宮了。不必死罪，他也生不如死。千年神仙如此，只怕那萬物蒼生、凡人精怪，惡念降臨，凡人於苦海度日如年，生不如死。不過……」后土淡淡笑著說：「咱們是數千年神仙，凡人死活與我們何干？玉帝，是這樣嗎？」

玉帝眼神渾濁，不發一語，久久才出聲問說：「大牢裡那三個，情況如何？」

「獄羅神不僅華麗宮殿造得好，便連囚牢也是花樣百出，西王母、碧霞元君在裡頭可安分得很。獄羅神也派了手下大將，以法術封住了三位大神的神力，好讓黃靈每日去替他們捉拿惡念時，更加輕鬆。」后土微笑回答。「至於那太陰，冥頑不靈，儘管收入大牢，仍不時吵嚷著要找斗姆算帳，也不知她們是何時結下的梁子。她那一干八仙也盡數收了。可要斬了他們？像斬勾陳一般。」

當日太陰讓太白星使計嚇退，回到主營。找斗姆興師問罪。哪知道主營一干神仙都因爲太陰曾是勾陳手下，親疏有別，一點也不理睬太陰，全都站在斗姆那邊。斗姆更是一口咬定太陰是爲了替敗戰找藉口，才故意編故事誣陷自己。

太陰憤恨至極，領著八仙大鬧主營，但主營當中還有二郎、太子等強手，哪由得太陰作亂，一下子便擒下太陰。紫微下令，將太陰和八仙盡數還押大牢。

玉帝不語，半晌後才又開口說：「別再提勾陳，他……作惡多端，該斬……太陰先押著，可能……可能她心中惡念沒有驅盡。聽說獄羅神手下大將禽曲身懷異術，和黃靈太歲力相輔相成，能夠壓制太陰惡念。等黃靈於福地擒下澄瀾、啓垣，或是午伊自洞天得勝歸來，專心整治這些邪化大神，或許還有得救……」

后土咦了一聲說：「唔？那為何當初黃靈、午伊沒有救勾陳？是兩位代理太歲失職？」

「不！」玉帝聲音陡然嚴峻起來說：「是勾陳無禮，可惡至極，是我下令斬他的。即便他有得救，也早已犯下死罪，死罪自當該斬！」

「凡人也一樣，天工也一樣，不敬天便該斬，失職亦該斬！」玉帝睜大眼睛，瞪視著后土。「就是這樣，妳明白嗎？」

「明白。」后土淡淡笑著，不再接話。

「……」玉帝大聲說完，神情顯得茫然疲憊，想講些什麼，卻又講不出來。「神仙……神仙……」

□

一棵棵血紅大樹聳立林間，猩紅血珠滴答落下，地上的土石雜草都濕黏黏的殷紅一片。

李強領著義民在前頭開路，水藍兒領著水精殿後，風伯在空中巡護，鍾馗鬼卒軍居中簇擁著阿關、阿泰兩人。

大夥兒在雪媚娘指引下緩緩往前推進。

前頭是一條寬闊血河，對岸坡地離這頭有數百公尺之遠。

有應公跳腳怪吼抱怨著：「臭娘們根本不認得路，帶著咱們來投河啦，壞傢伙不安好心，她是壞傢伙呀，大家幹嘛信她？」

「你才是笨蛋，你閉嘴！」寒單爺拉著有應公，摀著他嘴巴不讓他出聲。以往他倆身染惡念，同樣瘋癲不可理喻，此時寒單爺身上惡念已除，有應公卻仍瘋癲傻愣，依稀記得當時雪媚娘和窮野紅妹兩個魔王追捕他們的情景。

「哼……」雪媚娘也不理有應公叫罵，指著前頭血河說：「不管你們信不信，出口的確就在對面，過了河還要走多遠我不知道，但不過河永遠也出不去！」

「這血河太可怕啦！」「我才不想在裡頭游！」海精們騷動抱怨著。義民們也彼此相顧，等著李強下令。

「一群傻瓜！」鍾馗大聲嚷嚷著替雪媚娘緩頰說：「大夥兒又不是凡人，吸口氣飛過去不就得了，怕什麼？怕河裡有妖怪吶？」

鍾馗還沒講完，本來平靜的血河登時捲動翻騰，像是有千萬隻大泥鰍在裡頭竄動一般。

「大家還是先進寶塔吧！」阿關舉起白石寶塔，招呼著大夥兒，將海精、鬼卒等較弱的兵馬全收了進去，聚集了風伯、城隍爺、寒單爺、有應公、鍾馗、百聲、九芎等較厲害的神仙，準備集中力量硬闖。

「等等，讓我露一手！」阿泰怪叫著，不願進寶塔，伸手在大衣裡掏著，掏出一疊符籙，抓在手裡大聲唸咒，往血河一撒。那把符咒撒進血河，散了開來，原來是一艘艘小紙船。上百艘小紙船泛著淡淡金光，在河中浮著，往對岸前進。

「好了，現在大家衝吧！」阿泰哈哈叫著，竟一把拉住了阿關肩頭，跨上了石火輪後座，踩著後輪突出來的橫桿，揮動雙截棍吆喝：「出發——」

「小子，別玩了，還不滾進寶塔。」鍾馗拍了拍阿泰後背。

「阿泰，你……」阿關也回頭猶豫問著。

「幹！」阿泰用手敲著阿關腦袋氣罵：「嘿，是兄弟就別瞧不起我！」

「我不是瞧不起你……」阿關也召出鬼哭劍，揮手一招。「大家過河吧！」

阿關石火輪開動，百聲、九芎在天上左右護衛，拉著石火輪騰空飛起，風伯等一群夥們全跟在後頭衝。

河裡翻騰更烈，轟隆一聲響，兩艘紙船炸了開來，炸出一片血霧。

「哈哈！」阿泰得意笑著說：「河裡有東西埋伏，我派出一隊艦隊擋著，大家安心過河吧！」

只見底下一陣陣血光爆破，仔細一看，水裡有些如大鰻一般的妖怪，亂竄流動著。一冒出水面，附近的紙船便快速衝上撞擊，符術炸開，將他們擊沉。

「小鬼，你什麼時候學了這些厲害玩意？是你奶奶教你的？」鍾馗摟著雪媚娘，大聲問著阿泰。

「我阿嬤過世了，這是四御后土教的。你向我磕三個頭，叫我一聲泰哥，我考慮看看要不要教你啊，鬼王！」阿泰哈哈笑著，朝鍾馗比著中指。

「嘩──你個小子這樣囂張！」鍾馗嚷嚷著，卻感到後頭陣陣妖氣襲來。回頭一看，後頭紅色高空飛了一大群長著巨大翅膀、怪模怪樣，像是大鳥一樣的妖怪，也有些妖兵持著武器摻雜其中。

一名魔將婀娜美艷，手持著法杖發著耀眼光芒，威風凜凜地率領大批妖兵、鳥獸追擊。

「是羅祇，她是槍鬼手下大將！」雪媚娘回頭看著，大聲提醒著：「小心她那隊怪鳥，十分擅於空戰！」

「空戰也不怕！」阿泰伸手在大衣裡摸著，又摸出了兩把符，往天空一撒，符籙化成了一隻隻金色蝙蝠。兩百多隻蝙蝠吱吱叫著，往後頭那片追兵攻去。

金色蝙蝠勢子奇快，飛竄向羅祇一軍。羅祇手一招，背後妖兵鳥獸一齊往前，有些金色蝙蝠撲上了鳥獸便張口咬，有些金色蝙蝠抓著了鳥獸開始放光，灼燙著那些鳥獸。

「你的怪招眞多。」阿關看得嘖嘖稱奇。

阿泰得意說著：「這是后土娘娘依照阿嬤的紙人術，改良而成的『符兵術』，以符變化出各種兵馬，我還有好多絕招沒使出來哩。」

阿泰這陣黃符蝙蝠，雖遠不是鳥獸和大片妖兵的對手，但卻引得那些鳥獸張口去咬、振翅去揮，追擊勢子便慢了下來。

「別在天上和他們硬戰，趕快過河，上坡地戰！」九芎吆喝著，抓著石火輪龍頭加速前進。

有應公大吵大嚷：「放屁、放屁！回頭和他們拚了，這才是真漢子本色！」

「你少瞎攪和！」寒單爺架著有應公雙肩，使勁拖著他前進。有應公大怒，扯起了寒單爺鬍子，和他在空中糾纏起來。

「別鬧了，照九芎說的，趕快過河！」阿關回頭，見那隊魔將追兵越逼越近，此時大夥兒還在血河中央，不免緊張起來。

大夥兒往下頭看，底下是滾滾紅江，裡頭藏著不知什麼玩意兒，後頭有大片鳥獸，硬戰著實不利，都加足了力氣往前飛。

底下幾聲轟隆巨響，近百艘紙船一下子爆了大半，炸出好大片血花河水，濺上漫天。一條巨鰻陡然竄起，竄出好幾層樓高，張了大口往義民們咬去。

「當心！」李強虎吼吆喝，義民們紛紛飛開，閃過這大鰻撲擊。

「哼！不怎麼大，福地那時候的大龍、大蛇才真的是壯觀！」阿泰見自己的紙船一下子讓那大鰻撞毀近半，心裡不服，伸手掏出一疊符籙，捻在手上唸起咒語，符籙綻放出金黃光芒。

「阿關，看清楚，這招比你的白焰厲害！」阿泰得意喊著，手上金光乍現，符籙一張張飄起，化成一顆顆金球，流星雨似地射向大鰻。

大鰻張著紅色眼睛，見著迎面炸來的金球，知道要避，但速度不足，只撇了撇身子，就讓那陣金球轟隆隆砸在身上，炸出一片耀眼光爆。

「哇，這招眞的很厲害！」阿關回頭向阿泰比了個大拇指。

「看我擊沉那隻大鰻魚！」阿泰越加得意，又拿出一把符咒，放出一陣金球咒術，果眞將那大鰻擊得沉進了水裡。

「后土娘娘的法術果然厲害！」百聲和九芎齊聲讚著。

「是我悟性高！」阿泰大聲提醒。

底下紅江又騷動起來，三條大鰻同時竄起，攻向天上神將。

「原來不只一條啊！」有應公哇哇大叫，揮動鐵棒和寒單爺齊力戰一隻大鰻；李強也領著十數名義民，圍著一條大鰻猛攻。

第三隻大鰻攔在石火輪前面，張大了口，撲了過來。

「閃開！」九芎尖喊著，猛一用力將石火輪往旁邊一推。百聲則順著勢子，將石火輪連同車上的阿關、阿泰往自己這方向猛拉。

百聲拉著石火輪往左閃、九芎往右閃，大鰻從中間劈下，劈了個空。

「中！」九芎一個旋身，瞬間已搭起了弓，幾道銀光飛箭破空射去，都射進大鰻身子裡。大鰻吼叫一聲，打在水上滾了滾，又掀著大浪竄起，朝著石火輪追來。

「幹，看我的厲害！」阿泰嚷嚷著，又抓出一把符撒出，是一片片小紙人。小紙人手連著手，像是一條鎖鍊。小紙人長鎖快速飛著，捆上了大鰻全身，每隻小紙人都張了嘴巴，啃噬著大鰻身子。

大鰻身子激動亂擺，卻無法掙脫小紙人，恨得瘋狂追擊百聲和石火輪。

「嘖！攔不住他！」阿泰碎碎唸著，又往大衣裡摸。

眼看大鰻追勢又急又烈，九芎幾記光箭射在大鰻身上都攔不下他，阿關便也騰出手來，放了記白焰，卻因爲車子搖晃，沒打中大鰻。

「阿關，你遜囉！」阿泰怪叫著，又掏出一把符，但大鰻已經撲來。百聲奮力拉著車閃，吸了口氣猛吼一聲，以巨響震退了大鰻。

「哇幹——」阿泰掏出了符，本要放咒，卻也讓百聲這聲尖吼嚇得手一鬆，一把符全落下了血河。

大鰻回過神來，又要追上。阿關踩著踏板，也站了起來，神情頗不服氣，哼了一聲，朝大鰻擲出了鬼哭劍。

四股黑雷纏繞著鬼哭劍奔去，猶如一條飛天黑龍。黑龍正中大鰻頸子，鬼哭劍沒入大鰻肉裡，黑雷炸開，大鰻腦袋瞬間炸成了碎塊。

「嘩——」阿泰看傻了眼。此時換阿關得意洋洋，自己磨練許久、失誤了上百次的黑雷，此時總算熟練許多，雖然沒有阿泰那樣五花八門的符術，但一擊打爆大鰻腦袋的黑雷，更是威風多了。

一旁的寒單爺和有應公加上王公，圍著大鰻亂打，風伯鼓風助陣，也擊殺了那條大鰻；另一邊兩路，一是李強那義民軍，一是城隍家將團，戰力更加強悍，早早殺沉了大鰻，已飛近了河岸。

「看這法術，肯定是柯鱖老怪搞的，他專門躲在水裡作怪，他也是槍鬼手下大將。」雪媚娘高聲提醒。

血河一陣大滾，一條更為巨大的怪鰻竄起，大鰻頭上站著一名長鬍老妖，正是雪媚娘口中的「柯鱖老怪」。

柯鱖老怪兩眼渾濁不清，微張著口，裡面沒有一顆牙，嘟嘟囔囔唸著。那大鰻張開身上的鰭，大口一張噴出了濃濃血霧——紅江翻騰滾動得更厲害了，一條條身型小了許多的鰻怪紛紛捲起，密密麻麻地捲動、翻騰著。

此時大夥兒都已飛近河岸，便也不那樣擔心這自河中央突起的大鰻了。

雪媚娘嘿嘿笑著說：「笨老怪，裝神弄鬼，你要是早點起來，咱們或許還怕你，你等我們都快要過河了才起來，怎麼追得上？」

柯鱖老怪也不理會雪媚娘，自顧自碎碎唸著咒語，領著鰻軍追擊。

李強領著義民們先落下岸邊，舉著彎刀護衛。眼見後頭羅祇的鳥獸便要追來，李強一聲吆喝，領著義民掩護阿關落地。

阿關和阿泰一落了地，總算鬆了口氣，畢竟他倆不像神仙那樣會飛，在空中總是不便。

「快退入林子裡！」阿關嚷嚷著。

大夥兒回頭見羅祇大片鳥獸追兵雖然勢大，但眼前已是血紅樹林，只要進了林子，擅於空戰的鳥獸和水中大鰻必無用武之地了。

「不妙！」雪媚娘突然想起了什麼，大聲嚷嚷著：「魔拏……羅祇……柯鱖……還有一個，槍鬼還有一個大將吶！」

雪媚娘聲音未歇，河岸坡上那片紅樹林子裡，便已傳出了陣陣虎吼。一個全身黑紋、身型粗壯的大魔將，騎乘著一隻三頭大虎，撞倒了幾棵血樹，撲出林子，後頭一頭頭猛虎殺出，阻住了阿關一行的去勢。

「那傢伙叫『虎夫』，十分勇猛！」雪媚娘大聲喊著。

「啊呀，我早該想到！」阿關懊惱喊著，想起當初和翩翩河畔招兵時，也是逃過了大蟒追擊後，在岸邊碰上了狼精。幾個魔將以天障圍捕，自然是佔了地利，種種埋伏在所難免，只是方才一心想著渡河，以爲擺脫了追兵，卻疏忽河岸上理所當然埋伏著伏兵。

後頭柯贖老怪咧嘴笑著，鰻怪游近了岸邊竟生出腳來，往岸上爬；天上羅祇尖聲嚷著，鳥獸這才眞的鼓足全力撲下；紅樹林子上頭狂風亂捲，先前讓風伯打退的魔挲，此時又重聚了妖兵隊伍，和虎夫一同埋伏在這岸邊。

「好一個四面包圍——」鍾馗怪吼怪叫著，將雪媚娘放下了地，高聲大吼：「我的鬼卒呢？快出來幫忙！」

虎夫一聲令下，一隻隻猛虎吼著，狂奔而來；上方魔挲也下了命令，一隻隻長著翅膀的妖兵全往下跳。

「別怕，兄弟們，老虎有什麼好怕的！」李強帶頭一聲狂嘯，臂上青筋暴露，一刀斬在一頭虎怪腦袋上。義民們吼叫著，奮勇搏殺著強壯凶惡的虎怪。

城隍、王公、寒單爺、有應公等，都是一群粗漢子，見義民爺驍勇，自己更不願落後，紛紛搶著打老虎去。

「出來吧——」阿關搖著白石寶塔。

水藍兒一支海精早已凝神待命，此時全跳了出來，在岸邊排成一列，擋著那些爬上岸的鰻怪。鍾馗的鬼卒軍也殺了出來，抵住魔宰率領的妖兵們。

風伯捲動狂風，直取羅祇；羅祇揮動法杖，放出妖異光芒，卻全讓風伯狂風捲開。

「羅祇妹子，小心那吹風神仙，他可厲害，讓我來幫妳！」魔宰怪叫著，心中還恨著風伯奪去了他的旗子，朝風伯竄去，和羅祇一前一後夾擊風伯。

魔宰揮動旗子，揮出兩股風霧，都讓風伯閃過。風伯瞪著眼睛，一副好玩模樣，現學現賣地揮動旗子，還加上了自己的狂風法術，揮出亂七八糟的惡風臭霧，將羅祇和魔宰逼得連連後退，羅祇更讓這臭霧嗆得眼淚狂流。

「好玩、好玩！」風伯哈哈笑著，也讓自己發出的臭霧嗆得咳了起來，連連罵著：「可是太臭、太難聞了！」

「我的箱子呢？快扔出來！」下頭阿泰連連嚷著，葉元、大傻、山神大寶、老土豆等土地神也紛紛出戰，老土豆還拎著阿泰那大皮箱。

皮箱一開，裡頭是滿滿的紙人——紙人和以往有些不同，手上還有刀劍兵刃的形狀。一票妖兵和虎怪殺來，直攻阿關。大傻當先攔著，兩門石斧齊轟，轟退那片妖兵。

阿泰則唸著咒語，紙人們動了起來。

「你們出來幹嘛，快躲進去！」阿關見阿泰還在施術放紙人，一把拉開了老土豆和葉元，擋到大傻身邊，抓出一把白焰符狂放。鬼哭劍閃耀黑雷，一把劈去，黑雷亂捲，又捲倒一片妖兵鬼卒。

「阿關大人現在厲害得很啊！」百聲大聲叫著，揮動長劍和九芎齊戰虎夫。

「通通讓開——」阿泰高聲唸咒，皮箱大震，裡頭滿滿的人形白紙猛然站起，一張張散開，閃耀著金光，手裡拿著長劍大盾。

「阿嬤，讓妳看看我的紙人！」阿泰揮動著手臂，激動喊著：「上啊——」

紙人大隊踩踏著紅色大地，衝進了妖兵虎怪陣中猛烈大殺。在后土指導下，阿泰的符兵術紙人遠比以往六婆的紙人厲害許多，每張紙人都有著和妖兵們相近的作戰實力，數百張紙人便如同一支悍兵部隊，是阿泰這許多日來的心血結晶，這也是他獻給六婆的心意。

「阿嬤！妳看見了嗎？」阿泰拔聲大喊，眼淚激動落下，又伸手在大衣中掏著，掏出一把把符籙亂打。

「六婆一定看見了。」阿關見阿泰激動，知道他仍難忘六婆逝去的悲愴。阿關想起了六婆，也跟著感傷激憤起來，緊握著鬼哭劍斬倒一隻隻殺來的妖兵。

「孫家符術第一，阿嬤妳的符術第一！」阿泰怪叫著，揮動雙截棍往妖兵陣裡衝，哭喊著撒了漫天符紙。符紙結成了光陣，掩護著阿泰衝鋒，光陣震倒一隻隻妖兵。

阿泰衝著，腳下一滑，摔倒在地，一隻大虎張大了口，狂吼撲了上來。

「去！」阿關急急拋出伏靈布袋，布袋飛竄去救。

大虎就要咬上阿泰，陡然一偏，腦袋給狠狠搥了一記，是那大黑巨手一拳轟在大虎腦袋上。大虎落下地還要衝來，伏靈布袋裡的四隻鬼手猛烈狂抓，那大虎立時給五馬分屍了。

「這些老虎不夠看！」阿關早隨即跟上，斬倒殺來的幾隻妖兵，一把拉起阿泰。

阿泰抹去眼淚，大聲吼著：「本來就不夠看，跟我家阿火比起來，差得遠了！」

「好多神經病啊！臭笨蛋！壞傢伙！」有應公怪叫嚷嚷著四處亂跳，寒單爺深怕老友瘋癲作戰之下吃了虧，緊跟在後，揮動彎刀掩護。一邊也偷偷瞧著那義民李強和城隍爺，看是他倆手上彎刀厲害些，還是自己手上彎刀厲害些。

魔將虎夫一身橫肉，大鎚亂舞；但百聲和九芎齊力，也和虎夫戰了個不分上下。

義民裡的二頭目王海，身型和虎夫差不多粗壯，在一旁等了許久，竟大喝一聲，撲向虎夫座下三頭大虎，一口咬著那大虎後腿不放，掄著拳頭猛擊大虎肚子。

大虎吼叫動著，身上本便已中了九芎許多箭，此時受到王海這樣突襲，腿一軟伏了下來。

百聲、九芎攻勢連連，虎夫奮力殺退他們。上來接戰的是大傻，大傻力氣不下虎夫，一斧頭劈下，虎夫鼓足了全力接著，翻下了大虎。

李強一聲令下，幾個靠得近的義民全圍了上來。虎夫隻手難敵，驚愕得咬牙切齒，料想不到對方竟個個都是強手。

虎夫還沒回過氣，寒單爺又殺來，亂鬥一番。虎夫讓寒單爺在手臂上斬了一刀，黑血漫出，一腳踢開了寒單爺；後頭有應公怪叫怪跳著一棒子打在虎夫腦袋上，將虎夫打趴下地。

虎夫吼著，掙扎要起身，獨臂城隍爺已經搶上，一刀斬下了虎夫腦袋。

「啊呀！虎夫！」「他們竟如此難纏！」羅祇、魔拏在空中齊戰風伯；風伯游刃有餘，還抽出空來連連放風吹退那些鳥獸，牽制河裡的柯贖老怪。

魔將們料想不到阿關這支兵馬如此強悍，原來儘管魔將們兵多，但阿關這方強手如雲，李強、王海等一票義民個個驍勇善戰，在妖兵陣裡殺進殺出；鍾馗、水藍兒、大傻、寒單爺、有應公、城隍爺，也都是單打獨鬥的厲害角色。

再加上身懷各種法術的阿泰，使黑雷的阿關和那厲害風伯，魔將這方仗著地利和伏兵，將阿關一路誘上了河岸，四面夾殺，仍然苦戰不下。

阿泰紙人陣出動後，配合著海精和鬼卒軍，魔將們連兵力優勢都減少許多，一陣大戰下來，反倒遠遠落了下風。

柯贖老怪驅使大鰻又避開了風伯一陣狂風，正氣惱著、大罵著驅使大鰻往岸上殺，長鬍子亂捲，像是要施展法術一般。才唸了幾道咒語，身上泛起紅光，登時抖了抖身子，紅光黯淡，像是被更強悍的法術蓋過一般。

「什……麼……」柯贖老怪驚訝莫名，連連轉身四顧，又唸了幾道咒語，全都讓不知哪裡打來的法術破了。

「他們！是他們！他們反了！」柯贖老怪咆哮吼著，兩隻眼睛瞪得凶狠嚇人。

空中的羅祇和魔拏陡然一驚，也轉頭四顧看著。風伯一陣狂風捲去，將羅祇捲得摔進了血河中。

阿關正覺得奇怪，不明白柯贖老怪在激動什麼，就見到血河中央出現了個大漩渦，中心一道光柱打上天際，劃破了猩紅雲朵。

「你們敢反……」柯讀老怪怪叫著，腳下那大鰻突然不理會柯讀老怪的指揮，抖身激烈擺動，晃得柯讀老怪跌了一跤。

柯讀老怪再起身時，背後已經多了個人影。

那大鰻腦袋破了個洞，緩緩往下沉去。

阿關張大了口，看著柯讀老怪背後熟悉身影，一身藍色長袍，山羊鬍子，一手持木劍、一手持厚書。

鎮星大將——黃江。

漩渦中心光柱飛身而出的，是那持著雙鐵戟、身型矮胖的鄱庭。羅祇在血河中飛起，正驚訝要叫，雙手已讓法術光鍊纏上，自她背後竄出血河的，是洞陽。

羅祇讓光鍊捲上，動彈不得，洞陽手持短劍羽扇跟上，一劍刺進了羅祇後腦。

「黃江大叔！」阿關驚訝叫著，卻不知黃江此時現身，是敵是友。

但他只猶豫了瞬間，隨即便已感到黃江的身上沒有惡念。

久違的老友。

黃江一如往昔，呵呵笑著。木劍按在柯讀老怪腦袋上，幾道咒語降下，柯讀老怪登時全身著火，跌入了血河。

魔掌瞪大了眼，不知該如何是好。轉頭風伯已經笑嘻嘻地站在他身前，一扇子拍下，幾道黑風同時捲上他身，將他捲了個四分五裂。

阿關這方都不明白這鎮星援軍是從哪冒出來的，領頭黃江並無敵意，且一現身便殺了對方兩魔將。此時魔軍四將皆亡，殘餘妖兵群龍無首，登時潰散，四處竄逃。

鍾馗、水藍兒、李強各自穩住了陣腳，也不追擊，全圍在阿關左右。

「什麼都別問，先破這天障再說。」黃江揮了揮手，阻住了滿腹疑問跑來迎接的阿關。

洞陽、鄱庭也落在岸上，三個鎮星大將也不多話，互看了幾眼，齊力施放法術，瞬間閃亮耀眼，四周地動天搖，血紅色漸漸褪去。

阿關揉了揉眼睛，大夥兒又回到洞天壺形谷口。

「這說來話長，我知道你們趕著去救洞天，一齊去，邊走邊說！」黃江苦笑催促。

阿關想起洞天危急，趕緊將大夥兒全收進寶塔。阿泰剛才大戰時腳拐了一下，也退回寶塔治療。

有應公本來見了洞天漂亮，怪叫怪嚷著不願回寶塔，寒單爺硬是揪著他的鬍子，將他拉了進去。

外頭只留下百聲、九芎、城隍爺、風伯四個神仙護衛阿關。

阿關騎著石火輪往前，黃江等鎮星三將在一旁跟著，神情猶豫著，像是不知該從何說起。

出了壺形谷口、經過長道，大夥兒見那黃板台上焦黑傾垮的古木碉堡，都驚訝得說不出話。再往前去，九芎和百聲見了洞天平原滿是濃煙，一片火海，都不由得紅了眼眶。

「好久沒回來，洞天竟成了這般景象……」九芎喃喃唸著。

阿關著急地問：「怎麼一個精怪、一個妖魔都沒有，他們在哪邊大戰？」

「神木林有千年大樹作爲屏障、鳳凰谷有高聳峭壁和洞天鳳凰，這兩處都是易守難攻之勢。」九芎答著。

「神木林……」阿關指著前方說：「前頭是綠水，那邊林子裡可以通到寒彩洞，出了寒彩洞再走一陣子就是神木林，我們趕快去！」

「關哥，不對！」百聲大聲嚷嚷，拉住了阿關，說：「那樣走太慢，咱們往夢湖去！」

「夢湖？」阿關不解問著。

百聲指著綠水下游的方向，連聲說著：「咱們往夢湖去，不用經過曲折山路，可以直通鳳凰谷和黃金池！」

「好！我們往夢湖！」阿關一聲令下，大夥兒轉向朝綠水下游方向開進。

81 最大的反攻

夢湖波濤激湧，那是飛蜓一股龍捲風暴直直打在水面上，炸出了漫天水花。

水面漸漸靜去，七海自水裡射出，左手軟軟垂著，像是骨折了。剩下一隻手掬著滿滿一捧水，猛一揮就是一柱水龍。水龍狂捲衝天，在天上化成好幾條水柱，四面八方打向飛蜓。

飛蜓咬牙閃過，俯衝直降，和飛竄上天的七海又是一陣猛鬥。

拳來腳往了好一陣，七海漸漸不敵，又被飛蜓打落。

「這種打法，飛蜓大王當然要贏啦！」遠遠觀戰的魚精們交頭接耳著。

原來昨日一戰，飛蜓和七海都耗盡了力氣，軟弱倒下；但飛蜓是洞天大王，魚精們有的替他捶背捏腿、有的施術替他治傷、有的餵他漿果食物。

相較之下，七海全身是傷，只在大葉上昏昏沉沉躺著。

一夜過後，天亮再戰，養足精神的飛蜓自然佔了大便宜，幾陣狂鬥之下，打斷了七海一條胳臂。

「你服不服！」飛蜓狂嘯，揮動著風追擊七海。

七海憤恨咬牙逃著，用盡氣力在水面上竄逃，再往岸上逃。

「小蜻蜓吶！別打啦，黃金池就要開戰啦——」老魚精擺動著大尾鰭，在飛蜓後苦苦追趕，喊著：「你們本來是洞天夥伴，為什麼要鬥成這樣吶？」

飛蜓回頭瞪了那老魚精一眼，理也不理他，轉身又鼓足了勁，狂追七海。

七海無力飛著，轉身擲了一條水波，讓閃過的飛蜓猛竄到了面前，一把掐住頸子。

「你服不服！」飛蜓大吼著，兩隻眼睛紅得像要噴出火來。

七海漲紅了臉，仍是一臉不服，回敬一拳打在飛蜓臉上；飛蜓更怒了，也掄了拳頭打著七海的臉。

兩人在湖面大葉上互相揍著對方頭臉，七海的拳頭漸漸軟弱無力，飛蜓拳頭的力道卻一拳大過一拳。

磅的一聲，七海眼睛給打瞎了一顆。

「說！說你服了我！說我飛蜓才是洞天第一勇士！說！」飛蜓又一拳打在七海臉頰上，掐住七海頸子的五指，深深陷入肉裡。

飛蜓滿是鮮血的拳頭緩緩舉起，七海全身癱軟無力，剩下的獨眼黯然無光，呢喃笑了起來：「許久不見……臭蜻蜓更厲害了……」

「你承認你輸給我了？」飛蜓冷冷問著。

「我還沒說完呢……你這惡賊……仗著爪牙多……替你治傷餵飯……」七海咳著血，嘿嘿笑著說：「否則你永遠也贏不了我……你勝之不武……一輩子都比不上我！」

「混帳！」飛蜓怒吼著，拳頭上旋起了烈風。

「飛蜓！住手！」遠在湖面另一端幫忙後勤的玉姨，聽了魚精們通報飛蜓和七海越打越烈，也急忙趕來，想要勸架。無奈飛蜓和七海速度太快，完全跟不上，此時飛蜓和七海在大葉上僵持，這才追上了他們。

玉姨跳上大葉，雙手抓住飛蜓那旋著烈風的手臂。

「飛蜓、飛蜓，你不認得我了嗎？你忘了從前大夥兒和和樂樂的模樣嗎？」玉姨不顧雙手讓烈風劃出的道道口子，難過說著：「那時你們雖好爭愛鬥，但始終都是好兄弟，爲什麼……」

「滾開！」飛蜓怒斥著，甩著手臂，卻甩不開玉姨。

四周的魚精全圍了上來，卻都懼於飛蜓武勇，不敢上來干涉。

老魚精也游了上來，見了飛蜓凶狠模樣，氣得破口大罵：「頑劣蜻蜓！頑劣蜻蜓！你睜大眼睛看看你身邊的鯉魚精，你們小時候肚子餓了，她做菜做飯給你們吃，玩得髒了便做新衣裳給你們穿，做錯了事要受其他精怪罵，也是你們玉姨護著你們。你這臭小子大逆不道……」

老魚精滔滔罵著，四周魚精趕緊拉開他，掩住他的口，深怕更加激怒飛蜓，使他發狂。

「妳給我滾開！我是洞天大王！我是洞天大王！」飛蜓大聲吼著，甩著玉姨，陡然聽到一聲冷笑，低頭看去，是七海在笑。

七海看著飛蜓，邊咳著血邊說：「想當大王想瘋了……自吹自擂的無賴小子……」

「嘴硬！」飛蜓更怒，掐著七海的頸子更一用力，五指深深插進了七海頸子裡，鮮血狂流溢出。

「你這孩子瘋了！」玉姨驚愕叫著，一巴掌打在飛蜓臉上。

「妳煩不煩！」飛蜓猛烈巨吼，抽出了掐在七海頸子上的血手，伴著烈風還了一巴掌往玉姨腦袋上打去。玉姨雖有百年道行，但性情和善，從不與其他精怪爭鬥，體力本便不濟。此時讓暴怒飛蜓這裂地之勢的巴掌一打，腦袋給打得後仰，臉上讓旋風割得慘烈，頸子上更給割出三條大大的裂口，鮮血噴泉似地濺了出來。

玉姨的一手還抓著飛蜓的手腕，然後漸漸鬆了，身子軟倒。

飛蜓怔怔看著玉姨倒下，知道她必定死了，心中五味雜陳，一股強烈的悲哀襲上心頭，卻不知從何處發洩。低頭看去，頸子給插出五個血洞的七海也死了。

「你服不服！你服不服！」飛蜓跪了下去，握著拳頭打著七海的屍身，打出一個個凹陷。

悲愴取代了憤怒，飛蜓大吼，淚流滿面，一聲一聲吼著，一記一記搥打著七海屍身。

四周的魚精驚慌騷動，有些趁亂鼓起勇氣，搶上前去，拖走玉姨屍身。

遠處傳來黃金池開戰的通報，一票魚精們悲憤趕去，再也不想招惹這洞天大王了。

「你說你服了我……我就不打你了……」飛蜓猛打了好一陣，心中悵然，一點得勝感覺也無。低頭一看，七海的獨眼仍睜得老大，身子凹凹陷陷，不成人樣了。飛蜓見了七海慘樣，陡然一驚，童年記憶全回來了。

「為什麼你這麼好強呢……」飛蜓咬牙切齒，心中又是惱怒、又是慚愧，抓著七海的手腕飛了起來，想往水裡扔，又猶豫著。他嗚咽流著淚，看了看遠處，玉姨的屍身也讓魚精們拖走，找不著了。

飛蜓抓著七海屍身在天上轉了一會兒，飛到夢湖岸邊，拔出七海那柄讓他插在地上的三尖兩刃刀，掘起土來。挖了個大坑，將七海屍身踢進坑裡，將他埋了起來，靜靜坐在湖面，看著水色連天。

□

黃金池緊連著一大片山壁，山壁上有大大小小洞口，洞裡也有精怪防守。東邊有一條小河，小河兩邊是峭壁，後方便是鳳凰谷。

鳳凰谷裡的鳳凰們蓄勢待發，見了樹神一軍撤來，立時趕來迎接。

翩翩、若雨指揮著精怪下降，黃金池守軍紛紛趕來幫忙，將一隻隻受了傷的精怪抬進山壁洞裡。

前方樹林一片騷動，紅耳衛隊也退進了黃金池，幾個大精怪紅著眼眶，抬著奄奄一息的紅耳來到池邊。

池裡的魚精很快浮出水面，載著那些精怪往壁洞裡退；裡面一張大葉開來，是裔彌領著一票狐狸精。

大夥兒將紅耳抬上一張大葉，裔彌連忙伸手在紅耳身上傷處拂著，閃動陣陣光芒。一旁的狐狸精們七手八腳，敷藥的敷藥，施術的施術。紅耳好不容易張開眼睛，咳出了幾口血。

順德也端著治傷藥，坐在一隻大龜上，四處替大夥兒包紮治傷。他見了那頭翩翩手臂上也有傷，趕緊趕去翩翩所在的大葉上，嚷嚷著：「仙子，讓我替妳治傷。」

翩翩怔了怔，苦笑道謝，接過了傷藥，說：「我自己來吧，你替其他夥伴治傷。」

順德點點頭，轉身又跑去幫忙其他受傷精怪。

「從神木林退來的精怪們喘口氣，黃金池的精怪趕緊準備，追兵要來了！」翩翩一面包紮手臂，一面和若雨不停指揮自神木林退來的精怪，將他們指派進黃金池後方山壁的壁洞裡。

精怪長老們簇擁著樹神退入山壁洞裡，經過曲折通道，來到山壁上一處大洞口。長老們見上方血色天障又要蓋了下來，趕緊輪流施展法術，抵禦那蠻橫強悍的血天障。

小猴兒等精怪也一一落下來，落在一片大葉子上。老樹精、癩蝦蟆、綠眼狐狸等各自挑了張大葉待著，附近大葉上還有牙仔、小狂、鐵頭等獅虎守軍。

癩蝦蟆靜靜瞧著天空，想起了福地大戰時的紅月亮，呱呱嚷了起來說：「不知道蛙蛙現在如何了？呱！」

「老樹、狐狸——」癩蝦蟆嚷嚷著，張口一嘔，吐出了一個黏團，用腳踢了踢，將黏團踢破，裡頭是一串用貝殼串成的項鍊。

癩蝦蟆將項鍊抛給綠眼狐狸，喊著：「呱呱，狐狸！幫我保管，要是我有了萬一，這項鍊交給蛙蛙！」

「你說什麼！」綠眼狐狸和老樹精同在一片大葉上，聽了癩蝦蟆這麼說，氣得將項鍊抛了回去。「我們才不幫你，你小心點，自己交給她啊！」

癩蝦蟆呱呱罵著：「一百幾十年的老朋友，這點小忙都不幫，呱呱你個芭樂！」

老樹精也罵：「狐狸說得對啊，你自個兒交吧，你若死掉了，咱們就把項鍊踩得粉碎，聽到沒有！」

癩蝦蟆氣得呱呱大嚷，一旁的小猴兒搶過了項鍊，在手上把玩著說：「我幫你保管好了，不過你也幫我個忙。」

「幫你什麼忙？」癩蝦蟆怔了怔。

「要是我死掉了，幫我挑個好一點的地方埋了，要有溪、有樹，樹上果子要多一點。神木林那兒有一處好地方挺棒，我注意好久了，還在上頭蓋了個小木屋，可惜讓那天殺的妖魔放火燒了。不過這兒也挺漂亮，記得吶，樹上果子要多些、果子要多些吶！」小猴兒連連說著。

癩蝦蟆呱呱叫著，還沒答話，另一邊綠眼狐狸和老樹精已經朝他們潑起了水罵著：「說什麼吶！」「還沒開戰你們就在交換遺物吶！」

「有備無患、有備無患呀！我只是不想死在不喜歡的地方！」小猴兒跳著大叫，掄著鐵棒打水。

「別再胡說了，大家都不會死，咱們做了萬全準備，讓那些惡神仙們吃不完兜著走！往好處想想吧，要是打了勝仗，你們要做些什麼？」綠眼狐狸大聲喊著。

「要是打了勝仗，我便每日每夜在洞天打滾，吃得飽飽的，再也不要打鬥了！」小猴兒大叫：「再也再也不要打鬥了！」

「是呀，這是我們最後一仗啦，是生是死，大家盡力而爲吧。阿關大人不會拋下我們不管的，他一定會帶著很多、很多的夥伴，來助我們一臂之力！」綠眼狐狸大喊著，附近的精怪都出聲應和。一齊抬頭，只見到厚重的血雲覆住了整片天際，滔滔滾滾翻騰著。

一陣陣虹彩打上天際，那是洞天長老在黃金池後山壁洞裡接力施放出的法術，抵抗著天上那邪惡紅雲。

「看那邊！」小猴兒指著池水對面遠處小山丘上幾棵大樹叫。

數不盡的妖兵從那兒竄了出來，竄過林子、越過小丘，往黃金池逼近。

「那邊也有！」「他們來了！」精怪們騷動起來。

黃金池對岸的幾處山丘森林，全都冒出了大片大片的妖兵，往黃金池攻來。

天上的鳥精也傳來回報，精怪們立時見到天上霧茫茫的血雲不停隆動起伏，數不清的黑影破雲而出，全是一隻隻妖兵和魔界鳥獸。密密麻麻的妖兵海瞬間蓋下，有些揮動著手上尖銳兵器，有些張著血盆大口，吐著紅黑霧氣。

「別讓他們囂張，挫挫他們的銳氣！」翩翩高聲一喊，早已準備好的若雨和青蜂兒一左一右，和翩翩一同竄上天際。青蜂兒還揹著個大包袱，裡頭鼓鼓脹脹卻不知裝的是什麼。

山谷間啼聲不絕，鳳凰們停佇在山谷陡峭壁上，一隻隻俯身落下，張翅飛揚，尾巴燃起了火焰。

成千上百的鳥精們自山谷間小洞裡鑽出，跟隨著鳳凰飛天。

妖兵海狂嘯墜下，氣勢凶烈，背後紅雲滾動更烈、血氣更強，像隨時要崩塌垮下一般。

翩翩飛在最上頭，若雨、青蜂兒左右跟著，後頭是各路鳳凰和鳥精。這路洞天飛空部隊有如一把利刃，筆直切進下落的妖兵海中。

鳳凰們展動大翅左右突擊，或張口吐火、或揮動利爪大翅，去對付那些妖兵和魔界鳥獸。

翩翩、若雨、青蜂兒鼓足了力氣飛竄，速度極快，四處亂竄砍殺，所到之處全是妖兵們的慘嚎和撕裂的斷肢殘骸。

「哼！全都是蝦兵蟹將，哪裡比得上咱們洞天蟲兒仙的厲害！」精怪們高聲助威，互相激勵打氣著。

「小心，前面也來了！」綠眼狐狸大聲提醒。從前方樹林殺出的妖兵已到了岸邊，有些游了起來，有些直接貼著水面飛竄，浩浩蕩蕩地捲來。自空中看下，那金亮閃耀的黃金池，慢慢地讓密密麻麻的妖兵海覆去，漸漸被黑暗吞沒。

「才不怕你們，大夥兒殺啊——」幾片帶隊大葉上的精怪齊聲吶喊。池面大葉不停移動著，排列著操練已久的陣形。

兩軍相交，水面激盪，妖兵們前仆後繼地殺上大葉，和葉上精怪展開激戰。

幾處水面突然旋動激竄，幾隻大鰻大鯉翻騰著，甩著尾巴打飛那些妖兵。

大葉移動更快，前頭那些爬滿妖兵的受敵大葉，不知不覺轉到了後頭，池下埋伏著的水精紛紛冒出水面，有的伸手來抓，有的張口就咬。

同時，位在後頭的大葉則轉到了前頭，迎戰源源不絕殺來的妖兵。

「冥頑不靈的低賤精怪，還不快快投降——」午伊的聲音威風揚起，左右跟著秦叔寶、尉遲敬德，領著一隊天將也從樹林飛出，飛上了黃金池作戰。

兩個門神揮動大鎚斧頭，大葉上的精怪不是對手，碰上了便往下跳，跳進池子裡，亂游一陣後爬上其他大葉。有些跳得慢的，就讓兩門神砸成了裂塊。

「烏合之眾，將他們殺盡！」午伊耀武揚威，指揮著門神和天將作戰，身後還有幾個神仙，都是從大牢中挑出的新手下。

「象子！你愣著幹嘛？你是歲星第一大將，還不快上！」午伊見福生搶上了一片大葉，卻不繼續往前攻，反倒傻怔怔地伏下身去，伸手在水裡掏著，像是撈魚一般。

「嘻嘻、嘻嘻！」福生咧嘴笑著，臉上是疲憊和飢餓，卻又十分興奮。一把抓起一隻大魚精，張口就咬去，在那魚精肚子上咬出了個大洞。

「哇！那不是洞天獨角仙嗎？」「他怎麼變成那可怕樣子吶！」四周的精怪害怕叫著，都讓福生凶烈模樣嚇著。妖兵們趁著午伊這路攻勢凌厲，紛紛跟上。

「笨蛋，這時候還貪吃，快攻、快攻！攻下洞天，咱們開宴席，讓你吃三天三夜！」午伊氣極喊著。福生總算聽了進去，眼睛發光，站了起來，露出凶惡神情，抓起大鎚揮動，轟隆隆打翻好幾張大葉。

「那是蟲仙象子……」樹神在幾個長老攙扶下，到山壁洞邊向下看著。只見池上一陣大亂，精怪們不是門神和天將的對手，連連敗退，妖兵們乘勝進攻，池上大葉一張張被打翻。

樹神見了福生模樣，難過地連連搖頭說：「那孩子貪吃，神仙們卻用這種邪法操弄他的心智……」

「我去將他擒下……」洞裡紅耳奮身站起，胸前還綁著緊實的紗布繃帶。他那大木棒已讓太子打碎，手邊並無兵刃，赤手往洞外走去。

一票精怪關切問著：「紅耳大哥，你受了傷，別逞強吶！」

樹神和長老紛紛要攔紅耳，紅耳笑了笑說：「這傷不礙事，畜彌妹妹早替我將傷治好啦！」

一旁的畜彌神情驚愕憂愁，正要開口，紅耳已經一躍而下。

「衛隊吶，隨我來！」紅耳高聲大吼。從神木林退來的洞天衛隊們紛紛從洞口出戰，隨著紅耳跳上壁邊的大葉，往池中央支援。

翩翩正與兩個魔將對戰，見了下方戰情，連忙喊著青蜂兒說：「小蜂兒，精怪們擋不住神仙，你下去幫忙！」

「象子——」青蜂兒才見午伊領兵殺來，不等翩翩下令，早已俯身子衝下，伸手在背後包袱裡掏著，搶在紅耳前頭，往福生竄去。

此時福生又一手抓起一張大葉邊緣，使勁一掀，將一葉精怪全掀入水中，似乎覺得十分好玩，咧開嘴巴大笑。

「笨蛋、笨蛋！」午伊大罵著：「掀翻他們沒用，他們會逃入水裡，用大鎚打！殺光他們，你才有東西吃，聽見沒有！」

福生聽了午伊這樣說，凶光大現，揮動大鎚，猛一記砸碎一隻精怪腦袋。

「象子！」青蜂兒揮動長刀，殺翻幾隻妖兵，砍倒一名天將，殺到福生眼前。從背後包袱掏出了個東西，大聲喊著：「老騙子不給你東西吃，我給你東西吃！」

福生怔了怔，看到青蜂兒揮動的手上，是顆熱騰騰的肉包子。

午伊見了青蜂兒，憤恨大罵：「快擒下那叛徒，殺了他，別讓他接近象子！」

秦叔寶和尉遲敬德領了命，前後圍上了青蜂兒，揮動大斧攻打。

青蜂兒以長刀應戰，手一揚拋出了肉包。

「哇——」福生見肉包飛來，竟將手上大鎚隨手一拋，去接包子，接著了便一口吃下去，在口中嚼著，熟悉的香氣、熟悉的美味。

「給我包子、給我包子！」福生吼叫著，往青蜂兒衝去。

兩門神領著一票天將圍攻青蜂兒，見福生衝來，以爲要來助陣。不料福生一心只想著包子，青蜂兒肩頭中了一刀，又朝福生拋出了顆包子。

福生高興吼著，撞開兩個天將，接了包子大口嚼著問：「你……你不是蜂兒嗎？你……你特地在這兒做包子……給我吃吶？」

「是啊！」青蜂兒哈哈笑著，腿上也讓天將砍了一斧，隨即揮出一陣光針禦敵，叫著：「我做包子給你吃，壞神仙也想吃，來搶包子啦！」

「聰明！」翩翩和若雨在空中見了，高興喊著。翩翩打下一陣光圈，逼退了幾個天將。

青蜂兒故意朝秦叔寶拋了個包子，福生大吼大叫著朝秦叔寶撞去。

「象子，你做什麼？」秦叔寶讓福生撞開，包子彈進水裡。福生落在大葉上，俯身去撈，什麼也撈不著，氣急敗壞瞪著秦叔寶。

「唉呀！」青蜂兒怪叫一聲，在葉上一滾，指著尉遲敬德大叫大嚷：「你將我做給象子的包子都撞進水裡啦！」

福生大驚吼叫著，一見青蜂兒倒在葉上，兩顆包子滾到大葉邊緣，趕緊縱身去救，包子又滾進了水裡，氣得回頭怒瞪尉遲敬德吼著：「你滾開！」

「這時候還貪吃，你這笨蛋！」尉遲敬德回罵，舉起大斧就要去砍青蜂兒。

「混蛋——」福生兩眼發紅，流著口水，牙齒都利了。猛一吼叫，掄拳打飛一個天將，伸手就朝尉遲敬德抓去。

「啊呀！這笨蛋造反啦！」尉遲敬德大聲嚷嚷著，儘管他心裡曉得福生受了青蜂兒肉包引誘，卻故意大嚷著福生造反。

秦叔寶持著大斧趕來，和翻身躍起的青蜂兒鬥起，一同幫腔嚷著福生造反。原來邪化的福生雖然憨笨，但終究是午伊手下頭號大將，兩個門神早便看這傻愣貪吃的福生不順眼，一心想著要是這傢伙不在，兩兄弟便是歲星帳下頭號大將了。

「秦叔寶、尉遲敬德，別纏象子，快殺那叛徒青蜂兒！」午伊大吼著，兩門神只當作沒聽見，一個攻著青蜂兒，一個鬥起福生。天將們在戰圈外掠陣，一下子也不知該幫福生，還是幫尉遲敬德。

午伊心知肚明福生貪吃弱點，也知道心染惡念的兩門神腹中盤算，但此時卻拿不出法子，只氣得鬍子都飛揚起來，全身閃耀電光。

福生手上大鎚早落入池裡，空手應戰，讓尉遲敬德兩柄大鎚逼得連連後退。青蜂兒便趁著空隙又拋了顆包子給福生，大聲喊著：「象子，你以前豈會將這等傢伙放在眼裡，快發狠打飛他們吶！洞天有吃不完的果子，他們來將果子都燒光啦！」

「象子！殺青蜂兒，咱們大開宴席吃個三天三夜！」午伊眼睛閃亮，氣急敗壞吼著。

青蜂兒又喊：「象子，生出你的犄角，打退他們，我每天做好吃的給你！你自個兒想想，那老騙子做的大宴席，哪有我做的大宴席好吃？」

「對喔！」福生一聲暴喝，全身巨震，雙手化出大盾，左手大盾擋下尉遲敬德一斧，右手大盾打飛一個天將。「我怎麼沒想到……」

「讓蜂兒來做大宴席，肯定更好吃吶！」福生口裡還咬著青蜂兒拋給他的包子，包子肉餡香嫩滑口，咕嚕吞入肚去，又是一吼，背上犄角也長了出來，氣勢萬鈞朝尉遲敬德轟去。

青蜂兒見福生發狠，也抖擻起精神，揮動長刀大戰秦叔寶，一手放出一片針，刺在秦叔寶腿上。

「午伊大人，象子造反，一直搗蛋，擒不下反叛青蜂！」秦叔寶摀著傷腿，回頭嚷嚷。

「混蛋、混蛋！」午伊吹鬍子瞪眼，知道福生貪吃的弱點反被青蜂兒利用，挽不回了，憤恨下著命令：「將他們殺了！兩個都殺了！」

門神齊聲招呼，四周天將和在大牢招來的神仙手下，一下子全圍了上來，狂攻福生和青蜂兒。

大葉起伏翻動，福生巨吼衝天，兩面大盾有如城牆鐵壁，擋下四面八方的攻擊，護衛著自己和青蜂兒。青蜂兒揮動長刀突刺，同時放著針，也不時扔包子餵福生。

紅耳領著衛隊自後方跟上，見青蜂兒竟將福生誘回己方，心中高興，指揮著洞天衛隊抵住往黃金池山壁逼近的妖兵，自個兒乘著大葉往青蜂兒那處去助陣。

青蜂兒見四面八方的天將攻得猛烈，知道福生大盾犄角十分耗力，大聲提醒著說：「象子，收回大盾，咱們飛天！」

「我沒武器吶！」福生咬牙吼著，突然一旁水面隆起，竟是他的大鎚。

「咦？」福生還覺得奇怪，青蜂兒已經用腳尖挑起了大鎚，踢向福生。

幾條魚精又潛進水裡，是他們替福生找回大鎚的。

福生接起大鎚，收去大盾犄角，還流著口水問：「還有沒有包子？我又餓了。」

「你們一群飯桶，這麼多個都擒不下他們！」午伊氣急吼叫。轉身見雷祖、電母早已來到後頭，一票雷部將士都停在池邊，竟不來幫忙，又是一怒，大聲嚷嚷著：「雷祖，上啊！」

「午伊大人，你怎麼不上？」雷祖冷淡地回應。

午伊怔了怔，勃然大怒，指著雷祖鼻子痛罵：「雷祖，你只是雷部神仙，位階和五星相比如何？你膽敢不聽我號令？」

「你將黃靈放去哪兒了？你眞以爲自己當上太歲了嗎？」雷祖一把抓住午伊食指，一字一句地說。

午伊悶吼一聲，身上銀電閃耀，卻覺得手指一陣痛麻。

雷祖暴喝，身上突然發出大陣電光，將午伊身邊的銀電全震沒了，威武說著：「在我面前顯耀雷電，不臉紅嗎？」

「你這般無禮，不怕我向紫微大人告狀？」午伊怒喊，但已不敢再放銀電。

「那便等紫微大人來了再說。」雷祖哼了一聲，懶洋洋地招手，領著雷部將士飛天亂轉，卻不攻打精怪，只是四處飛竄，做做樣子。

池邊樹林火光沖天，大火瞬間吞噬了幾片山林，火海狂烈。

若雨在天上見了，驚訝喊著：「那放火魔將又來啦！」

翩翩仔細看了那火，搖搖頭說：「不太對，不是那傢伙！」

「哇，是熒惑星！」若雨陡然一驚，只見那火光艷紅如血，猛烈更勝武王手下火獸，幾條火柱翻騰捲動，火柱隱約可見龍形模樣。

池畔山林間火柱四射，衝出火海的果然是熒惑星。熒惑星後頭跟著一票部將，個個灰頭土臉，像是做了虧心事一般。熒惑星神情陰森，左手還拎著個黑黝黝的東西。

「熒惑星大人，您總算來了，斗姆大人呢？」雷祖見熒惑星來，也是一陣驚訝，領著部卒飛去相迎。

熒惑星看了看雷祖，隨手一拋，將手上的東西拋向雷祖。

雷祖接了，一看倒抽了口冷氣，手上那焦黑破爛的東西竟是斗姆腦袋，口鼻還淌著黑血。

「斗姆臨陣反叛，使計害我，我殺了她。」熒惑星全身繞著紅艷艷的火柱，走過雷祖身邊，淡淡地說。

「維淳兒，你來得正好，你評評理，這雷祖他不服我號令！」午伊扯著喉嚨嚷嚷。熒惑星也不理睬他，看著大池上方密密麻麻的妖兵和精怪惡鬥，神情盡是不屑，緩緩伸起手來。

「小心！大家快退！」翩翩和若雨在天上見了，急忙大喊著。

午伊也是一愣，已見熒惑星手上幾條火龍狂現，捲上了黃金池。

火龍在池面上狂掃亂捲，也不分精怪、妖兵，讓火龍捲上的精怪或妖兵，全都燃著烈火燒成了焦塊。

精怪們紛紛跳下大葉，藉著池裡水精掩護，往後退著。

另一頭小丘山林火勢也突然盛起，又是幾股烈焰燃起。武王驅趕著火獸到來，火獸吐出了地獄炎，燃在池面上也不會熄，且越燃越烈，黃金池上的金光漸漸讓紅通通的火光取代。

「退！快退——」翩翩揮動著歲月燭，幾條細長的五色火柱四面捲動，打滅四周惡火。

精怪們哭嚎退著，綠眼狐狸讓地獄炎燒了手臂，痛得打滾。老樹精大聲求救著，翩翩的千年不滅這才打來，滅了綠眼狐狸手上的火。

老樹精扶起了綠眼狐狸，正想檢視他那焦黑手臂，手臂就已落了下來，碎成了好幾塊，全都成了焦炭。

「別管我，顧好自己！」綠眼狐狸咬著牙關，吐出片片紫霧，掩護著精怪後退。那頭小猴兒也給火燒著了尾巴，千年不滅即時打到，尾巴只落去半截。

癲蝦蟆呱呱叫著，即時跳入水中，還將小猴兒一併拉入水裡，往後頭退著。

「黃金池成了火海！」「夢湖那方援兵怎麼還不來？」壁洞中的精怪騷動著，朝洞外放著箭。天上的妖兵成山似海，也朝壁洞裡放箭，一邊天上給打落幾隻妖兵，另一邊洞壁裡也有幾隻精怪倒下。

黃金池上的精怪全往後頭山壁上退，彼此攙扶退入洞裡。

青蜂兒和福生苦戰著天將，四周火光沖天，天將全守在上方，要飛也飛不上去。翩翩飛竄來救，卻讓綠言、三辣和幾個熒惑星部將圍住大戰。

青蜂兒暗暗叫苦，眼看地獄炎就要燒來，只聽見幾聲巨響，身旁幾個天將突然彈飛老遠。轉身一看，是紅耳掄著拳頭，跳上一片大葉。

「紅耳大哥！」青蜂兒見紅耳竟衝過火海，手上、背上都讓地獄炎燒著了。那些地獄炎雖不停燒著，卻不會擴散，紅耳全身綻放著粛紅色光芒，是這洞天第一勇士紅耳與生俱來的護身法術，壓制著身上的地獄炎。

「象子！你還認得我嗎？」紅耳揮動粗壯手臂，一拳將秦叔寶打飛老遠。

「你……」福生癡呆呆看著紅耳，高聲叫了起來：「你是紅耳大哥吶！你身上著火啦！」

「不怕！」紅耳兩隻手舉得直挺，一拳一拳掄動得氣勢洶湧猛烈，又打飛一票天將。

武王凌空飛來，領著火獸圍攻紅耳。火獸踩在水上跳著，一口一口吐著火。

青蜂兒揮針射倒一隻火獸，紅耳也打碎一隻火獸腦袋。

福生絆了一跤，摔在大葉上。青蜂兒伸手去救，讓一頭火獸咬了一口，也摔倒在大葉上。

後頭一隻火獸張口就是一團地獄炎，猛烈燒向福生和青蜂兒。

紅耳搶上去攔在福生和青蜂兒身前，轉身背向烈火，背上棗色光芒更盛，結實的後背擋下了地獄炎轟擊。紅耳整片後背全燃燒了起來，他一聲不吭，雙臂高張，將前後幾匹跳來的火獸接了，扔得老遠。

「紅耳大哥！」青蜂兒見紅耳以肉身擋火，急得大叫，也掙起身來要放光針。武王自空落下，一刀在青蜂兒臉上劈出一條口子。

地獄炎自青蜂兒臉上破口燃起，青蜂兒摀著臉，在葉上滾了起來。

「你這惡徒！」紅耳巨吼著，一把掐住了武王頸子。武王手搭上紅耳手臂，幾股地獄炎燒上紅耳全身。

紅耳卻不放手，五指一用力，發出喀喀的聲響。武王瞪大眼睛，一刀劈進紅耳肩頭，只劈進三吋，長刀便止住不前。武王驚訝著，紅耳暴吼一聲，硬生生掐碎了武王頸子。

「三個笨男人！」若雨尖嚷著飛下，後頭跟著的是翩翩。她倆好不容易擺脫熒惑星部將纏鬥趕來救援。

翩翩揮動歲月燭，千年不滅迅速覆住了紅耳、青蜂兒全身，滅了他倆身上的火。

若雨落上大葉，眼見熒惑星部將又要追來，氣急敗壞地扶起青蜂兒說：「你們逞什麼強，為什麼不逃？」

青蜂兒摀著臉，雖然滿臉血污，所幸裂口不大，千年不滅火即時滅了地獄炎，只燒傷了表皮。青蜂兒委屈辯解說：「四周都是敵人跟大火，逃不出去吶！」

「這樣逃啊！」大葉裂成兩半，大夥兒全遁入水裡，水裡魚精全趕來救，抓著紅耳、福生往後頭游去。

幾條火龍打進水裡，炸死一票魚精。

「上不去，上頭都是火！」魚精們驚慌嚷著。一票歲星部將潛在水裡浮不出水面，紅耳讓青蜂兒托著肩頭。他雖然擊殺了武王，但也讓地獄炎燒得傷重，先前身上的傷口又迸發，鮮血將池水染紅一片。

翩翩急忙揮著歲月燭，幾條千年不滅幽幽轉動，抵擋著炸進水裡的火龍。

魚精們騷動著，地獄炎加上熒惑星的烈火，將池水燒得滾燙。一票歲星部將飛空雖快，但在水中卻一籌莫展，眼見離山壁那方還有一段距離，急得不知所措。

突然一陣翻騰大滾，水裡波濤洶湧，水外頭殺聲震天，本來滾燙的池水一下子清涼許多。

翩翩和若雨互看一眼，抬頭見水面上不再是紅亮亮一片，振奮地竄出水面。

只見山壁那側幾條通往山林的小道，灌進了一浪一浪的大水，大水銀亮閃耀，是夢湖的水。

精怪們連日來在夢湖挖掘通往黃金池的水道，同時築著大壩，就是等這一刻放水淹敵。激烈閃耀的大水四面湧來，狂沖亂捲，沖走了一大片水面上的妖兵。

儘管地獄炎並不會滅，但也讓夢湖大水沖得四散，大部分燃著火的水都給沖到了岸邊，黃金池上反而沒了火光，只有一浪一浪的銀亮大水。

大水裡還夾雜著好幾隊洞天水精，水精們探頭出水面朝天上放箭，射落一隻隻妖兵。

「夢湖的援軍來了——」若雨大喊著，青蜂兒和福生、紅耳也探出了水面。

綠言、三辣早已圍上，圍攻翩翩。

綠言憤恨嚷著：「終於出來啦！我還以爲你們要在水裡躲一輩……」

綠言還沒說完，胸前一陣激痛，讓一支兵器直直射進胸口，是柄三尖兩刃刀。

大夥兒回頭看去，那件著烈風飛來的大將，是飛蜓。

飛蜓竄到綠言身前，一把拔出了三尖兩刃刀，一語不發。飛蜓赤裸著上身，臉色沉靜，眼睛雖然還是紅的，但已失去了光芒，不再是鮮艷的殷紅色，而是黯淡的褐紅色。

「飛蜓大哥，你看，象子也在！」青蜂兒見飛蜓回來，激動地哭了，摸了摸背後，背後包袱還在，急忙伸手掏著，掏出了那件青綠色的草戰袍，朝飛蜓一拋。

飛蜓見了那戰袍，怔了怔，跟著飛竄而去，伸手接著，迎風張了開來。青翠草香四溢，柔軟而堅韌，是玉姨親手縫的。

翩翩和若雨聯手抵抗熒惑星部將，見了飛蜓趕來，都振奮不已。

飛蜓拿著三尖兩刃刀，要穿那草戰袍。青蜂兒七手八腳地幫忙，福生也在飛蜓身邊轉圈，癡呆笑著問：「飛蜓大哥，你怎麼也在這兒？哈哈……哈哈……大夥兒全到齊了……一起來吃吃喝喝吧！」

青蜂兒用口咬著長刀，替飛蜓扣上草戰袍的釦子，含糊不清說著：「象子，打退了這些壞蛋，一齊吃吃喝喝吧！」

「好，打退他們！」福生哈哈笑著，一手又張起大盾，背後犄角隆起。前頭才讓夢湖大水沖散的妖兵們，又集結狂擁而來，午伊領著天將眾神從右邊圍來，熒惑星領著一干部將從左邊圍來。

飛蜓舉起三尖兩刃刀，吸了口氣，滿心的怨氣悲憤迸發，全身揚起旋風，黑烈暴風中夾雜著清澈銀白的風，大聲怒吼著：「哪裡來的傢伙，敢進犯我洞天大王的地盤——」

飛蜓還沒說完，福生已經搶著殺出，青蜂兒跟上，飛蜓狂嘯居中。

午伊指揮著天將圍上，若雨使出火牆應戰；尉遲敬德持著大鎚殺來，而那讓紅耳一拳打飛的秦叔寶，也勉力持著斧頭攻來，福生以一敵二，大鎚狂烈轟擊著兩門神。

三辣領著熒惑星部將圍攻翩翩，她以千年不滅抵擋熒惑星部將放出的火術，再以光圈還擊。

飛蜓揮舞從七海手中搶來的三尖兩刃刀，大戰十數名天將，感到身上的草戰袍溫暖柔嫩，不禁悲憤大吼，刺落了好幾名天將。青蜂兒掄著長刀，一面放出光針掩護福生和飛蜓。

「好孩子們……」樹神低下了頭，雙手緊握著，閉上了眼睛禱念著咒語。

一陣陣光屏自黃金池後的山壁發出，撲蓋向翩翩那頭戰圈。

光屏溫暖柔和，不時擋開天將和妖兵們的攻擊，護衛著翩翩等一票歲星部將。

熒惑星雙手一張，親自來戰，翩翩揮動光刀硬擋，若雨隨即跟上助陣。熒惑星手一揮就是一條火龍，直直打向翩翩和若雨。

翩翩放出千年不滅，擋下火龍，卻還是給打飛老遠。

翩翩剛退，飛蜓便竄上接戰，福生、青蜂兒緊隨在後，圍攻熒惑星。翩翩和若雨轉身飛回，又讓三辣領著部將攔下，一陣激戰。

「哈哈！」熒惑星冷冷笑著。他的火龍大刀在寒彩洞讓精怪們搶去了，此時赤手空拳，卻仍像貓捉老鼠般玩弄著飛蜓三將，調侃說著：「澄瀾一票手下全都到齊了！呃？你倆不是午伊的手下嗎？」

後頭的午伊臉色鐵青，不發一語，也不知該不該上前助戰。

天上紅雲狂捲，裂出了條破口。紫微領著眾文官，踏著紫雲降臨，槍鬼微笑跟在後頭。

紫微看著下方戰局，見熒惑星居中大戰歲星部將，驚愕地問：「維淳，你終於趕到了！斗姆呢？」

熒惑星悶不吭聲，燃著烈火的雙手揮動更烈。

本來遠遠觀戰的雷祖，此時趕緊領了雷部將士，一手提著斗姆腦袋，飛去稟告。

紫微和眾文官見了斗姆的腦袋，盡皆駭然。

紫微沉思許久，高聲喊著：「洞天樹神，妳便趕緊降了吧，天神大軍壓境，你們抵擋不了的。」

樹神不語，只見外頭妖兵狂飛，精怪們死守山壁洞口，天上的鳳凰鳥精們早也不敵前仆後繼的妖兵海，有些戰死、有些退入洞中。

外頭只剩翩翩等五個歲星部將和虛弱的紅耳，盡力死戰著熒惑星。

長老們手牽著手，協助樹神施法。樹神也不回應紫微喊話，專心凝神地放著五彩光屏，護衛著翩翩一行。

熒惑星一拳頭打飛了福生，青蜂兒知道不是熒惑星對手，心中混亂，隨口亂嚷：「熒惑星爺，你不要上當啦，午伊才是壞的，全都是他和黃靈一手搞出來的，他根本想害你！」

「聽你放屁！」熒惑星厲聲喝斥，但聽青蜂兒說午伊要害自己，心中卻又好奇，便也不下重手。他邪化之後，只覺得這黃靈、午伊兩個位階本來不知低他多少的小神，突然升上大位，心裡不免有些疙瘩。

黃靈在大神面前表現謙虛恭謹，那也算了，午伊卻老擺出一副和自己平起平坐的模樣，有時還學其他大神那樣直呼他名諱，著實讓他生厭。

青蜂兒胡亂扯著，淨講些午伊操弄惡念邪害大家的事。

熒惑星聽著、聽著，心中懷疑更盛，轉頭朝午伊看了幾眼。

「無恥叛逃小輩妖言惑眾！」午伊見熒惑星轉頭望他，像是給尖刺刺中一般，憤怒大吼，全身閃耀銀光，朝青蜂兒衝來。

「你們這票無恥小輩，和那叛逃澄瀾一樣、和那叛逃小歲星一樣，全都是無恥叛徒！」

午伊放著銀光閃電，伸手就要去抓青蜂兒。

青蜂兒飛竄要逃，熒惑星隨手一指就是一股火，攔住了青蜂兒，銀色閃電瞬間纏上了青蜂兒腳踝。

「看我太歲午伊如何收拾你這卑鄙小子！」午伊怒火沖天，也忘了還有黃靈，竟自稱太歲，全身銀光乍現。

一道黑雷落下，將幾條纏在青蜂兒腳踝的銀電擊散。

紫微、槍鬼、熒惑星、午伊、雷祖等盡皆愕然。

天上紅雲破出一條大口子，黑雷閃耀，石火輪凌空墜下。

「你才是最卑鄙的！」阿關憤恨怒吼，右手高舉著鬼哭劍、左手抓著白石寶塔。劍上閃耀黑雷，纏繞凝聚、激烈閃動，一條漆黑雷柱在空中凝聚成形，直直落下，劈向午伊。

「又是你這叛逃小子！」午伊見阿關突然現身，更加氣憤，揚手揮出銀電，打上天際，和黑雷交會纏繞。霎時光芒閃耀，在空中炸開，還炸飛了不少妖兵。

「擒下那叛逃小歲星！擒下他——」紫微張手大喊，槍鬼則滿臉狐疑地看著四周。

阿關落下黃金池，石火輪停在激流水上數吋浮動著，轉頭向後頭眾人打了聲招呼。

「阿關大人！」「是阿關！」青蜂兒和若雨高興大喊著，更後方的山壁，癩蝦蟆、綠眼狐狸、老樹精、小猴兒，乃至於那老子招募而來，一同退入洞天守衛的山神、精怪們，全都振奮了士氣，衝出了洞外，叫著、跳著。

樹神深深吸了口氣，長老們交頭說著：「是那孩子，是那小太歲！」

「你總算趕來了。」翩翩皺起眉頭、欣慰微笑。後頭一名熒惑星部將舉戟刺來，只見翩翩身影晃動，五色光圈四射，接著那靛月光刀便已斬下，將那熒惑星部將劈成了兩半。

「擒下他！給我擒下他！」午伊激動大吼著，全身閃耀銀色電光。手下天將和一干四牢部將、那兩門神，全揮舞著兵器，往阿關擁去，將他團團圍住。

紫微那票天將也衝了下來，四面八方的妖兵、鳥獸全往阿關擁去。

霎時，阿關周遭數十公尺，密密麻麻全是妖兵天將。

「呱！完啦——」山壁那側的癩蝦蟆嚇得吐出泡沫尖叫：「阿關大人只威風一下就要被殺死啦——」

遠處若雨、青蜂兒見了，都驚訝地大叫，要抽身來救。

翩翩高聲喊著：「別慌，穩住！」

「大家——有冤報冤、有仇報仇，最壞的都在這裡，出來打吧！」阿關手一晃，將白石寶塔飛拋上天，高聲喊。

白石寶塔在空中轉動震盪，霎時竄動四射出一個個身影。

狂風暴起，第一批竄近阿關身邊的午伊手下天將，全不由自主打起了轉。風伯當先殺出，雙手高張，衣袖激烈鼓動，大風亂捲，十來名天將們讓風捲飛，撞進了後頭殺來的妖兵群中。

自後頭圍上來的尉遲敬德和秦叔寶，也被白石寶塔中竄出的身影擋下。

兩身影攻勢猛烈，正是寒單爺和有應公。有應公咬牙切齒，掄著鐵棒狂轟秦叔寶；秦叔寶先前讓紅耳打出了傷，讓寒單爺和有應公一輪猛攻，連連敗退。

四周天將圍上來助陣，一個大漢從有應公身後跟著飛出，彎刀斬下，將一個天將斬死，是義民爺李強。

李強後頭跟著王海等十數個義民，個個怒吼狂叫，舉著鐵鋤鐮刀，大殺四方。

接著，鬼王鍾馗也領著鬼卒殺出，和那四面八方擁上來的妖兵群大戰。

鍾馗四面飛竄，抓了妖兵或捏或咬，咬碎了頸子便往下扔，還對著雪媚娘嚷嚷：「雪妹妹啊，這些傢伙乾枯黑臭，遠比不上妳香甜滑嫩吶——」

「你打就打，說什麼瘋話！」雪媚娘怒不可抑，一巴掌打在鍾馗肩上。鍾馗笑嘻嘻的，又抓碎了幾個妖兵腦袋。

再跟著，城隍家將團和王公們也殺了出來。城隍揮動大刀，斬下一個天將腦袋，威猛不輸義民爺李強，身邊還守著一票花臉陣頭，是家將團們。

那七拼八湊的家將團經過許久訓練，此時陣式也結得有模有樣，如一面銅牆鐵壁，擋下了一方妖兵攻勢。

百聲和九芎也殺了出來，一個狂呼亂嘯、一個搭弓射箭，打落一片片妖兵。

這時，幾片大葉浮來，是洞天水精推來掩護阿關的。阿關接著落下的白石寶塔，跳上大葉。大傻揹著葉元躍出，大傻揮動巨斧、葉元揮手放符，大戰四面八方亂飛的妖兵。

阿泰翻了個筋斗，帥氣落在一片大葉上，打開大箱子，紙人蹦跳出箱子，紙船、紙蝙蝠四處亂竄，碰著了妖兵就炸。

水藍兒領著水精也殺出寶塔，在激流上守護著阿關，章魚兄、螃蟹精、海馬精個個抖擻了精神，大戰妖兵。

「好久不見吶——」章魚兄朝著山壁揮手。山壁那頭精怪們情緒已近沸騰，扛葉子的扛葉子、遞兵器的遞兵器，洞天精怪一下子從各個洞口殺出。

「是八爪章魚！他還沒死吶，呱！」癩蝦蟆噴著泡沫，搶上了第一片大葉，朝飛下的妖兵吐著泡泡，一面朝著水藍兒這方喊著：「蛙蛙！蛙蛙！」

「打回去、打回去，衝啊——」綠眼狐狸摀著獨臂傷口，扯破了喉嚨吐出血來，烈聲大喊，指揮著精怪們衝殺反攻。

山壁洞穴中還不停殺出精怪，有的缺手斷腳、有的全身浴血，一個個往大葉上跳，水裡的魚精推動大葉，往那密密麻麻的妖兵處衝去。

幾聲虎嘯獅吼，阿火領著大邪、風吹等也衝殺而出。獅子、老虎們本來由於不擅水戰，全都守在山壁洞口，以防妖兵鑽入，此時棄了守勢，全往外頭衝。由於獅虎們齜牙咧嘴等待許久，此時倒成爲精怪這方反攻時的一支厲害隊伍。

牙仔飛竄蹦跳，和鐵頭、小狂也跳上大葉，與四面八方逼來的妖兵狂戰。小狂御風飛行，躍上一隻鳥獸頸子，咬著牠頸子不放。鳥獸吃痛亂抖，突然一個黑影晃過眼前，是小石獅鐵頭。鐵頭在空中翻了個筋斗，鋼鐵般的頭轟隆砸在鳥獸腦袋上，將對方腦袋砸得裂了。

鐵頭在空中張牙舞爪，嗷嗷叫著，往下墜去，落在大葉上打了個滾。

牙仔翹著屁股，像是等了許久。鐵頭掙起身來，啣住牙仔尾巴，甩頭往天上拋。

牙仔給拋上了天，揮爪亂抓，踩著妖兵身子四處蹦跳。此時牙仔身型已有小野狗大小，爪子銳利許多，抓死許多妖兵，落了下去，又啣住鐵頭尾巴，將他拋上天撞擊妖兵。

一個魔將騎著三頭獸呼嘯飛下，手上一柄大叉還叉著好幾隻精怪屍身。這魔將領著一票妖兵攻打幾片大葉，大葉上的精怪朝空射箭，都讓那魔將那柄大叉擋下。

魔將座下的三頭獸振翅高嗥，一顆頭張了口，呼出綠色火焰，燒著了一片大葉，上頭的精怪身上全著了火，往水裡跳。

三頭獸另一顆頭也叫了幾聲，吐出的是紫色的火，去燒其他的大葉。忽然一股狂風襲來，將那紫火反吹，反而燒上魔將身子。

魔將慌慌張張拍熄火，仔細一看，前頭一個大白影伴著狂風飛竄而來，是大風獅爺風吹。

風吹頸上二十來條披風迎風飛揚，大掌一爪爪揮來，抓裂了三頭獸其中一頭。

魔將扯著三頭獸頸上繩索落下大葉，揮叉刺死擁上的精怪。三頭獸中間那頭鼓起了嘴巴，冒出黑色火光。後頭一聲猛烈虎吼陡然暴起，魔將回頭，見了紅焰迎面撲來，只得棄了坐騎縱身躍起。

三頭獸閃避不及，讓那自背後打來的紅火燒著了全身，掙扎之際，大紅影已然落下，是虎爺阿火。

阿火撲上了三頭獸後背，大掌一掌掌打下，不時張口咬著，很快便咬死了這三頭獸。

魔將在空中揮動大刀，大戰風獅爺風吹，隱約見到下頭紅影又跳上來，竟是阿火踩踏著三頭獸的屍身往天上蹦，蹦了老高，一爪搆著了魔將腳踝，將他扒了下去。

魔將哇哇叫著，上頭風吹也撞了下來，將他轟隆撞在大葉上。

魔將施咒放法，幾道光打退了阿火和風吹，正欲掙起，頂上一片黑影晃來，是那頭大如水牛的粗壯黑虎爺——大邪。

魔將躺在地上，還來不及起身，只好挺叉去刺。手才一動，大邪便一掌踩下，踩住了魔將手腕，大口一張，咬碎了魔將腦袋。

四面妖兵來救，阿火紅影四竄，或打或咬，撕裂著落下的妖兵；風吹乘風飛起，和阿火左右開弓，力戰妖兵。

「上啊！上啊——」老樹精、綠眼狐狸、小猴兒全追著癩蝦蟆上了同一片大葉，領著精怪們往前衝。綠眼狐狸不顧身上傷勢，狂吐紫煙掩護大夥兒衝鋒；老樹精頭上枝葉都斷落了，綠森森的樹汁自傷口流了滿樹身都是，捲動著枯枝和妖兵們戰鬥。

小猴兒鐵棒亂揮，癩蝦蟆吐著泡泡，上百片大葉一齊往前衝殺，一片片大葉子上頭的精怪，神情都是奮勇壯烈，一點也不畏懼那漫天妖兵。

壁洞裡的鳳凰啼叫，領著鳥精飛出助陣，掩護大葉前進。

山壁洞口彩光大盛，射出了一道道虹彩。

樹神全身發出了彩光，不言不語，閉目唸著咒語。身邊的長老有些要勸，有些凝神放咒，洞口射出了一片片的虹彩，往天上打、往水上打，打在妖兵身上，將他們打飛打退；而打在精怪身上的，則讓他們傷口似乎不那麼痛了。

血紅天障降臨

「援兵來了，又能如何？」熒惑星冷冷瞧著阿關那方熱烈大戰，一旁福生揮動犄角，轟隆隆打來。

熒惑星一手接下福生的大犄角，手上燃起紅龍焰。紅焰順著犄角爬上福生後背，福生大聲喊痛，全身著了火。那頭飛蜓挺著三尖兩刃刀，勢如飛電，往熒惑星腦門上刺來，卻讓熒惑星一拳頭轟在胸前，打凹了一個坑。

飛蜓狂吐著血，伸手指著，血花伴著旋風捲上熒惑星手臂；青蜂兒也放光針打向熒惑星。

熒惑星張口哈著氣，吹散了那些針，火紅鬍子讓飛蜓烈風吹得狂搖，卻一點也不在意。

「這等風術也想傷我？」

熒惑星還沒說完，四周的風術猛烈了數倍，瞬間臉上、身上給割出好幾道裂痕。

「紅鬍子！那我這風術又如何？」風伯不知什麼時候飛竄到飛蜓身後，伸手搭在飛蜓肩上，加強他的風術威力。

「是你這傢伙！你也來啦——」熒惑星見了風伯，微微吃驚，這才放開全身燃火的福生。

飛蜓並不知道風伯歸順己方這段經過，轉頭見是風伯幫他，也驚訝喝問：「你為何幫我？」

「因爲你英俊。」風伯嘻嘻一笑，又鼓動幾道大風逼開熒惑星打來的火。

若雨和翩翩早已竄下，翩翩使千年不滅撲滅了福生身上烈火。若雨趕緊伸手灌了幾股治傷咒。只見福生全身冒煙，儘管化出厚甲，仍讓這大火燒得甲殼崩裂、皮肉焦黑，全身不停打顫，傷重得動彈不得。

飛蜓死命支撐身子，協同風伯狂鬥熒惑星。

三辣又領著其他眾將趕上，將一干歲星部將團團圍住。

熒惑星找著了對手，也興奮起來，握緊拳頭往風伯身上打。風伯知道熒惑星悍勇，不敢硬拚，不停飛繞游擊，放出風術突襲。熒惑星一面打，一面揮著火，火越揮越烈，好幾面火牆四面蓋來；風伯無路可退，只好鼓起全力放黑風硬衝，好不容易衝過了火，全身也已燒傷。

「這熒惑星好霸道呀——」風伯恨恨罵著，連連揮風，都讓熒惑星擋開。

「風伯別怕，我們來助你！」寒單爺大聲吼著，從左翼殺來，揮舞彎刀劈砍熒惑星；有應公從右翼衝出，沙啞叫著，掄動鐵棒朝熒惑星打去。

熒惑星手上沒有兵刃，用粗壯手臂或抓或打，一拳打飛有應公，一指噴出烈火燒上寒單爺全身，燒得寒單爺打起了滾，怪聲叫著。

風伯又來接戰，和熒惑星過了兩拳，身上黑色大袍已全著了火，趕緊飛遠放風滅火。

熒惑星正得意要笑，腿上卻一陣巨疼，竟是那全身著火的寒單爺，伏在大葉上裝死，趁機砍他的腳。

「混帳傢伙，我竟忘了你這寒單不怕火燒！」熒惑星勃然大怒，揮拳要打寒單，有應公再來，風伯也跟上，左右夾攻熒惑星，寒單爺也趁勢起身，全身冒著火焰，一同圍攻熒惑星。

熒惑星正酣鬥三神，突然背後殺氣逼來，回頭一看，竟是青蜂兒和若雨聯手攻來，熒惑星赤手空拳力戰五神，漸漸感到不敵，氣憤罵著：「我熒惑星部將都上哪兒去了！」

一個腦袋落了下來，是熒惑星其中一個部將腦袋。

熒惑星抬頭望去，只見到空中部將稀稀落落，只剩三個，其中一個是使著火鞭的三辣。三辣胸膛上有條大口子，還淌著血。

三辣聽了熒惑星大吼，分神下看，前頭身影竄來，是翩翩。

三辣急揮火鞭，火鞭化成十數條小龍，一條條在空中起舞飛竄，熊熊烈烈。

翩翩一點也沒緩下勢子，只是輕輕揮動歲月燭，五色流光漫起。凶烈的火龍讓千年不滅纏上，瞬間散成了細細碎碎的小光點，往下落去。

三辣心中駭然，他一柄火鞭毫無用處，正要想辦法應變，翩翩早已旋了身子，一片片光圈打來。三辣狼狽要逃，身上、腿上讓好幾道光圈斬過，切出大大傷口。

另兩個熒惑星部將放出火術，齊攻翩翩，也都讓千年不滅滅了。

「熒惑星爺，那蝶兒仙的法術是咱們的剋星，兄弟們都死在她的刀下啦！」一個熒惑星部將恨恨罵著。

由於風伯和寒單爺、有應公的助陣，拖住了熒惑星攻勢，翩翩等歲星部將便因此騰出空來，大戰熒惑星部將。熒惑星一干部將全使火術，但在翩翩的千年不滅面前，全無用武之地，一陣大戰之下，紛紛敗陣。青蜂兒和若雨便因此轉向去攻熒惑星，剩下三辣等三將也已力竭，完全不是翩翩對手。

「什麼！」熒惑星又怒又惱。翩翩一陣亂竄，三辣又中兩刀，不支落下，落進了水裡，讓水精一擁而上，拖進水裡痛打。

□

這頭，午伊指揮著眾天將圍攻阿關，王公、城隍家將團、大寶、大傻、水藍兒等精怪們將阿關守得密不透風，天將們完全攻不進去。

「這可惡小子，叛逃歲星！還不束手就擒？」午伊大罵著，從腰間抽出一柄鑲滿寶石的細長寶劍，那是玉帝令天工特地打造，賞賜給他的。

午伊挺著寶劍，也加入戰圈。他一手握劍，一手手掌大張，銀光閃耀。

「啊呀！糟糕！」阿關見了午伊一手銀光中，隱約可見淡淡的紅黑色黏團——惡念。

午伊手一揮，惡念黏團上纏繞著銀色電光，迅速飛來，打在大傻身上。

大傻怪吼一聲，摀著腦袋蹲下，將背上的葉元都甩落在大葉上。

阿關連忙轉了個彎，騎至大傻身後，一手按著大傻腦袋，將那團惡念又抓了出來。正不知要往哪兒扔，只見到午伊似笑非笑，又將一團黏團扔向水藍兒。

「你好可惡！」阿關怒叫一聲，鬼哭劍飛擲而去，打散了那飛向水藍兒的惡念團。

「大家小心，午伊亂扔惡念——」阿關憤怒叫著，石火輪耀出火花，衝出了己方護衛陣勢，直直往午伊衝去。

午伊見阿關受激，心中大喜，往後退著。身後的妖兵不停往前飛，擁向阿關。

這頭，阿泰一夥兒見到阿關衝出戰圈，以為他又要逞強，急忙跟在後頭。

阿關回頭揮手喊著：「你們後退！」

午伊嘿嘿笑著，知道惡念當然無法讓阿關一行的夥伴立時反叛，但只要能使阿關心神大亂，已經足夠。他白鬍飄動著，手一揮，又扔出幾團惡念亂打，有的打向城隍、有的打向精怪。

阿關操縱著鬼哭劍飛竄，四面攔截那些胡飛亂竄的惡念，但總有攔截不及的，有些精怪讓惡念打中，都搗著頭打滾，有些利齒長了出來，眼睛都紅了。

阿關憤恨至極，正覺得奇怪，這兒沒太歲鼎，午伊是哪兒抓來這些惡念亂扔的。接著他隨即明白，午伊身前身後、四面八方全是妖兵，惡念俯拾即是。

午伊哈哈笑著，同時揮劍指揮說：「那叛逃小歲星心中惡念已重，邪氣衝腦，情緒失控啦，快趁機擒下他！」

「你太可惡啦——」阿關眼見午伊不停扔出惡念攻擊己方的同伴，恨得咬牙切齒。四周妖兵源源不絕，石火輪雖快，卻無法逼近午伊身邊。

九芎和百聲速度較快，已跟上了阿關。百聲急問著：「關哥，你說清楚，午伊怎樣用惡念？」九芎則搭了光箭，飛快朝著午伊射去，都射在午伊前頭那票亂飛亂竄的妖兵身上。午伊往更後頭退著，藉著密密麻麻的妖兵掩護著自己。

「被他的惡念扔中會很糟糕！」阿關憤恨喊著，知道讓惡念打進身子，即便抓了出來，也會全身癱軟無力。且惡念若是經由午伊刻意且大量強灌進了身子，那傷害程度或者會更嚴重。他曾在太歲鼎上對著雪媚娘的妖兵扔過惡念，見了那些妖兵發狂模樣，還餘悸猶存。

前頭紛紛亂亂，九芎的光箭射得飛蝗亂竄，又射倒了好幾片妖兵；百聲緊抓著阿關手臂，問著一些不著邊際的問題：「關哥！你何必著急？你也有太歲血加持，個人認爲，你比他要厲害！」

「小心！」阿關正慌亂著，又讓百聲纏得心煩，突然見到午伊從另一旁妖兵隊中竄出，對著九芎擲來一團惡念。連忙甩開了百聲，專心凝神，鬼哭劍飛勢極快，總算在惡念打中九芎前一刻，刺散了那團惡念。

「小心午伊那個卑鄙小人！」阿關氣急喊著，午伊又沒入了妖兵大陣中。

後頭幾片大葉開來，阿泰、水藍兒、葉元都朝阿關叫喊著：「你做什麼吶！」「快回來！」「別自己亂殺！」

另一旁一片大葉，上頭是綠眼狐狸、老樹精、癩蝦蟆和小猴兒等一票精怪。

癩蝦蟆呱呱叫著，八手亂揮，從小猴兒手上搶回了貝殼項鍊，往阿泰這張大葉上跳，興奮喊著：「蛙蛙！蛙蛙！」

水藍兒身後也探出了小海蛙的身影，高興地往癩蝦蟆奔去。

「老樹、狐狸、臭蝦蟆，好久不見啊！」螃蟹精、章魚兄這票海精，見了癩蝦蟆等山精趕來，都顯得十分高興。

癩蝦蟆嘴巴吐著泡泡，大聲呱呱叫著，手忙腳亂地將那貝殼項鍊往小海蛙腦袋上套，卻因爲激動而戴不上。

「阿關！回來啊——」阿泰朝著阿關大叫大嚷。

「你們後退，後退！」阿關大喊著。

午伊已從大葉後方妖兵陣中竄出，一票邪天將守護著他。

銀白色的電光自午伊手上亮起，靠午伊較近的妖兵紛紛狂嚎叫喊起來，隨即虛弱倒下，像是精力給吸乾了一般。

「這死老頭有什麼好怕？」阿泰轉頭見了午伊，哈哈笑著，掏出一把符，大聲唸起咒語，符上閃耀金光。

幾個精怪也紛紛施出法術，水藍兒打出了光束，老樹精擲出了葉子。

「快走！快走！」阿關大叫著，鬼哭劍飛竄而去。同時，午伊手上的大電光也炸了開來，幾道電流打向大葉。

「不過就是電……」阿泰哼哼唸著，幾十張符咒飛天，結成一張張符籙光陣。

「啊啊！」阿關絕望叫著，只有他清楚看見，阿泰的符陣只擋下了銀電，卻沒能擋下銀電之後那勢如大浪的惡念。

惡念海浪似地捲上了大葉。

阿泰見自己法術竟擋下了這代理太歲的銀電，不禁得意洋洋。正要開口罵髒話，突然覺得腦袋一陣劇痛，搗著頭跪了下來。

「午伊——」阿關憤怒大吼，往大葉竄去。

「哇！」精怪們發出了撕裂般的吼聲，有的用手抓著臉，在臉上抓出了深可見骨的裂痕。綠眼狐狸瘋了似地咬著自己斷了的那臂傷口，口鼻都冒出了紫霧。

「綠眼睛，你怎麼啦？」老樹精扶住了綠眼狐狸，正要開口問，卻讓綠眼狐狸一把揪住了鬍子，摔倒在地。

綠眼狐狸那雙漂亮碧綠眼睛，竟變得通紅一片，還淌下了鮮紅的血。

章魚兄揮動著八隻觸手的尖刃，凶狠砍殺起四周夥伴；螃蟹精身中數刀，也殺紅了眼，掄動大螯，轟擊著章魚兄。

「大家冷靜吶，你們是怎麼了？」葉元不明白發生了什麼事，一旁有幾隻發了狂的精怪擁上，都讓發狂的大傻打飛。

「你們要幹嘛？要幹嘛？」癩蝦蟆激動叫著，幾隻海精將他抓了起來，用力扯著身子。小海蛙哭叫、拍打著那些精怪。

「臭山精、臭山精！憑你也想接近我們海精！」幾隻海精瘋了似地吼著，指尖都掐入了癩蝦蟆身子裡。

「哇——」癩蝦蟆口吐泡泡，痛得尖嚎，手腳被一隻隻扯了下來。

阿關衝上大葉，慌忙在四周抓著。

九芎在上方護衛，見著了午伊又從另一邊探出身來，連忙放出飛箭。她知道午伊銀電上帶著惡念，一點也不敢大意。

阿關四處奔跑，先是驅出了綠眼狐狸和老樹精身上的惡念，綠眼狐狸和老樹精已奄奄一息倒在地上、渾身浴血。綠眼狐狸還獨手掐著老樹精頸子，老樹精身上的枯枝，一枝枝插在綠眼狐狸身上，還插入了綠眼狐狸那雙涌紅眼睛裡。

「惡念吶——」阿關絕望吼著，又將幾個互相爭打的精怪電倒，電出了他們身上的惡念。有時下手重了，驅出了精怪身上惡念，卻也將精怪電得昏死。

眼見整片大葉騷亂連連，難以平復，阿關又氣又急。

「午伊——」阿關憤怒大吼，身上黑雷迸發，四處亂捲。大葉上的精怪一下子全讓這黑雷捲倒，黑雷纏繞著精怪身子，將他們身上的惡念全激了出來。

「快退！快退——」百聲見了這慘狀，這才開始慌亂著急，指揮著底下大葉說：「卑鄙午伊在扔惡念，大家小心、小心！可惡啊……」

阿關停下了黑雷，轉頭一看，精怪們大都讓黑雷電得癱軟。葉元抱著大傻哭著，大傻雙手還掐著一隻海精，那海精已經死去，尖銳的鰭插在大傻胸口。

阿泰掙起身子，摀著腦袋喊疼。

小海蛙大聲哭嚎，手上捧著那碎裂的貝殼項鍊。

周圍幾隻海精怔怔看著手上的斷肢——癩蝦蟆的斷肢。

阿關趕了過去，抱起讓海精撕去了好幾隻腳和半邊身子的癩蝦蟆，不禁激動哭了起來，奮力在他身上施放治傷咒術。

「阿關大人……讓我來！」海馬精全身打顫，他手上還抓著癩蝦蟆一隻斷腿。方才他也讓惡念炸進了心肺，腦中只想著要把可惡的山精扯了個碎；此時羞愧至極，搶了上來，雙手放出柔和的光芒，覆上癩蝦蟆全身。

□

風伯趁著熒惑星分神，雙掌大張，十指尖銳，兩臂都是烈風，打在熒惑星後背上。

熒惑星怒嚎著。前頭寒單爺、有應公打來，後頭青蜂兒、若雨跟上，翩翩凌空飛降。熒惑星獨力難敵，讓大夥兒一擁而上，連連中了兵器砍殺；想要放火，翩翩的千年不滅已經纏繞上他全身，燃得瑩瑩亮亮，火術才要出來便熄滅了。

如同上一次辰星圍攻一般，大夥兒一刀一劍往熒惑星身上招呼。風伯兩隻手揪著熒惑星耳朵，狂風在他身上亂竄。

有應公一棒棒往熒惑星腦袋上砸，寒單爺猛砍著熒惑星身子。

「喂喂！」一陣黃光大現，黃江手上木劍，阻下了若雨劈往熒惑星頸子的大鐮刀。

「啊呀！是你啊，黃江大哥！」青蜂兒和若雨見黃江突然現身，都嚇了一大跳，還不知黃江是敵是友。

「你們殺瘋啦？」黃江將書挾在腋下，木劍繞圈，一陣陣金黃光芒照向熒惑星。黃光化成了金色鐵鍊，將熒惑星團團繞了起來。

翩翩會了意，也阻下了還欲進攻的風伯，說：「風大叔，熒惑星終究是五星之一，有得救！」

「救個屁！」風伯身上還帶著惡念，哪裡聽得進勸阻，鼓足了全力往熒惑星殺去。才殺到熒惑星面前，熒惑星兩眼大睜，張口一吐，吐出一團紅火，打在風伯身上。大夥兒一陣騷亂，熒惑星用盡全力，身受重傷，吐出了一團火便再也沒了力氣，癱軟倒在一片大葉上。

翩翩用歲月燭滅了風伯身上的火，同時問著黃江說：「黃江大哥，鎮星藏睦爺是否也來了？你們……」

黃江苦笑說：「放心，我和你們站在同一邊！只不過，我家主子……」

天上紫微見了熒惑星遭受圍攻，不敵倒下，大驚失色地嚷嚷：「那不是黃江嗎？他怎也出現啦？」

「雷祖、雷祖！」紫微四顧大喊著雷祖。

雷祖一直領著雷部將士在水上游擊，卻不和精怪正面交戰。見到熒惑星受了圍攻，本要領兵去救，但見到翩翩一行在天上力戰熒惑星部將時手下留情，那些部將被砍落了水裡讓精怪擒了，捆了扔上大葉而沒有痛下殺手。

雷祖心中有了個底，和電母悄聲交談著說：「我瞧那小歲星說的是真的，妳看那千歲星部將，戰歸戰，卻也盡量手下留情。相反地，熒惑星暴烈凶殘，連斗姆都給他殺了，哪方才真的邪了，妳我心裡有數吧！」

雷母點點頭說：「我們去勸紫微大人，要他收兵停戰！」

雷祖點頭同意，領了一票雷部將士，往紫微飛去。

紫微見雷祖飛來，大聲斥喝著：「你們在做什麼，還不去救維淳！」

雷祖大喊：「紫微大人，你看熒惑星爺受擒，那干蟲仙卻沒有下殺手，他們沒邪，別打了吧！」

紫微眼睛圓瞪，不敢置信雷祖竟不聽號令，氣極大吼著：「全都給我上，快上吶！」

「槍鬼，你還愣在這兒做啥！」紫微見槍鬼還佇在他身後，冷冷觀戰著，又是一陣憤怒，大聲罵著：「快去救維淳，快去！」

槍鬼一點反應也無，似乎沒將紫微的話聽進耳裡，反而神祕地看著四周，像在找尋什麼。

「原來是你們，也只有你們能破我天障。」槍鬼淡淡說著，眼睛閃耀，突然舉起手來，手上紅光閃耀，像是抓著了什麼一般。

紫微這才看見，槍鬼身旁現出了個人形，竟是洞陽。

洞陽咬牙切齒，手握著短劍，停在槍鬼胸前三吋，讓槍鬼牢牢抓在手裡。

槍鬼身後陡然炸出金光，現身的是鄱庭。鄱庭身型矮胖，舉著兩柄鐵戟往槍鬼腦袋上砸。

槍鬼一個轉身，揪著洞陽往鄱庭身上揮去，洞陽撞上了鄱庭，兩個飛了老遠。

「紫微大人，快走！」鄱庭穩住了身子，大聲喊著；洞陽揮動羽扇，幾道咒術花亂閃耀，往槍鬼打去。

「可惜……」槍鬼冷笑兩聲，閃過了咒術，自背後抽出一柄長槍，在洞陽、鄗庭尚未趕來之際，一槍刺進了紫微胸口。

「紫微大人！」雷祖正緩緩飛向紫微，見此巨變，大驚失色，高舉手上大斧，往槍鬼竄去。

紫微身子打著顫抖，眼睛瞪得圓大，一句話也說不出來。胸前創口冒出漆黑的煙霧，那花槍還插在紫微胸前，微微晃動著，幾股紅色的咒文光芒在槍上轉動，往紫微身子裡鑽。四周文官都驚駭莫名，搶了上去將搖搖欲墜的紫微扶住，手忙腳亂地在他身上施放治傷咒術，卻無法壓制槍鬼花槍上的邪術。

「你做什麼？」雷祖揮舞著大斧，暴喝竄向槍鬼。槍鬼冷冷笑著，抽出了背後最後兩支花槍。花槍一長一短，槍頭槍身都是墨黑底色帶著鮮紅咒文，短的那槍兩端都有尖銳槍頭。

「本來還想逗逗這四御紫微，看你們這班神仙內訌真是有趣。」槍鬼大聲笑了起來，兩柄花槍炸出強烈的黑氣。

雷祖大吼著，一斧頭劈去。槍鬼拿短槍格擋，使長槍刺擊，凶猛有如黑龍翻江。雷祖只擋下一擊，第二擊便漏空，右肩給刺出一個深洞，血灑得滿身都是。

「雷哥！」電母尖喊著，趕來救援，發出幾股電流打向槍鬼。雷祖也沒讓槍鬼凌厲黑槍嚇著，一柄大斧頭炸出閃耀電光，夫妻倆齊心力大戰槍鬼。

槍鬼兩柄黑槍極其凶烈，威猛不輸給太子爺的火尖槍，上頭還帶著邪咒。雷祖肩頭腫脹流著血，血漸漸變黑，傷口激烈抖動著，倏地鑽出幾條怪模怪樣的黑蟲，在雷祖肩上啃著。

「好凶毒的邪術！」洞陽、鄱庭齊飛跟上。洞陽扶住了紫微，在紫微胸前畫了一個印，總算封住了這魔界惡咒。

鄱庭鐵戟亂舞，結成一個又一個的光形大陣，向槍鬼覆去。

槍鬼以長槍撥開這些光陣，身子一竄，脫出戰圈，飛得更高，低頭看著底下騷亂的神仙們。

「槍鬼，你——」電母扶著雷祖，氣極罵著：「我就說你們這班魔界妖魔沒安好心！」雷祖臉色蒼白，摀著那不停爬出黑蟲的肩頭，咬牙切齒，恨不得追上去將槍鬼生吞活剝。

「至高無上的神仙，你們也有這麼一天吶！」槍鬼冷笑喊著，全身紅光大現，天上的血紅天障滾動翻騰，一下子凶烈了數倍。

樹神和精怪長老們協力發出的洞天虹彩，本來能抵擋住那血天障，但此時節節敗退，一點也無法阻止血天障壓落之勢。

四周山林大池捲動起猩紅暴風，槍鬼背後的紅光更亮了。黃金池後山壁大洞穴裡，精怪長老們摔倒了好幾個，剩下來的都鼓起了全力，呀呀叫著，放出更為閃耀的虹彩，一記記往那壓下來的猩紅天障斬去，卻像劈向大海一樣，幾乎沒有作用。

「精怪們的法術也是厲害，且很漂亮……只是你們眞以爲可以阻止我槍鬼的天障？」槍鬼得意說著，同時高聲大喝：「一切全在我主子掌握之中！午伊，剩下便交給你了！」

槍鬼說完，一陣紅光閃耀，紅光褪去，已不見槍鬼身影。

血紅天障仍往下壓來，山壁高處已讓天障吞沒，發出了碎裂的聲音。

四周的妖兵仍奮力亂竄激戰著，精怪們則讓這巨變嚇得慌了手腳，方才反攻的氣勢一下子蕩然無存。

□

阿關迎著暴風，高舉白石寶塔，將一票奄奄一息的精怪們收入寶塔裡。老樹精黯然無神，扶著綠眼狐狸進了寶塔；綠眼狐狸只剩一絲虛弱氣息，他雙目失明、獨手亂抓，還不知道爲什麼突然間變成了這樣。

葉元受了這般震撼，心中一急，不支昏厥。還有餘力的精怪們彼此攙扶著，將大傻和葉元都抬進了寶塔。阿泰慌亂掏著符咒跟在後頭，回想著后土教過他的治傷咒，含淚對著葉元和大傻放著治傷咒。

「幹……」阿泰踉蹌走進寶塔前，重重在阿關肩頭上搥了一拳，恨恨地說：「替大家殺了那個混蛋……」

阿關咬牙切齒，嗚咽了兩聲沒有回答。小海蛙撿了癩蝦蟆被扯得七零八落的手腳和半邊身子，嗚嗚哭著，和水藍兒一同進了寶塔。

海馬精和幾隻海精一同抱著癩蝦蟆往塔裡跑。癩蝦蟆在經過阿關身旁時，還呱呱嚷著：「阿關大人……其實我還沒死吶……你哭什麼……呱呱……」

癩蝦蟆也進了寶塔，阿關將寶塔交給趕來的王公老六，吩咐著：「要大家小心，見到午伊別跟他硬打，大聲叫我！」

「小歲星大人……」老六還沒說完，阿關已經跨上石火輪，朝遠遠的妖兵團猛衝過去。

「午伊——午伊——你給我出來！」阿關憤恨吼著，石火輪飛快，連百聲和九芎都追不上；他身上伴著黑雷，石火輪像大流星一樣，炸入了妖兵團裡。

「冥頑不靈的叛逃小子，還不束手就擒！」午伊還打著官腔，罵著阿關。

「你這傢伙才是壞蛋！」「午伊，你竟和妖魔一齊設計陷害紫微大人！」天上的文官們憤怒大罵午伊：「原來是你這傢伙在搞鬼！」

紫微神色茫然，看著黃金池山壁那洞口，天上的血紅天障漸漸蓋下。樹神的聲音柔和傳來：「紫微大人，退來這兒吧，您傷極重，讓裔彌看看，她能救您……」

文官們交頭接耳，有的急忙不知所措，有的則暗暗罵著：「紫微大人，別去，樹神想落井下石吶！」

「快送我去樹神那……我就快死啦……妖魔的邪術好厲害！我好難受啊……」紫微全身發顫著，口裡連連冒著血。他也猶豫著樹神是否會設計害他，但身邊文官治傷咒術一點也不管用，胸前那柄大槍還直挺挺插在胸上，上頭的邪咒一股腦往胸口裡鑽，難受至極。

他聽了槍鬼離走前幾句話，見到底下午伊對著大葉放電後的慘狀，登時醒悟了這些日子來，自己日漸暴躁的原因。

此時那洞天黃金池後的山壁仍發出著一陣陣虹彩，力抗著強壓下來的天障。樹神的聲音此時聽在紫微耳裡，竟像是唯一的救贖一般。文官們猶豫看著，電母大聲催促說：「還愣什麼？快去呀！」

天上一行神仙終於轉向，慌亂往洞天山壁退去。洞陽、鄱庭在兩邊守著，應付四周妖兵和那些露出猙獰面目的邪天將們。

「午伊！有種別逃——」阿關大吼著，揮動鬼哭劍斬翻了一隻又一隻的妖兵。午伊藉著那些胡亂飛舞的妖兵掩護，快速向後退著。

「可惡，混蛋！」阿關憤怒罵著，前頭落下兩個天將，使著大斧劈他。阿關閃過了一斧，一手放出黑雷將那兩個天將電得翻倒落水，後頭又有兩個天將落下。

阿關氣極，眼見午伊作勢要往另一處聚滿精怪的大葉飛去，驚慌之餘差點讓天將砍著。

「我來幫你！」天上喊聲未歇，一片光圈落下，射退了天將。翩翩凌空飛下，斬倒一隻妖兵，落在石火輪後頭。

「翩翩！妳學會了飛天咒？」阿關見了翩翩飛來，先是驚奇，跟著急喊：「快回去，午伊很卑鄙！」

「不怕。」翩翩一手抓著阿關肩頭，千羽巾迎風飛揚。「你忘了我已變成凡人，凡人有肉身保護，較能夠抵禦惡念。你沒看那猴子阿泰讓惡念炸了，還生龍活虎的？」

「很危險！」阿關一面牢牢盯著遠處的午伊，生怕他又亂扔惡念，一面提醒翩翩。

「都說不怕啦。」翩翩輕敲了阿關腦袋，手勒著阿關脖子，還以臉在阿關臉上蹭了一下。「我還以為你在外頭出了事，回不來了，能再見你，還有什麼好怕的。最難過的事都已經過去了，要死一起死吧。你怕了嗎？」

「嗯，不怕。」阿關熱血沸騰，石火輪在水面上打了個轉，直直朝向午伊說：「宰了那個壞蛋！」

「哈哈、哈哈！」午伊大聲笑著，看著黃金池上一票神將掩護著精怪們紛紛往山壁退去，四周成千上萬的妖兵，和數十個天將全聽自己號令，突然覺得十分威風，高聲喊著：「他們全怕了我太歲午伊，哈哈！」

「喲，還有兩個不怕死的！」午伊見了阿關掉轉車頭，直直朝他衝來，連忙揮手招呼四周的妖兵說：「去殺他們！」

妖兵們仍在四周飛竄著，魔將們全隨槍鬼離開了。天障裡這些妖兵群龍無首，有些慌亂地要往外頭逃，有些則胡亂飛著，只剩不到五分之一的妖兵還瘋狂攻打著黃金池後的山壁。

翩翩肩上千羽巾飄動，自石火輪後座上站了起來，雙手一揮，那光圈像暴雨似地炸開來。

鬼哭劍凌空飛起，伴著強烈黑雷，有如一條張口黑龍，直直朝午伊捲去。

石火輪所到之處，妖兵們全慌忙閃避著，或是讓光圈斬落。

「你們這些膽小鬼！」午伊見四周的妖兵並不太聽他的話，不禁有些憤怒地罵：「我和你們主子合作，你們敢不聽號令？殺了他們！殺了他們！」

儘管午伊這樣叫喊著，妖兵們仍然無動於衷。有些妖兵乖乖聽令，圍攻著阿關，都讓黑雷或是光圈打死，其他妖兵便開始往外頭衝。天上那紅天障降得更低了，只見到那些陷入天障裡的山壁，轟隆隆抖動著，落下了一片片的石屑。

長得較高的樹木，讓那蓋下的紅海一碰，登時腐爛了。飛得更高的妖兵，讓這天障一蓋，斷手斷腳地落了下來。午伊這才醒悟，槍鬼設這天障，不是要助他，是要連他和裡頭的神仙、精怪們一同吞了。

「可惡！」午伊大罵著，連連後退著，在妖兵陣中忽左忽右地竄逃，突然轉身扔了好大一團惡念。

阿關早有準備，鬼哭劍伴隨黑雷竄去，打散了惡念，五色光圈立時跟上，穿破了四散的惡念紅霧，在午伊身前的幾隻妖兵身上炸開。

午伊見此時的阿關已能將黑雷操縱自如，加上鬼哭劍、石火輪等神兵，再加上那驍勇翩翩，自己根本不是對手，只好轉身逃著，不時吆喝妖兵護衛自己。

妖兵們胡亂竄著，在遠處天障的邊界啃噬著，挖出了一個一個的小破口，鑽出外頭。午伊也找著了一個小破口，逃了出去。

「別逃！」阿關快速騎著石火輪，一面驅殺著妖兵開路，也追出了那小破口。

□

「什麼……你說那鎮星藏睦已讓獄羅神收買？」文官們個個面面相覷，驚訝叫嚷著。

山壁大洞穴中，精怪長老們在洞穴前頭排成一列，全身發脹，有些皮肉裂了開來，淌出紅血。

天障蓋下了黃金池，池水沸騰起來，還在池水上竄逃的妖兵們一隻隻落下，但有些較頑強的，也能夠鑽出天障，逃到外頭去。

而所有精怪都退入這片山壁，樹神及長老們已無力再放虹彩，僅能集中力量，張起了一面結界，護住這片山壁。樹神高張雙手，瘦小的身子搖搖欲墜，正緊榨著身上最後一絲氣力，放出微弱的光。

「那小歲星逃出天障啦？」樹神久默不語，突然問了這句。

「是的，我親眼見到，他們從邊界追著午伊出了天障。」阿老回答，樹神點了點頭，再也沒有顧忌，更專心一致施放著結界法術。

洞穴中央幾張大桌，則讓退入避難的神仙們佔了，激烈討論著。黃江、洞陽、郡庭居中，說明這一切。

紫微胸前的大槍已經取下，裔彌在紫微傷處畫下了咒術，同時也敷上了靈藥，加上幾個神仙、精怪一同施術，總算壓制住了槍鬼惡毒邪術。

裔彌也在雷祖肩頭傷口取出一條黑紅色大蟲，施了咒術敷上藥，雷祖的肩頭傷勢好轉，也不再冒蟲了。

「什麼！太離譜，這太離譜！」一個紫微帳下的智囊連連搖手，無法置信黃江一番話。一名智囊更揮手揪來一個遞著靈藥的精怪，將那精怪扯得哇哇大叫。智囊臉色猙獰罵著：「快拿吃的來啊，傻不隆咚地走來走去，像個傻子一樣！」

「喝！」雷祖本來坐在一旁，見到身旁文官這副模樣，陡然奮起，一巴掌將那文官打飛好遠，撞在洞穴壁上。

「雷祖，你又做什麼？」「雷祖邪化啦！」其餘文官騷動起來。

「閉口！」雷祖暴喝，手臂肌肉隆起，背後閃耀電光說：「咱們一干神仙領兵來犯洞天，將這美麗仙境燒殺成了煉獄，樹神和精怪臨危還守護著咱們，哪個傢伙敢再擺神仙架子，信不信我揍他！」

雷祖還沒語畢，又有個文官開口說：「誰知道他們肚子裡安什麼心……」

文官還沒說完，轟隆一聲也讓雷祖打飛出去，撞在石壁上，跌在方才那智囊身上。其餘文官見了，再也不敢吭聲，本來囂張的神情登時收斂了些，腿也乖乖併攏，還向遞來茶水的精怪點頭道謝。

「雷祖大人打得好。」黃江向雷祖拱了拱手，朝洞陽、鄱庭使了個眼色，說：「咱們去助樹神，槍鬼那天障凶烈難擋。」

黃江等三將站起，到了樹神身邊。只見樹神矮小的身軀搖搖欲墜，仍不斷放出一陣一陣的光芒。

鎮星三將一齊唸起咒語，三面黃光現起，在樹神和精怪長老結出的結界外頭，又布下三道結界。猩紅天障將整個黃金池捲動得天翻地覆，總算在山壁前頭緩緩停下，和黃江三將的結界互相抗衡著。

紫微躺在洞穴一角，看著洞穴頂端石壁發愣，回想著黃江剛才說出的全盤經過。

原來，鎮星藏睦在擊敗太陰之後，受命返回魔界，去招納那些有意投降的魔王，一同共商掃平魔界的計畫。

但在那之前，鎮星便已和熒惑星一般，出現了脾氣暴躁的徵兆。

魔界大王獄羅神在和鎮星幾番交涉之下，洞悉了鎮星情形。

旁觀者清，獄羅神在人間激烈交戰時，偷偷派出眼線蒐集情報，見了鎮星暴躁模樣，知道他也讓惡念侵了，便也順水推舟，答應了鎮星請求，但卻向鎮星提出更進一步的提議。

鎮星受命在魔界集結大軍，去助玉帝一統三界。

獄羅神的邀約則是：「集結大軍，表面上幫助玉帝，待時機成熟，連神仙一併滅了。這三界便由獄羅神和鎮星平分」。

鎮星接受了這邀約。

黃江等鎮星部將都是智將，不似歲星手下的飛蜓、象子，或是熒惑手下一干莽撞大漢那樣後知後覺，見了鎮星受到獄羅神蠱惑，心中也有了盤算。

鎮星一行隨著獄羅神，帶領魔界兵馬上了凡間，投靠玉帝。表面上幫助玉帝煉出邪天將，補充玉帝兵力，但這些天將實則還是聽命於獄羅神。

魔將群聚主營，獄羅神不費吹灰之力，將大軍開進了雪山主營，玉帝已成囊中之物。

同時，獄羅神鼓吹大舉進攻洞天，目的則是讓玉帝身邊剩下來的幾支強悍部隊——熒惑星、斗姆、雷祖、二郎、太子，一併陷入洞天大戰。槍鬼會在最好的時機，張開最大天障，將這些神仙一網打盡。

黃江、洞陽、鄱庭三個商量妥當，找著了機會，逃脫離開鎮星身邊，向外求援。

黃江曾與阿關一同在金城大樓對付過千壽公，知道神仙口中的「無恥小子劫囚叛逃」這事必有蹊蹺，便四處尋著阿關消息，想藉著阿關找著太歲，想辦法救他們主子鎮星。

同時刻，玉帝沉迷於獄羅神那虛幻天障皇宮大殿中，自覺威風不可一世，一點也沒發現獄羅神算計。

洞天大戰來臨，槍鬼將獄羅神一番算計實行堪稱妥當，熒惑星和斗姆甚至自己起了內訌。

黃江等三將追入洞天，救了阿關，誅殺槍鬼四將，也破壞了槍鬼計畫中一部分。使得槍鬼必須提前露出眞面目，放下毒辣的大天障，順便將紫微刺傷，但卻還不及等太子和二郎趕來，沒能將這兩個厲害角色一併收了。

當然，太子不聽紫微號令擅自亂闖，二郎遲遲未到，卻也是槍鬼料想不到的了。

「等等、等等！」一個文官忍不住走向黃江，問著：「那槍鬼臨行之際，向午伊吩咐下令，那午伊又是爲何與妖魔同聲一氣呢？難道小歲星眞是無辜的？」

「廢話！」「全都是黃靈、午伊惹出來的！」寒單爺、有應公等和阿關親近的那票神仙開始鼓譟，破口罵著那些文官智囊說：「你們這些酒囊飯袋懂什麼？黃靈、午伊兩個奸賊操弄惡念，將你們全弄邪了，阿關大人瞧出了眞相，卻沒人相信他！」

「黃靈、午伊本來就善於操弄惡念，當局者迷，旁觀者清，玉帝、紫微看不出獄羅神心計，難道這始作俑者黃靈、午伊也看不出嗎？」九芎插口說著。

「我想也是如此。」若雨插口說：「黃靈、午伊這兩個一心想要在主營裡混上高位，掌握大權，看獄羅神大軍開進，不會傻愣沒有動作。全主營，只有他們能夠清楚判斷一切。他們必然清楚，要是玉帝權力給架空，當個傀儡太歲也沒什麼滋味。」

若雨、九芎彼此交換著意見說：「對獄羅神而言，玉帝只是個虛位，但能夠操縱惡念的太歲，擁有太歲鼎的太歲，才是擁有談判條件的神仙。黃靈和午伊手握有十足的籌碼，私底下達成什麼協議，也不足爲奇。」

幾個文官交頭接耳，嘟嘟囔囔地說：「這些全都是妳們兩個娃兒自個兒猜的……」

若雨大聲抗議說：「是猜的沒錯，但還有比這番猜測更合理的解釋嗎？」

眾神仙們靜默半晌，若雨和九芎的推測十分合理——槍鬼臨陣反叛、熒惑星殺了斗姆，乃至於午伊也和槍鬼同一陣線，直到樹神一方反而出手相救，這些都是親身經歷，難以推翻。

「要是眞如此，該如何是好吶……」「玉帝和后土大人還獨自留在主營……」「都怪咱們……都怪咱們……」幾個文官拍著腦袋，露出了悔恨的神情。

「大家不要驚慌！」百聲清了清喉嚨說：「你們或許不知，老君爺爺召集了太歲爺、辰星爺，和咱們太白星爺，一同前往福地。三星合力，必能順利搶回太歲鼎，如此一來，就能和獄羅神大軍抗衡啦！哈哈，翩翩姊曾說過，這希望之火……」

「囉唆小子！」一聲斥喝傳來，給牢牢綁在地上的熒惑星不知什麼時候醒了過來，還開口說：「你說那三星都到齊了？」

百聲一票神仙見熒惑星醒轉，都有些驚慌，不知這暴躁熒惑星會做出什麼事來。

熒惑星咧了嘴巴，全身出力，身上的傷口迸裂，淌出血來。

「喂！喂！」雷祖、電母趕忙到了熒惑星身旁說：「熒惑星大人吶，你剛才昏厥，沒聽到咱們交談，一切全都是那黃靈、午伊惹的禍吶！」

「我有聽到！」熒惑星哼了一聲，全身發出烈火，硬是將黃江的金光咒術破了。

「啊啊，紅鬍子醒啦！」「他要發狂啦！」精怪們害怕地騷動起來。

「閉口！」熒惑星大喝一聲，吐了好幾口血，瞪視著百聲說：「你是德標手下部將，你剛才說，三星都到齊了是吧……」

百聲唯唯諾諾應著：「是……是的！」

「那……」熒惑星全身傷口不停淌血，沉沉地說：「算四星吧，加我一星。他們現在在哪兒？我也要去大鬧一場……」

「熒惑星大人，你別激動，你全身都是傷，還流著血吶……」文官們遠遠勸阻著。

「我現在很憤怒啊……」熒惑星呸了一口說：「魔界妖魔、兩個小輩，竟將我等一干神仙像猴子一樣戲耍……我很想大開殺戒吶。槍鬼是吧……」

熒惑星說著，一手按上了百聲腦袋，說：「你不帶我去，我就摘去你的腦袋……」

「唔唔……」百聲讓熒惑星嚇得傻了，九芎趕緊來勸說：「畲彌姊姊，趕緊來幫熒惑星大人治傷吧，大夥兒休息一陣，想辦法破了這天障，去助老君爺爺，將那可惡黃靈、午伊抓起來砍了！」

「好！」「將他們抓起來砍了！」「殺他媽媽的！」精怪神仙彼此打氣著，心想著要是四星齊力，應當沒有什麼困難才是。

「樹神大姊！」兩個長老一驚，樹神自他們身邊伏下，瘦小的身軀癱軟無力，連手都舉不起來了。

樹神本便已受了傷，此時氣力放盡，虹彩結界一下子黯淡無光，槍鬼的血紅天障又開始往山壁壓來。

長老們一陣騷動，將樹神往後頭抬。洞穴外頭紅光大盛，前兩道由洞陽、郯庭設下的結界已讓紅光吞沒了。

「好厲害的天障！」洞陽咆哮著，羽扇揮舞，放出更強的符術抗衡；郯庭也重新凝氣，施著法術，說：「要是鎮星爺在這兒，這天障也沒什麼！可恨！」

黃江連連搖頭說：「擋不下啦！一定要逃出去，大夥兒往後頭退，從別的出口出去，這兒這麼多洞，何必死守在此？」

精怪長老毛禹打岔說：「這山壁洞穴四通八達，所有出口卻都朝著黃金池，這是臨時鑿出來的作戰洞穴，本有幾條通往後頭山林的通道，但還沒來得及完工吶！」

「那就打通它！」熒惑星咆哮著，喬彌和一票精怪、文官等，在熒惑星身上塗塗抹抹，治傷敷藥。

毛禹嘆著氣說：「這山十分堅硬，要用神木林一種大樹做成的木鍬才能輕鬆挖開，但這些工具都在外頭，這兒沒有吶！」

其他通道的精怪來報說：「有啊、有啊，我們這兒有一把！」「我們這兒也有一柄！」

四面八方精怪四處找著，洞穴裡有些儲放弓箭長矛的小室中，也擺了幾支圓鍬、鏟子等開挖工具。

幾處通道傳來了騷動聲和哭嚎聲，槍鬼的天障灌入了那些結界守禦較弱的通道中，讓這天障觸碰到的精怪，身子開始腐爛，痛苦不堪。

「叫大家往安全的地方逃！」紅耳本來在一角靜養，此時也拖著傷重身子，站起來指揮，從一隻精怪手中奪過了那小鏟，問著黃江：「神仙大人，這結界還能撐上多久？」

「我也不知……」黃江額上流落下大顆大顆的汗滴。「這天障比我們想像中還要強悍，頂多只能撐上十來分鐘吧……」

「有工具的都跟我來！」紅耳喊著。

精怪們拿著工具，心中害怕絕望，隨著紅耳往那尚未完工、通往夢湖的通道擁去。

「來不及啦……」精怪長老阿老和毛禹絕望放著法術，外頭的結界漸漸褪去，幾個精怪長老都筋疲力竭。

突然洞穴裡紫光閃耀，紫微站了起來，緩緩往外頭走去。

「紫微大人，您……」黃江怔了怔。

紫微走過他身邊，也沒說什麼，吸了口氣，臉上現起了淡淡光芒。

「你們難道忘了雪山上那金光結界，是誰一手造出來的……」紫微咳了幾口血，紫金色的光芒在他背後揚起，向洞穴外頭打去，在黃江三將的土色結界和精怪們的虹彩結界之間，又結下了一道堅實閃耀的結界。

在邪化之後，紫微變得暴躁且魯莽，此時他臉上總算回復幾分睿智長者模樣。

「你們還愣著幹嘛？也來幫忙啊！」紫微回頭，邊咳著血，邊喚著他那干智囊文官。

文官們捲起袖子，七手八腳地趕去幫忙。

九芎也到了洞穴前，舉起手來說：「我也會簡單結界法術，我也來幫忙。」

「都給我滾開！」熒惑星粗魯地推開了那些替他治傷的精怪和神仙，卻對奝彌點了點頭。「咦，妳這騷狐狸還有兩下子，那麼大的傷也補得上，而且還不怎麼痛了。」

「謝謝神仙大人稱讚。」奝彌苦笑了笑。

一干熒惑星部將和歲星部將等分臥兩邊，大都傷重。三辣正怒瞪著飛蜓，恨他殺了綠言。

而飛蜓和福生也傷得很重，全身裹著傷藥，靠牆發著愣。

「你們睡夠了沒？有力氣的就去幫忙挖洞！」熒惑星一聲大喝，幾個部將嚇得趕緊跳起，隨即又軟倒摔在地上，他們大都讓翩翩斬成重傷。

「讓我們來吧！」青蜂兒較爲體貼，見熒惑星部將個個斷手缺腳，身上一條條大口子，趕緊開口說：「紅雪姊姊，我們兩個還有餘力，去挖洞吧，再慢大夥兒便全死在這兒了！」

「好好！」若雨嚷嚷著：「歲星部將體力較好，辛苦點也是應該的！」

「什麼話吶，太白星部將不會輸給妳的！」百聲吵鬧著，也跟了上去。一干熒惑星部將臉色鐵青，卻回不了嘴。

鍾馗粗聲嚷著：「我不會放結界，但挖洞我最在行！」

「我們這票黑忽忽的大漢也去幫忙，別讓小姑娘看笑話啊！」寒單爺起著鬨，拉著有應公、城隍、王公等等，也往通道擁去。義民李強一聲吆喝，領著一票義民也去助陣。

「我才不要，我又不是工人！」有應公仍然瘋癲，憤怒抱怨著。

熒惑星瞧了瞧有應公，冷冷地說：「原來是你吶，那個小神有應，剛才拿棒子敲我力氣倒不小，去挖洞最適合你！」

「你哪位啊？你這王八……」有應公憤怒回嘴，讓寒單爺一把摀住了嘴，往通道裡拖。

熒惑星揉了揉頸子，捏捏拳頭，一拳頭打在石壁上；石壁有些崩裂，但拳頭也流出了血。「媽的，這山壁眞的很硬。」

「要是我那火龍大刀在，還需要這些雜毛小輩？」熒惑星埋怨著，一把抄起了腳邊部將一柄砍刀，往洞穴深處走去。

熒惑星背後一陣鼓譟，幾隻精怪追了上來，嚷著：「熒惑星爺爺，您的大刀在這兒啊！」

熒惑星聞言回頭，果然見到幾隻精怪合力捧著他那把火龍大刀。寒彩洞一戰時，精怪們趁著熒惑星讓堅冰凍住，奪去了他的大刀，此時也顧不得熒惑星脾氣暴躁，只盼這火爆大神持了他慣手武器，能夠一舉將通道打通，好讓大夥兒順利逃脫。

「憑你們這些雜碎也配碰我大刀！」熒惑星猛一瞪眼，紅鬍飄動如火。精怪們嚇得連忙將大刀奉上，轉身便逃。

曲曲折折的石窟甬道深處，精怪神將們接力挖掘著通道。紅耳雙手舉著一柄小鍬，咬著牙猛力朝那堅硬石壁砸去，連砸了好幾下，總算挖落一些石塊碎土。

幾隻精怪們臉色難看，欲哭無淚，掘得手都疼了，但只往前推進了一丁點。

這時後頭一陣騷動，神仙們擠了進來，揪著精怪往後頭扔。義民們推擠著，從精怪手上搶下了那爲數不多的鏟子、圓鍬。

精怪們嚇得往兩旁靠，只見義民們全往那通道盡頭擠去，還不知他們來湊什麼熱鬧。有精怪低聲交談著：「難不成神仙大人們要幫咱們挖洞？」「這怎麼可能？」

義民二頭目王海擠到了紅耳身旁，伸手要去搶紅耳的小鍬。紅耳沒吭聲，讓王海抓住了小鍬，卻不放手，怔怔瞅著王海看。

王海使勁搶了兩下，卻搶不下來，哼了一聲，舉起自己的大鐮刀，乖乖地敲打起石壁。

「弟兄們開工囉！」李強高呼一聲，義民們七手八腳地挖起了土。這票義民比精怪們力氣大上太多，加上不少義民本來手上的武器就是鋤頭、叉子之類的器具，挖起土來，比起刀劍要好用許多。

接著，又是一陣騷動，若雨和青蜂兒也來了，後頭跟著的是大叫大嚷的百聲，全擠到前頭挖洞。

寒單爺和有應公混在義民堆裡，彼此比較著誰挖下的土石多些。

精怪們在後頭也沒閒著，接力將前頭往後堆的土石運送到其他通道，以免堵了路。

「全給我讓開！一群沒吃飯的廢物！」精怪們讓這一聲大吼，又嚇得慌了，四處逃開。熒惑星大跨步走來，將擋著他的義民全揪著往後頭扔，就像義民扔精怪那樣。雷祖也興致勃勃地跟在熒惑星身後，一同擠到了甬道盡頭前。

李強下了命令，一群義民退了出去，讓路給力氣更大的幫手。熒惑星舉起火龍大刀，鼓足了勢子朝石壁一轟，堅壁伴隨著巨聲崩裂，一下子落下好多土石。一旁的有應公讓這巨響震得頭昏眼花，讓熒惑星刀上噴出的火濺上了身，燙得怪叫，生起氣來又要發飆，讓若雨揪住頸子扔到後頭。

雷祖也從一名義民手上接過神木鐽子，雙臂鼓出了肌肉，奮力挖著石壁，身子不覺閃起了電光。

一下子甬道盡頭熱鬧異常，一群漢子瘋了似地挖著洞，一陣一陣土塊石頭夾雜著雷光、火星四處亂噴亂濺。那些義民、家將們在大戰時受了傷，承受不了，都紛紛往後退去。

紅耳苦笑著，身上讓熒惑星發出來的火濺了，十分疼痛，但仍奮力挖著，一記一記朝那壁面轟去。

甬道快速向前推進。

「呀！」若雨尖叫一聲，她的大鐮刀劈砍在一處更爲堅硬的壁面上，震得若雨鬆開了手往後倒下，大鐮刀還插在那壁面上。

若雨站起，拔出了鐮刀，只見到那壁面上的小孔透出了光，不由得興奮地大叫：「通了！通了！」

「讓開——」熒惑星在旁見了，一把推開若雨，搶到小破口前。他身上的傷口有些都崩裂了，還淌著血，此時深深呼了幾口氣，全身閃耀出艷紅光芒。

「大家快退——」若雨知道熒惑星要使出全力，這狹窄通道裡擠著的神仙們可能承受不住，連忙吆喝著要大家退後。

一票漢子們早已筋疲力竭，見了熒惑星身上發出大火，也只得你推我擠地往後頭退。

熒惑星高吼，雙手握著火龍大刀往壁上破洞猛一轟去，地動山搖，轟出了一個大洞，幾條火龍竄出洞外，在山的那一面四處飛旋盤繞。

「通了！打通了！」甬道裡的神仙精怪歡呼叫囂著，正要去通報，卻見更後頭的神仙們已經退了進來——黃江等鎮星部將的法術早已抵擋不住血天障，多虧紫微的黃金結界，這才又支撐許久，此時再也抵擋不了，紛紛往後退著，得知打通逃脫通道，都隨著精怪們一同歡呼。

在山壁另一面，也有少許妖兵四處亂竄，大都是從天障逃出來的妖兵。

神仙精怪們從那破口魚貫逃出，回頭看去，血天障覆住了這山的一半，像是一只大鍋蓋，蓋在整片黃金池上頭。

□

槍鬼領著妖兵大軍飛過那燒成火海的神木林，飛過燃著烈焰的大平原，飛過那冒著濃煙、傾塌毀壞的古木碉堡。

槍鬼身後的魔將，指揮著妖兵大隊朝著通往黃板台的壺形谷口前進。

「槍鬼——」一聲長嘯破空而來，槍鬼回頭，一個瘦小身影迅速竄來，是太子。

太子在空中陡然停下，驚奇地問：「怎麼你自個兒回頭了，紫微大人呢？雷祖呢？抓著洞天樹神了嗎？」

槍鬼微微笑著說：「你呢？你上哪兒去了？」

太子揚了揚手上揪著的精怪腦袋，足足有十六顆，讓太子用藤蔓串成一串，挑在肩上。他說：「我找不到你們，四處飛四處殺，繞呀繞地又繞了回來。你還沒回答我的問題，你見到那夾著尾巴逃跑的『洞天第一勇士』嗎？」

「他已讓我殺了。」槍鬼搖了搖頭。

「啥？」太子大聲問著，混天綾纏在腰間飄揚，朝槍鬼緩緩飛去，狐疑地問：「憑你？其他神仙呢？」

槍鬼嘴角微揚，冷冷一笑，在那太子越飛越近之際，槍鬼挺起了手上黑色短槍，往太子臉上捅去。

幾個魔將也同時揮動手上兵器，往太子腦袋、身子劈砍殺去。

噹的一聲，槍鬼的短槍刺了個空，讓太子側過頭張口咬著了短槍槍柄，奪下了槍。

幾個衝殺而上的魔將，只見到太子一手如閃光雷電，一手金亮耀眼，腰間紅影亂竄。幾個魔將還沒瞧個清楚，有的腦袋爆裂，有的身子上多了幾個窟窿，紛紛跌落下黃板台。

太子口一吐，吐出那柄黑色短槍。他一手火尖槍高挺，指著愕然的槍鬼；另一手握著乾坤圈，還深陷在一個魔將肩頭裡；腰間的混天綾則纏著另一名魔將的腳。

「太子武勇，果然名不虛傳。」槍鬼拍了拍手，黑色長槍緩緩挺起。

太子哈哈大笑，揮動火尖槍刺死了讓混天綾纏著的魔將，另一手抬起，那讓乾坤圈砸裂了身子的魔將也死去落下。

「其實我找不著你們是真的，就不知你們躲去哪兒了。」太子停住了笑，眼睛發出了嚇人精光，還伸出舌頭，舔舐著乾坤圈上頭魔將的血。「但我剛剛……收到了紫微那老傢伙傳給我的符令。」

「我就說那票傢伙笨，怎麼會相信你們這些地底妖魔。」太子聳聳肩說。

原來太子脫隊自個兒亂飛，四處找著，怎麼也找不到黃金池。途中也殺了不少精怪，還會偷偷刺殺一些落單的妖兵來過過癮，他打從心底就不喜歡這些魔界妖魔。

就在百般無聊之際，太子收到紫微那干神仙傳來的符令，全都說槍鬼反叛，還將槍鬼的計謀一五一十全講了明白。

太子身上的傳話符令早不知扔去哪兒了，他也懶得回報，也無所謂要幫助哪一方，眼前的好玩目標，就是殺死槍鬼。

「坦白說，我早就看你不順眼了。」太子緩緩揚起火尖槍，和槍鬼那黑色長槍，槍尖輕輕碰著，發出了「鏘鏘鏘」的聲音。

「我也是。」槍鬼爽快回應，長槍迅雷般地照著太子臉上刺去，這記刺擊比起方才短槍刺擊更快上許多。

「好！」太子猛然撇頭，臉上還是被劃出一條大口子，黑紅色的血流了滿臉，卻一點也沒有惱怒的樣子，反倒露出像餓狼瞧見肥羊的貪吃模樣，哈哈大笑著，火尖槍猛烈回攻。

「我也要向太子坦白——」槍鬼鼓足了全力接著太子的猛擊，一神一魔在空中飛舞，兩柄長槍不停閃耀，往來突刺著。

「你不是我的對手。」槍鬼說著，另一手放到了背後。

「放屁！」太子見槍鬼只用一手握槍，自己卻火尖槍、乾坤圈齊下，倒眞像槍鬼比他更厲害一般。一時有些惱火，猛一記突刺，在槍鬼腰間也劃出了條大口子。

「哈哈，打腫臉充胖子呀你！」太子見槍鬼才將一手往後放，瞬間便中了自己一槍，登時啞然失笑。

「我說眞的。」槍鬼忍痛，仍維持著笑容，擺在背後的左手陡然往前伸出，一團紅光乍現。

太子只覺得眼前一紅，四周天旋地轉，槍鬼的黑槍已經刺進他胸膛皮肉。

在這瞬間，太子偏了身子，使黑槍沒能正中胸膛，而是往下偏了，劃過皮肉，刺進腹部。太子在偏身的同時，也咬牙還擊，火尖槍也刺進槍鬼手臂。

「厲害。」槍鬼的聲音像在遠處傳來一般。太子驚訝四望著，上下左右全是紅殷殷一片，什麼也沒有，什麼也看不見，東南西北都分不清，登時氣得大吼：「鼠輩！膽小鬼！不敢和我一戰！」

槍鬼摀著手臂，原來他放出天障，趁著太子被困進天障的剎那間急出一槍，本以爲定能一擊殺之，卻讓太子閃身避過要害，且還能瞬間回擊。

槍鬼看了看受傷的左手，他左手讓火尖槍刺斷了骨頭，動彈不得。

「大王，要不要趁他混亂，大夥兒殺進天障，將那愚笨神仙斬成肉泥？」一名讓太子刺傷的魔將，恨恨地說。

「太子難纏，久鬥無益，你們殺進去只是送死，我和他纏鬥也只是平白浪費體力。我還得留些力氣對付那二郎，但二郎不知爲何，始終沒來。」槍鬼神情冰冷，從腰間撕下了戰袍一角，將手臂傷處包紮緊實，揮了揮手，領著大隊妖兵往壺形谷口退去。

83 再戰福地

海上平靜異常，無風無浪。

大王船緊貼在海面，破浪前進。辰星在王船甲板上手按長劍，遠遠望向福地。太白星正和九芎互通符令，得知槍鬼反刺紫微，還領兵離去，明白了獄羅神奪權大計。

太歲抬頭看著天空，那濃厚的紅黑惡念比雲還低，不停翻騰滾動著，似乎就要落下來了。太歲又看了看自己左手，手腕上捆著厚厚的布；手掌張開又合上，還有些使不上力——太歲的左手在遷鼎大戰受擒時，讓熒惑星一刀斬了。太白星保存了太歲的斷手，這些天相會，才替太歲施術接上了，且囑咐他當心，別太用力。

「原來是這麼回事！那麼玉帝、后土獨身待在主營，那可大大不妙！獄羅神大將領兵回頭，必是去助獄羅神對付玉帝了！」二王爺聽了太白星說明，恨恨地握緊了拳頭，搥著王船大帆木柱。

「現在該如何是好？」太白星部將松夫子開口說：「我們是該繼續攻福地，還是去救玉帝？」

太白星說：「我那九芎小娃兒說，他們一行已經安然脫困，準備反攻雪山，還在洞天入口撞著了被天障困住的太子，將太子也一併救出了。九芎那方連同四御紫微，還有維淳、風伯、太子、雷祖等等厲害傢伙，個個都氣得跳腳，要去誅殺槍鬼。小歲星則早先一步追著午伊殺了出去，此時還不知在哪兒。」

辰星冷冷笑著說：「大家各安天命便是了，誰教玉皇大哥要如此顢頇？讓他吃點苦頭，咱們劫了太歲鼎再去救他便是。」

太歲點點頭說：「洞天離雪山更近，讓他們去救行了。天上那惡念就要掉下來啦，不盡早搶回太歲鼎，大地都要萬劫不復了。」

「老君爺爺，各位大人，前頭就是福地，但模樣有些異常。」五王爺前來稟報。

「好、好！」老子點了點頭，早已瞧見那福地二島上方閃動著奇異的光芒，又是天障。

「哼哼，原來如此。」老子轉頭，看著三星，說：「主營神仙有妖魔相助，在福地布下天障，難怪有恃無恐。你們哪個會破天障的，給我破了它。」

「老君爺爺下令，要攻打啦！」二王爺揮刀指揮著船上海精。海精個個吶喊著，揚起「代天巡狩」的紅字大旗。

雨師佇在王船帆木大柱旁，靜靜看著眼前福地。許久之前，他也曾領著大隊兵馬強攻福地，此時他再次隨軍來攻，但敵我陣營卻大不相同。

雨師身上的法術鎖鍊讓老子施法解了，本來他那傷重的身子已潰爛不堪，但老子這方畢竟靠著三星加上梧桐、樟姑、月霜等部將聯手治傷，兩天下來也恢復了六成氣力。太歲也趁這機會，將雨師身上惡念抓去了大部分。

雨師揭開身上大袍，看著自己仍慘不忍睹的身子，眼中精光閃耀，恨不得殺了太陰，將她痛宰活剝。

「敵軍來了！」海精們喊著。他們見到福地天障裡有些天將領著妖兵飛出，往這兒殺來。

「開炮——」二王爺高聲喊著，極其威武，海精們個個挺炮對準天上天將、妖兵，一挺挺巨炮震動著，發出翻騰滾燙的烈火團，劃過天際，朝敵軍轟去。

對方幾個天將們並不死鬥，只是在空中繞了繞，躲過炮轟，便又領妖兵退回天障裡。邪天將都是由妖魔血肉煉出，在天障中來去自如。

王船離福地兩島越駛越近，仍看不清前方兩座島上的情形，只見到一層一層的異樣光芒，籠罩著整個福地。

太白星領著部將飄然到了王船前頭，雙手一張，放出陣陣耀目白光，射向那天障。天障讓白光射出一個洞口，洞口邊緣的異色光芒激烈抵抗著太白星的白光。

「很明顯呀，這是誘敵之計。」老子嘿嘿笑著。

太歲也冷笑一聲說：「幾個老頭子明知道有古怪，那更要進去了。就是想瞧瞧裡頭到底有啥有趣玩意兒，怎能讓我那秋草小娃兒瞧扁了。」

太白星在船首處施法破開第一層天障，巨大王船緩緩駛進天障，裡頭卻沒什麼古怪，是福地二島，老屋群仍然立在沙灘後方，只有幾小隊妖兵隨著天障，守衛著老屋群。

遠遠的高處，黃靈領著林珊，居高臨下看著福地沙灘。黃靈得意笑著說：「蠢驢！自以爲破了天障，要來送死吶！」

林珊搖搖頭說：「不！太歲爺……澄瀾那廝……應當知道福地布下了天羅地網，強要硬闖，應該是胸有成竹。」

黃靈哼了哼，沒有回答，聽著邪天將回報，有些驚訝地說：「傳言是眞的，太白星德標果眞和那群叛逃邪神在一塊兒，那老傢伙……」

林珊也不免有些訝異，但仍穩住情緒，分析戰情：「太白星……一向和澄瀾友好，或許因此和他們同聲一氣。」

黃靈吸了口氣說：「妳這大陣是設計用來捉捕叛逃兩星，現在多了一星，大陣還有用嗎？」

林珊皺著眉頭想了想，說：「應當有用，就算擋不下三星聯手，我們也有後路。」

「對、對！幾個過氣的老傢伙，哪裡擋得下我黃靈！」黃靈哈哈大笑，笑得岔了氣，咳了兩聲。張開手掌，看著手上浮起一顆金色耀眼的閃電光球，不停旋動著；腰間那柄黃金劍泛著強烈光氣，似乎迫不及待地想要出鞘。

黃靈難掩臉上興奮說：「我倒想和那老澄瀾鬥鬥，看是舊太歲厲害些，還是新太歲厲害些。」

□

「你們給我聽好，從現在開始呀，得步步爲營，知道嗎？」老子彎著腰，叮囑著三星和己方朱雀、玄武。「敵人見我們大剌剌進來，當然知道我們一票老傢伙是志在必得，他們笑我們要驕兵必敗了。虛虛實實，守護太歲鼎的天障必定厲害異常，咱們可一點也不能大意，不管什麼三星、四星，在這兒都要小心，知道嗎？」

老子是眾神的老師，太歲、太白星、辰星都乖乖聽著，拱手稱是；一干部將更是連連點頭，一點也不敢大意。

王船駛上沙灘，一點也沒有緩下勢子，直直往老屋群駛去。

五王爺一聲令下，王船兩側的海精們朝著船身外側撒下一張張奇異符籙。符籙發著亮光，在巨大王船船身上結出閃亮耀眼的結界，這些結界能夠保護大王船船身，減少法術和攻擊對王船的傷害。

轟隆隆飛沙走石，王船撞進前頭的老屋群，一間間老屋倒下。有些老屋發出了烈火，有些老屋射出飛箭，都讓王船周邊的符籙結界擋了下來。

幾聲轟天巨響，王船前頭現出一面好幾層樓高的巨石板，擋住去路。

「停下！那是什麼？」二王爺在王船上高聲指揮著，王船立時停了。

「那當然不是石敢當，是天障幻術。」老子提醒著。大夥兒朝大石板看去，有些眼尖瞧見了石板靠近頂端的地方，捆著一個神仙。

「太陰——」雨師尖叫，身子暴竄飛起。他見到那被鐵鍊捆在大石板上的黑袍神仙，正是太陰。

太陰神情漠然，腦袋上插了根尖刺。雙手雙腳都釘上紅殷殷的鋼釘，牢牢釘在石板上。

「那……」老子瞧了清楚，也不禁愣然。「眞是那太陰娃兒。」

在大石板頂端，現出一個羊頭人身的妖魔，身穿華麗長袍，黑色長袍下襬有數公尺，垂掛在大石板上不停飄動。

羊頭妖魔身旁跟著八個落魄神仙，個個手上都上了手銬，是太陰手下八仙。

那佇在太陰頭頂正上方，石板上的羊頭妖魔，便是在雪山主營，歲星殿下地牢與黃靈交談的獄羅神大將——禽曲。

禽曲咧嘴笑著說：「你們八個，人家要殺你主子了，還愣著？」

太陰本來漠然的神情，在禽曲尖笑的同時，突然扭曲，像是受了極大痛苦，發出淒厲的悲鳴。她腦袋上的尖刺微微震動著，轉動著邪咒符紋，一點一滴緩緩地往下鑽。

八仙神情悲憤，紛紛躍下石板，迎戰急衝而來的雨師。

「小雨點兒，你不聽話，回來！」老子見雨師這麼快便忘卻他方才一番叮嚀，急得大叫。

雨師卻一點也沒停下，鼓動狂雲掃向八仙。

後頭又是轟天巨響，另一面石板挺起，上頭捆著一個紅袍大神——西王母。

西王母的神情不同於太陰的漠然，反而凶烈莫名，手腳都讓鐵鍊拴了，鎖在大石板上。

同時，天上閃耀出七彩變化的光芒，四周狂風亂捲，天將、魔將紛紛領著妖兵，從老屋裡狂洩而出。

黃靈遠遠見了，拍手大笑說：「哈哈！四面包圍，一票老傢伙想破了腦袋，也想不到會碰上這兩個惡婆娘。可惜禽曲來不及制御碧霞奶奶，否則正好讓她們三個捉對廝殺，豈不有趣！」

王船上海精奮勇吶喊，卻不免露出怯意。老子苦笑說：「妖魔無仁，使這等邪術殘害我那兩個小娃兒。唉，唉！啓垣、澄瀾，你們怕了嗎？」

「讓這些毛頭伎倆嚇著，還配稱五星？」辰星冷笑一聲，雙手抽出腰間佩劍，暴竄上天，領著己方部將直衝太陰。

「老師您放心吧。」太歲黑袍揚起，黑色大戟閃耀電光，飛躍上了王船帆木橫柱，遠遠望著西王母說：「在老夫面前裝凶惡？」

「多了一個太白星領著王爺相助，光靠西王母、太陰便無法抵住澄瀾他們。」林珊轉身向身邊天將吩咐說：「通知鎮星爺出陣，放出凶獸，直攻王船。」

「繼續往前，別怕他們，太歲鼎就在那山坡後頭！」玄武高聲喊著，和朱雀一齊領著手下星宿飛下，迎戰那些從老屋中擁出的妖兵魔將。

王船上的大夥兒們，都看見前方山坡後頭，那用來守護太歲鼎的黃金結界，強盛直衝天際，像是一座大金鐘，結結實實地蓋在山坡後方。

四面的魔將指揮著妖兵圍攻王船，妖兵們攀上船身，拚命地往上頭爬。兩星部將紛紛出戰，將那些從天而降、從下爬上的妖兵們盡皆斬死。

「五部！這麼久不見，你身手退步啦！」守禦王船左側的含羞哈哈笑著，取笑著那被一名魔將逼到帆木邊的五部。五部盡力戰著魔將，不理會含羞。後頭一個碗口大的拳頭揮來，掠過五部臉頰，一拳將那魔將打飛老遠，是茄芝公。

五部這才向茄芝公點點頭，茄芝公也沒說什麼，在五部肩上拍了拍，舉起大砍刀左劈右斬，將一票爬上來的妖兵全攔腰斬斷。

另一邊紫萁拿著短劍、小盾，和月霜、螢子、樟姑、松夫子等一同守著王船右側。

「轉得不夠，要撞上啦！」紫萁見到大王船要撞上前頭的大石壁，不由得尖叫起，突然覺得王船一陣巨晃，所有海精們全抓緊了四周木桿。紫萁還沒來得及會意，只見到二王爺在船首放出好大的符令。

大王船突然打横，船底發出轟隆隆的炸裂巨響，掃平了好大一片破舊老屋，船身在巨大石牆前轉向，變成側面向著石牆。

太白星雙手高舉，白光閃耀，白光照上了那大石牆，石牆上發出碎裂聲響，幾道裂痕陡然碎開。

「魔界妖術，不足爲懼！」二王爺大吼下令：「開炮——」

海精們全哄叫著，大王船側邊的十幾挺巨炮一同轟出閃耀光火，一記記往石牆上打去。

「讓開！」雨師殺紅了眼，但八仙結成的陣式卻難以突破，始終無法逼近太陰。

禽曲彎著身子，蹲在太陰上方石壁頂，向下看著。幾條龜裂痕跡崩上石壁頂端，濺出細碎石屑，石壁轟隆搖動著，一塊塊碎裂坍塌。

「臭神仙！」禽曲哼了哼，一躍而起，在掠過太陰腦袋之際，伸手抽出插在太陰腦袋上的那尖銳椎子。

太陰的眼睛陡然發亮，兩隻爪子暴長出了墨黑色的厚指甲。四周的石壁崩塌得更厲害了，太陰身子自那不停崩裂的石堆中浮起，幾條黑色鎖鍊還鎖著她的手腳。

太陰吼叫著，猛一揮臂，鎖鍊直直朝雨師轟去，末端還連著一塊大石。

雨師與八仙纏鬥著，本已落了下風，突然背後像讓巨雷轟中一般，是太陰的鎖鍊擊中了他。

「太陰娘娘！」「太陰娘娘！」八仙們見了太陰脫困，都又驚又喜，簇擁上去。

太陰激烈嗥叫著，摀著腦袋叫疼，將搶上來的藍采和、何仙姑全都打飛老遠，突然又沒了動靜，惡狠狠地瞧著前頭。

「太陰娘娘……太陰娘娘……」張果老臉色憔悴。他是八仙當中唯一沒有惡念的神仙，在返回主營卻反而受囚之際，見了大牢中那慘烈景象，總算相信阿關所言，卻也後悔莫及，更不知該如何與其他七仙開口說明，只能苦苦熬過一日算一日。

張果老見太陰停下動作，也跟著怔了怔，轉頭看去，見到辰星威風凜凜站在雨師身旁，一手拎住那讓鎖鍊砸得昏了的雨師。

「讓開。」辰星冷冷看著擋在他前頭的鍾離權、鐵拐李、曹國舅、呂洞賓四仙。

「你……你、你、你……你這叛逃神仙……」鐵拐李發著顫，舉著鐵拐，攔在太陰和辰星中間，害怕卻又不肯退讓。

「你這老瘸子快讓開！咱們不想和你為難！」鉞鎔大叫著，抽出腰間長劍，指著鐵拐李說：「你們都讓那魔界妖魔蠱惑啦！」

鍾離權、曹國舅、呂洞賓面面相覷，都露出憤恨眼神。呂洞賓仰頭嚎叫了兩聲，撲向鉞鎔說：「都是你們這些臭傢伙呀，累得咱們被打入大牢！」

「不可理喻！」鉞鎔嚇了一跳，舉劍迎戰。

其他三仙也舉起武器，齊攻向鉞鎔和文回等辰星部將。

辰星身形晃動，幾道耀眼閃光，鐵拐李那鐵拐杖登時斷成了兩截，曹國舅大刀脫了手，鍾離權一雙蒲扇大的手掌落下了一掌。

辰星長劍高舉，肩頭、腋下發出光芒，又伸出四手，從腰間抽出其餘四柄長劍，也不繼續攻擊鐵拐李，而是直直朝太陰竄去。

「韓湘子！藍采和！通通住手啊！」張果老張開雙臂，大聲吼叫著：「那小太歲是好的，辰星爺那邊小傢伙說得沒錯，都是魔界妖魔在作亂，壞的是他們吶！」

「老頭，你說什麼？」藍采和、何仙姑、韓湘子本來要趕來救，聽了張果老大喊，都不明所以。

張果老聲嘶力竭喊著，張大了口，突然出不了聲。他的喉嚨隆隆動著，神情痛苦莫名，嘴裡爬出一條條粗長大蜈蚣。

大蜈蚣五色斑斕，登時爬了張果老滿臉。張果老慘嚎著，不停嘔著，嘔出更多的蜈蚣，以及一口一口的黑血。

「嘻嘻。」禽曲遠遠飛在天空，笑嘻嘻地看著張果老，尖聲說著：「哪個再不盡力死戰，全都要像那張果老一樣。」

其餘七仙們面面相覷，絕望地互相看了看，全往鉞鎔、文回等辰星部將殺去。

「原來你以這等邪術控制八仙。」辰星冷冷看著禽曲，突然伸手一抓，抓住了太陰向他砸來的鎖鍊，仍盯著禽曲。「等我收拾了這瘋婆娘，很快去找你。」

禽曲尖聲笑著，笑得彎了腰，還不忘提醒太陰說：「好好打啊！否則妳肚子裡的蟲子妖怪全要爬出來啦！」

太陰像是聽不見禽曲說話，揮動著鎖鍊撲向辰星。辰星六劍亂斬，斬斷了她揮來的鎖鍊。

太陰張開大爪，速度快絕，瞬間閃到辰星身邊，兩隻利爪抓住辰星頸子，尖銳指甲刺了進去。太陰張大嘴巴，唸著怨毒的咒術，狂烈的黑紋符籙一道道順著指尖傳入辰星頸子裡。

辰星臉色變得紫黑，但吭也沒吭，六手一揮，長劍不但沒有刺穿太陰身子，一下子竟全回了鞘。

辰星全身閃耀起青藍色光芒，硬是將太陰灌入他身子裡的邪咒盡數驅除。同時四隻手分別抓住太陰兩手，將太陰掐進他頸子裡的雙手扳開；另一手按在太陰腦袋上，一股猛烈的光芒震碎了太陰傳來的怨毒邪咒，直直印入太陰額中。

「好妹子，吃我幾拳吧！」辰星吸了口氣，頸子上的創口兀自鮮血四濺，高舉起最後一手，轟然炸下，重重轟在太陰肚子上。

太陰雙手讓辰星抓了，肚子中了辰星一拳，痛得狂嘔起來，嘔出大口大口的黑蟲子。這些都是還沒收到禽曲法術符令的蟲妖，全都讓辰星打了出來。

「好啓垣、好啓垣！」老子抬頭看著前方，呵呵笑著，猛點頭說：「果然性格，懂得憐香惜玉，太陰小娃娃不是沒得救，當然要救，救得好！」

老子見辰星沒下殺手，卻試圖施法術鎮住太陰，心中寬慰。突然聽見身後遠處一聲慘嚎，趕緊回頭去看。

只見西王母慘嚎著，右臂已經沒了。

原來是西王母伸爪插進太歲胸口，讓太歲使黑雷電了，還給斬下一臂。

西王母在南部作亂之時，養精蓄銳，且以凡人孩童爲食。她一身法力在遷鼎之戰時達到巔峰，甚至強過太白星；但之後戰敗受擒，在囚牢中受盡了法術折騰，法力早已不若以往。和太歲一交手便落了下風，只能在太歲臉上、身上抓出一些傷痕，手就給斬落了。

「這瘋婆子邪術確實厲害。」太歲喘了口氣，低頭只見到胸口瀰漫著紫風紅霧，是西王母爪子上的法術。

太歲呼了口氣，灰袍鼓動，身邊黑風亂捲，電光閃耀，高舉起大戟，轟然砸下。長戟伴著黑雷炸在西王母肩頭上，壓她撞在大石壁頂上。

幾股黑雷炸裂，西王母背後的石壁齊中往兩邊崩裂。太歲仍強壓大戟，狂壓著西王母往底下撞。大石壁轟隆隆一塊塊爆裂，將西王母轟進亂石堆中，只露出一條胳臂，一動也不動。

老子搖搖頭說：「澄瀾便沒那樣瀟灑，出手這麼狠，西王母圓潤潤也挺可愛不是嗎？」

「秋草，妳看！」遠處山坡上的黃靈，指著往這兒衝來的大王船說：「右側那是朱雀、左側的是玄武，都是太上師尊的部將，原來太上師尊也一起來了！傳聞太上師尊站在叛將那方，竟是眞的！」

林珊仔細看去，果然見到老子在二王爺身後，領著一票精怪。

「怪不得他們有恃無恐地殺來，天不怕地不怕，原來有老君爺爺坐鎮指揮。但爲什麼老君爺爺……」林珊猶豫著，同時回了回頭，問著後頭一干天將神仙說：「鎮星大人怎麼還不出戰？」

身後天將回報說：「鎮星大人陣中有些騷亂，說有幾個大將不知去向！」

「什麼？」林珊有些發愣。

「我等不及要親自上陣，將那些叛將手到擒來！」黃靈流露出興奮神情。見林珊神情猶豫，不耐催促著說：「秋草，還不下令，妳在顧忌什麼？」

「黃靈大人，他們這次來襲的兵力，遠超出咱們原先預期。」原來林珊在福地布下天羅地網，本來爲的便是擒下辰、歲兩星。她儘管機智，但她並不知黃靈、午伊操弄惡念始末，這便也料想不到一向忠誠睿智的太白星，竟會在這緊要關頭領著王爺們臨陣倒戈；便連那德高望重的老子也率領朱雀、玄武，和辰、歲兩星一併來犯。

福地大陣除了西王母和太陰之外，還有獄羅神大將禽曲、鎮星一軍，本來單單鎮星一路兵馬，便能和辰星互相抵銷，剩下的太歲再凶悍，也抵不過西王母、太陰、禽曲、黃靈聯手。但此時加上太白星和老子兩路兵馬，朱雀、玄武都是厲害角色，王爺領著一票海軍也擋住了福地上的妖兵天將。一時之間，竟感覺不到福地守方有何優勢，甚至西王母、太陰兩大神仙和辰、歲兩星捉對廝殺，不時便敗了，福地守軍反倒像是落於下風了。

「此時也只能出兵接戰了。」林珊見黃靈眼中金光四射，殺氣騰騰，也不知該如何勸阻，只得轉身吩咐著天將說：「通知鎮星大人快點出陣和黃靈大人並肩作戰，趁他們還困在老屋陣中，將他們一舉擊破！」

「哼，兩大神仙原來這樣孱弱，一點意思也沒有！」天上禽曲搖頭晃腦。只見太陰和西王母完全不是兩星的敵手，搔了搔腦袋，轉身要飛。

一陣刺眼白光耀起，太白星領著長竹、梧桐攔住了禽曲的去路。

「不是太陰、西王母弱，是啓垣、澄瀾本便極強。」太白星冷冷笑著，眼中怒氣大盛。「五星之中，我才最是孱弱，但宰了你應當還可以。」

「哈！」禽曲尖叫一聲，身旁的魔將殺出，和長竹、梧桐展開大戰。

太白星伸手抓來，禽曲背後突然生出翅膀，羊頭突出了尖嘴，變化成一隻羊頭大鳥，展翅要逃。

太白星張手揮光，追著禽曲；禽曲在空中繞了一個大圈，尾巴還拖著黑火。

太白星追了一陣，這才發現禽曲是原地打轉，尾巴上的黑火竟在天空畫出了一個極大的圓形符印。

天空上那大符印陡然巨震，伴隨著尖銳刺耳的破空聲音。

「我大哥槍鬼是天障好手，他的天障極為強悍厲害！」禽曲尖聲笑著說：「和我一樣厲害吶！」

太白星正驚訝著，只見到上方那巨大圓形符印裂成了一個大破口，探出頭來的是一條黑色巨龍，巨龍身邊伴著許許多多的黑色蝙蝠、黑色飛鳥。

大王船不停衝著，底下的妖兵全然無法阻攔，只見到山坡那頭綻放出紅光，一圈圈紅色光芒全蹦出了凶烈的猛獸，從山坡上狂奔急下。

「是凶獸！」朱雀往上通報著。前方那些狂殺而來的凶獸，足足有四、五十頭，全都是這些時日主營神仙四處抓來的。

「大夥兒準備！」二王爺急忙放術，使王船再度打橫。此時巨王船已經駛過了老屋群，到了山坡的邊緣，船首停了，船尾仍移動著，王船側對著山坡。

海精們扶著巨炮調整角度，五王爺催促著：「開炮！開炮！」

一發發閃耀光火炸出，幾十發火焰掠過天際，炸在山坡的那端，炸倒了幾隻凶獸。

「別停，別讓牠們衝來！」二王爺見那些凶獸個個窮凶惡極，急忙下著命令。

有頭九尾黑獅子有一間老屋那麼大，也有九頭牛、百面虎、凶惡麒麟獸等等巨獸，一隻隻狂奔衝來。

凶獸後方山頭，金光更盛，鎮星領著部將殺出。

「是鎮星！」「鎮星爺也在這兒！」大王船上兩星部將見了鎮星殺來，急得回頭看。只見天上登時黑了一半，黑壓壓的蝙蝠、黑鳥四處亂飛，太白星揮動白光和那黑龍纏鬥，一時也騰不出空來救援。

一頭巨豹凶獸撲上王船甲板，踩死了幾隻海精。另一邊幾頭大獸也紛紛撲上了船，二王爺、五王爺和兩星部將，領著海精和一隻隻撲上甲板的凶獸惡戰。

巨豹撲到了老子身前，老子身旁那頭大青牛鼻孔噴著氣，發出了哞哞叫聲，一頭撞在巨豹身上。巨豹回了一掌打在青牛身上，將青牛打倒在地。

老子閉目碎碎唸著，那巨豹突然停下了動作，在甲板上打起滾來，有如一隻小貓一般。

「哈哈、哈哈！」老子睜開了眼，見那巨豹可愛，就要伸手去摸。突然背後狂風亂捲，一劍落下，正中巨豹腦袋。

是辰星領著眾將來援，辰星一手挾著太陰，一手挾著雨師，將他們隨手一扔，大步一跨，跨上巨豹身上，拔出長劍，手起劍落，將巨豹腦袋斬了。

老子埋怨地說：「我才稱啓垣你好，你便殺了我的豹子，我就要感化牠啦！」

辰星哈哈大笑：「眼前這麼多凶獸，老師豈能一隻隻都感化了？」

老子往前看去，果然見到幾十頭凶獸全衝到了大王船邊，一隻隻全往甲板上蹦，辰星眼前便瞬間多了三隻凶獸——人頭大鳥、紅臉大猩猩、雙頭獅子。

另一邊太歲也落了下來，揮動大戟斬死了好幾隻凶獸。

老子抬頭望向天空，咦了一聲，哈哈大笑說：「果然厲害！」

太歲也抬頭看去，額上青筋暴露，身上黑雷四耀，又炸死了幾隻凶獸，憤怒狂吼說：「故技重施——」

辰星也看向那方，只見到山頭那方金光閃耀，竟飛起十座大鼎，上頭都站了許多甲子神，全是新煉出來的邪甲子神。十座大鼎中自然只有一座鼎是眞的，其餘全是假的，和遷鼎一戰時的招數如出一轍。

「秋草——」太歲怒吼飛天，吼聲狂烈震天。

中央大鼎上站著黃靈和林珊。儘管林珊此時率領大軍，但終究曾是太歲手下部將，聽了太歲這威嚴巨吼，也不由得退了兩步。

「哈哈哈哈，怕什麼？」黃靈得意揮著手。

他腳下這座大鼎上，便站了數十名甲子神，十座鼎上，足足有兩百多個甲子神，個個戴著厚重盔甲，持著奇異武器，模樣和那些邪天將差不多，都是黃靈、午伊以魔界妖魔修煉而來。甲子神們雖然無法制御惡念，卻能操縱太歲鼎飛天。

「輪到澄瀾發狂啦！」老子急忙喊著說：「朱雀、玄武，去助澄瀾！」

朱雀、玄武領了命令，領著一干星宿部將快速飛上天，跟在太歲身後。

另一邊一處高坡，鎮星騎著一匹凶獸，耀武揚威地衝向王船，身後跟隨的部將們神情卻有些茫然，因爲他們少了幾個同伴——黃江、洞陽、鄗庭。

「藏睦，你可認得我？」老子雙手撐在船邊欄杆上大喊。鎮星本來神情冷冰，見了老子，有些驚訝，隨即又收去驚訝表情，領著部將繼續往前直衝。

「藏睦，好久沒見你，最近邪得如何？」辰星朗聲大笑，六劍齊出，飛竄向鎮星。

「叛將啓垣！」鎮星舉起偃月刀，躍上了空中，和辰星激烈戰起。

「竟敢小看老夫！」太歲直撲第一座大鼎，太歲戟揮動掃去，黑雷炸下，那大鼎登時炸出裂縫，一票甲子神趕緊飛上了天。

大鼎發出巨響和閃光，太歲早已飛遠，直撲第二座大鼎。

太歲一點也沒有遲疑，遷鼎之戰時由於十座都是假鼎，也因此反而分辨不出差異。但有了上次經驗，太歲此時清楚感應得出，黃靈腳下那座大鼎才是眞鼎，裡頭還裝著些許惡念，其餘九鼎都是假的。

黃靈大喊著：「秋草，妳這計不行呀！造出一堆假鼎騙不了澄瀾，反而還讓他多了這些能吸惡念的大鼎。」

太歲已經落到另一座大鼎上，見甲子神又全飛上天去，知道黃靈詭計，也隨即飛天。底下的大鼎又已炸了，金光閃耀，同時金銀捆仙繩子四竄亂纏。

「唉呀，還是騙不到他！」原來黃靈對林珊說那番話，爲的是騙太歲上假鼎去抓惡念，那些假鼎表面上是個好武器，暗地裡卻等太歲一上鼎就炸。

「眞當我是傻瓜？」太歲狂怒，大戟捲動黑風，直直朝黃靈飛去。

朱雀、玄武領了一票星宿，早讓太歲甩脫，讓一座大鼎攔了，和上頭的邪甲子神展開大戰。

太歲落到黃靈腳下那眞鼎上，眞鼎靈光流轉，上頭的甲子神結成了陣，將太歲團團圍住。

太歲深深吸了口氣，感受著太歲鼎的感覺，同時有些訝異，黃靈並沒有很怕他。

黃靈嘻嘻笑著，又回復了以往乖巧模樣，向太歲深深鞠了個躬。

「澄瀾爺……」林珊也低下了頭，不敢正視太歲的眼睛。

「奸巧小子，你死到臨頭，你說說，你想怎麼死？」太歲臉上手上青筋暴露，只見太歲鼎上另一邊擺著幾個麻布袋，不知道裡頭裝著的是什麼。

黃靈又朝太歲拱了拱手說：「叛逃澄瀾，你若降了，我可放你一條生路；你若不降，我只好親手斬落你腦袋，獻給玉帝人人。」

「小子，還裝蒜。」太歲冷冷說著：「獻給玉皇？要是摘了我腦袋，你應當獻給獄羅神不是？」

黃靈微微笑著，臉皮有些抽動，四周大鼎的甲子神紛紛棄了大鼎，往眞鼎聚來。

太歲看了看林珊說：「秋草，妳竟助這小子設計玉皇，助那魔界妖魔圖得大位？」

「什麼？」林珊怔了怔，還不明白。

黃靈哼哼地說：「卑鄙澄瀾，你休想挑撥離間，你和那姓關的小子同樣卑劣。舊太歲鼎毀壞，根本是你一手造成，就爲使天下大亂，好趁機拉攏魔界妖魔，更上層樓。玉帝有先見之明，早一步和魔界大王攜手，不使你奸計得逞！」

「黃靈，你向誰借的膽？」太歲眼睛瞪得圓大，狂喝一聲，身子飛竄向黃靈。

兩百多名邪甲子神們擁了上來，有一半瞬間停下了動作，像給定在空中一般。太歲怒眼圓瞪，背後黑雷閃耀。

那些給定住的甲子神們，突然又落了下來。

幾股金色閃電四射，和太歲發出的黑雷分庭抗禮著。

太歲一驚，登時醒悟，冷冷地說：「我那一缸子血，原來是你喝了。」

「對。」黃靈微微笑著，臉上金光大盛。

太歲背後十數個甲子神一齊飛來，各自拿著武器往太歲腦袋上劈斬。

太歲一個旋身，單手握著大戟尾端橫掃。大戟上那滿滿的符籙吊飾都隨著黑雷擺動，只見太歲周邊那圈閃電餘光殘影，十數個甲子神全攔腰給斬成了兩半。

四面又幾隊甲子神結陣來攻，林珊在後頭指揮下令說：「別硬拚，快催動太歲鼎離開！」

「一群妖魔充當甲子神，濫竽充數，連陣都擺不好！」太歲斥了一聲，左手向前一伸，前方好幾個甲子神立時全身噴炸惡念，身子不停顫抖，動彈不得。

「秋草小娃，妳是真不知還是假不知？」太歲跟著又電倒身後十數個甲子神——這些甲子神都是由妖魔煉出，身子裡都是惡念，太歲在太歲鼎上，能輕易地抓拿每一個甲子神身上的惡念。

「妳看看這些傢伙，要是沒惡念，豈會如此？」太歲一邊揮動大戟，一面說著：「我都忘了，連妳也讓黃靈害了！」

林珊怔了怔，還沒會意，見到太歲手指著她，突然感到身上一陣麻痺，像給雷劈了一般。

「秋草小心！」黃靈喝著，一手握住了林珊手臂。金色閃電在林珊身邊繞著，林珊總算鬆了口氣，退到黃靈背後。

「那老奸賊澄瀾放惡念想害妳和甲子神們！」黃靈喊著，抽出腰間的黃金寶劍，上頭鑲了密密麻麻的寶石，華麗耀眼。

「哈哈，瞧你這嘴臉，怪不得那傻小子當時氣急敗壞！」太歲見黃靈惡人先告狀，想起主營劫囚時阿關啞巴吃黃蓮的憤恨神情，不怒反笑，大聲喝斥，又伸手指向林珊。

黃靈雙手高張，金色閃電四起，在他和林珊身前張起一道電牆，擋下太歲所有的抓擊。

「好小子！」太歲這才惱怒起來，回身又斬死了十來個殺上來的甲子神。心想，要是自己那一大缸子血眞讓黃靈全喝了，那黃靈此時的太歲力可當眞厲害得很。

只見黃靈眼睛發紅，一聲大喝，幾道金色閃電炸出，勢如飛龍，直竄太歲。

太歲也怒喝著，揮動大戟斬碎了一條金色龍柱電光，在斬入第二道迎面而來的金龍電光時，大戟卻讓那龍形電光一口咬住，僵持不下。

第三道、第四道電光一齊炸來，身後的甲子神也群起圍攻。

「班門弄斧！」太歲暴怒，雙手緊握大戟，拖動金龍，戟上黑雷四面炸出，幾記狂掃，將四面殺來的甲子神全炸了個碎。

黃靈嘿嘿笑著，又揮出幾道電光。他知道，自己若以兵器和太歲正面交戰絕無勝算；但體內的太歲力卻因爲飲下整缸太歲血，而增強了十數倍，此時他能夠放出不遜於太歲的電光。

「奸巧小子，拔出兵刃還不來戰？」太歲高聲喝斥，又斬死幾個甲子神。他伸手向前抓著，前方十數個甲子神登時動彈不得，身上炸出惡念。

黃靈的金色閃電卻立時打來，又將太歲捉拿出來的惡念，全都逼回甲子神身子裡。

「太歲爺，我們來幫你！」朱雀、玄武領著手下星宿，突破幾座大鼎的包圍，從兩側來襲。

「來得好！」黃靈大笑，黃金長劍指向朱雀，朱雀立時抱著腦袋嚎叫起來。

「秋草妳看，朱雀將軍全身是惡念，我救救他！」黃靈得意握著林珊的手，幾道金色閃電在林珊周身繞著，一點也不讓太歲有機會捉她身上惡念。

「你們別來礙事──」太歲聽了朱雀叫聲，知道黃靈此時踩在太歲鼎上，能遙遠地散發惡念。除了自己以外，其他神仙上來助戰，只會越幫越忙。太歲揮動幾道黑雷，一道打在朱雀身上，打散了灌入他身上的惡念，另幾道黑雷則逼退了玄武。

黃靈趁著太歲分神之際，長劍一指，金色閃電已經捲上太歲大戟。太歲怒喝一聲，放出黑雷抗衡，卻覺得黃靈的金電比他想像中更爲強悍。

四周甲子神舉著兵器攻來，太歲一手緊拿著太歲戟，另一手握著拳頭，拳頭上黑雷纏繞，接連打飛了來襲的甲子神。

太歲覺得握拳那手腕有些疼痛，是太白星替他接上的手還未痊癒。

「中！」林珊突然尖叫一聲，唸起咒術。

太歲只覺得腳下一緊，腳底下竟冒出符光，幾條金銀繩子纏上腳踝，直捆大腿。仔細一看，這才發現太歲鼎蓋上那密密麻麻的紋路凹陷處，竟藏著許多塗上黑漆的捆仙繩。

林珊儘管心驚，卻仍專注地注意太歲一舉一動，在他雙腳接近捆仙繩，且分神當下，唸咒施法，捆仙繩這才發動。

「喝！」太歲張手放雷，打退了一批趁勢殺上來的甲子神。腳下的捆仙繩越纏越多，四周腳邊還有幾處也揚起了捆仙繩，要往太歲身上纏來。

有些甲子神也從身上掏出了捆仙繩，全往太歲身上扔。

太歲一把接住一個甲子神朝他扔來的捆仙繩子，使勁一抓，黑雷從繩子傳去，將那甲子神電得彈開。太歲甩著繩子當成鞭用，又打飛好幾個甲子神，只覺得背後一痛，轉頭過去，原來是有些甲子神拿著弓箭，遠遠地朝著他射。

「哈哈哈哈！莽牛撞進了陷阱，還不快束手就擒！」黃靈哈哈大笑著，只見太歲腳下的捆仙繩纏得更緊，且手上的黑色大戟也讓捆仙繩給捆了。黃靈見機不可失，一個縱身飛天，舉著黃金長劍往太歲竄去。

「大人！小心，別去！」林珊大驚，急忙喊著。

「看我斬了他！」黃靈躍得極高，在太歲頭頂落下，一劍伴著黃金閃電雷霆萬鈞地劈下。但黃金劍劈進太歲肩頭兩吋，雖鮮血四濺，卻無法再劈下去，是太歲用手挾住了長劍劍身。

太歲一語不發，怒瞪著黃靈，背後要殺上來的甲子神全讓太歲身上炸出的黑雷電開，但仍有兩個甲子神沒給電到，挺著長槍刺入太歲後背。

「好大的蠻力！」黃靈見太歲讓長槍刺了，挾著他長劍的力道卻有增無減，心中不免有些駭然，鼓足了全身力氣，一手發出極爲耀眼的黃金閃電，往太歲臉上轟去。

「鼎上發生了什麼事？」老子驚訝地看著天上，由於太歲鼎已飛得很高，底下看不見大鼎上頭發生的事，只見到金電黑雷此起彼落，朱雀、玄武領著星宿在大鼎周邊游擊。

金光閃耀之際，黃靈只覺得手上金電一道一道全給彈上了天。

「毛頭小子——」太歲暴喝，身子浮動，捆仙繩一根根斷了，四周甲子神全給吸上了天，在太歲鼎上空十數尺旋繞著，像是大漩渦一般。甲子神身上炸出了惡念，一柱柱惡念捲柱激烈繞著，竄進太歲鼎上九個大孔中。

「可惡！」黃靈驚愕交加，猛力拔出砍在太歲肩頭的長劍，又朝太歲腦袋上劈去。

太歲又一吼，大戟黑雷炸出，戟上的捆仙繩也給震開大半，太歲挺戟和黃靈金劍互格了幾下。黃靈雙手握劍，只覺得手腕要碎了般，猛一見到太歲眼神凌厲怒瞪著自己，不禁怯意大增，發出了閃耀金電往太歲身上亂炸，趕緊往後退開。

林珊和少許甲子神沒給捲上天，卻也覺得身上麻痺疼痛，像有什麼東西要竄出體內。

那些給捲上天的甲子神紛紛落下，有些動彈不得，有些虛弱舉著兵器，仍要圍攻太歲。

「別死戰，快往前飛！」林珊奮力下著命令，那些還有餘力的甲子神全鼓足全力，操縱著太歲鼎往禽曲天障那圓形光陣飛去。

百來個甲子神全力施法，太歲鼎的速度一下子增加了數倍，撞飛了前頭一隻隻亂竄的黑蝙蝠，往天障光陣快速飛去。

「啊！」老子見太歲鼎突然加速，心中想到了什麼，急忙大吼著：「朱雀、玄武，攔下太歲鼎，去助澄瀾！」

朱雀、玄武在天上受了命令，卻有些遲疑。太歲不讓他們插手，同時四周一條條黑龍亂飛，也難纏得緊。

「黃靈——」太歲狂吼著，斬碎了攔在前頭的甲子神，身上黑雷四起，有如一條張鰭揚鬚的凶惡大龍，往黃靈捲去。

黃靈不由自主地發起了抖，眼神發紅，獠牙長出，用盡全力放出了金電，捲向太歲。

林珊同時施術放咒，身前數十條捆仙繩同時竄起；甲子神也全都撲向太歲，要阻止這驚天一擊。

太歲背後還插著兩柄斷槍和箭，身上也有幾處讓甲子神傷了的破口正淌著血，肩頭讓黃靈長劍劈開的裂口冒著金氣，是劍上附著咒術。

儘管如此，太歲衝勢卻更爲猛烈，大戟一揮，斬碎了那些金銀繩子，另一手不停揮動黑雷開路。

太歲一戟穿入黃靈轟來的那團金電，金電大放光亮，轟隆一聲煙消雲散，大戟刺進黃靈腹中，惡念洩了出來。

「哇——」黃靈兩眼大睜，一口血噴灑上天。只見到太歲黑雷大放，激烈射向四面八方，一塊塊甲子神碎塊狂飛亂炸，

黃靈後退幾步，對於己方用盡全力卻仍無法擋下太歲，又是驚愕、又是不甘。

「強弩之末！」林珊搶在黃靈身前，揮劍斬向太歲。太歲要閃，卻仍給林珊砍中，胸口又多了條大裂口，幾條捆仙繩又來，纏上了太歲全身。

林珊知道太歲已受了傷，以寡敵眾，狂烈猛擊之後必然有短暫的虛弱無力，趁此機會反

攻，果然扳回了一城。

四周的甲子神七零八落地落下，大都讓黑雷給炸得碎了，只剩下少許十來個仍奮力操縱著太歲鼎往前飛。

黃靈緊握著插在腹部上的太歲戟，怪喝一聲，終於拔了出來，伸手按在腹上，惡念總算不再溢出。

太歲身上讓捆仙繩越纏越多，雙臂發力，黑雷四起，眼見又要將捆仙繩震碎。黃靈心中害怕，而腹部像火燒一般疼，腦袋轟隆隆響著，心想要是太歲回了氣，自己必然不敵了。

就在這瞬間，天上幾條黑龍竄來，原來太歲鼎已經衝到了天障的圓形光陣前。

「老傢伙，差一點……你就差一點！」黃靈咧開了嘴，狂笑起來。

黑龍捲上太歲身子，將還沒來得及震碎捆仙繩的太歲捲上了天。

光陣怪異光芒閃耀嚇人，朱雀、玄武緊追在後，只見到太歲鼎一下子平空不見了。

「失策！」老子拍著大腿，這才醒悟林珊這計策的最後一手，並非將殺進福地的兵馬全打退，卻是要藉著天障困住來襲敵軍，掩護太歲鼎獨退，使其安然抵達雪山。

天障或許困不了三星協力，但太歲鼎若能搶先一步抵達雪山，在那獄羅神的天障庇蔭之下，要奪回大鼎，便更困難了數倍。

林珊並非要守鼎，而是要再次遷鼎。

「快追！」老子大喊。

茄苳公等兩星部將仍和凶獸激戰著，且殺倒了大部分的凶獸，抬頭看天上好幾座大鼎亂飛，大都還不知眞鼎已經離開了福地。

兩條黑龍纏著太歲要咬，太歲身上炸出黑雷，將兩條龍電得碎了。

太歲在空中飛竄，暴怒吼著。

「快解開天障——」太白星一把抓住了禽曲。

禽曲在太歲鼎飛來同時，分神施術開光陣，讓太歲鼎脫出，卻因此讓緊追在後的太白星一把抓了。

太白星見此情形，已知道了禽曲計謀，掐著他的脖子，白光灌進禽曲的眼耳口鼻之中。

「好、好、好！」禽曲尖聲嚎著，雙腳亂踢亂蹬，大哭求饒。長竹和梧桐在太白星身邊護衛，斬死了四周的黑蝙蝠。

太白星鬆開了手，禽曲立即施法，只見天上狂雲亂捲，閃耀著奇異光芒。

「天障解了？」太白星有些愕然，抓著禽曲的手施了施力。

禽曲哈哈大笑說：「沒有！沒有！你被我騙了，我不但沒有解開天障，還多加了好幾層，你們這些神仙，一年也出不去啦！」

「混帳！」太白星勃然變色，白光炸進了禽曲七竅。禽曲咬牙抵抗，手上皮膚鑽出一條條黑蛇，咬上太白星手腕。

太白星又驚又怒，見自己的法力竟無法瞬間制伏禽曲，想起禽曲也是獄羅神大將，身上魔力不可小覷。手上讓黑蛇咬了的地方冒出黑煙，正要全力相拚時，突然見到一旁一個黑影竄來，是太歲。太歲本已怒極，聽見了禽曲說話，猛竄而來，一拳打碎了禽曲腦袋。

太白星怔了怔，鬆開了手，看著太歲苦笑。太歲不發一語，大口喘著氣，梧桐趕緊上前放了幾道治傷咒。

「這些傷都不礙事，我要殺了那奸詐小子！」太歲怒喝著。

「澄瀾、德標！還不給我過來幫忙！」辰星的聲音遠遠吼來。他斷了兩臂，只剩四臂張得大開，四柄長劍奮力大戰鎮星偃月刀。

本來辰星單打獨鬥的能力要比鎮星強些，但鎮星終究邪了，下手毫不留情，招招強猛狠毒，辰星卻因爲還盤算著，若是太歲抓出鎮星身上惡念，己方便又多了一星。如此一來，一個要取對方性命，一個只想生擒，本來較爲強悍的辰星反而落了下風，給斬去兩臂。

但鎮星也戰得金甲盡碎，肚子中了三劍，連連吐血。

「澄瀾，快去助啓垣！」太白星鼓足了全力往辰星飛去。

「對啊！我都忘了這兒有個專破天障的胖子！」太歲猛然醒悟，也緊跟在太白星身後，竄向鎮星。

朱雀、玄武在空中驅殺著黑蝙蝠，大王船停在山邊不動，兩星部將圍成了一圈，已經將四周的凶獸和妖兵殺得差不多了。

鎮星帳下最厲害的四個大將——黃江、長河、洞陽、鄱庭當中，長河早在金城大樓一戰戰死，另外三個又不知什麼時候跑不見了，其餘部將自然抵敵不過以茄苳公爲首的兩星將士，一一落敗，都給押上了王船。

太白星飛到鎮星左側，太歲飛到鎮星右側，三星圍攻鎮星。

鎮星身型高壯圓胖，一柄偃月大刀仍氣勢萬鈞，憤恨亂殺之際，只見左邊白光刺眼，右邊黑雷亂捲，前頭幾股流水光芒撞來，一下子身上中了好幾招，給炸得翻了好幾個筋斗，摔落在坡地上。

再掙起身時，辰星長劍已經架到他脖子上。太白星抓著他兩肩，白光壓得他透不過氣，腦袋上一陣麻痺，太歲的手按了下來。

鎮星還來不及說話，只覺得天旋地轉，身子裡一股一股的東西不停地往外頭洩……

84 宿命的對決

「看你這老賊往哪裡逃！」阿關大叫著，腳下一用力，石火輪銀光閃耀，迅速往前衝去，撞在正想飛天的午伊背上。午伊摀著後背，摔落在地，身邊的邪天將將他團團圍住，護衛著他。

原來阿關追過了綠水、黃板台、壺形谷口，一路追到了洞天外。在石壁通道這頭見到對面光門就要關上，午伊才閃身出去，阿關便已衝了上來。

翩翩縱身躍起，光圈四射，射倒幾個殺來的天將，四周還有不少妖兵，卻已不聽午伊號令，四處亂飛。

午伊數次要放惡念，卻都讓亂飛亂刺的鬼哭劍破壞，又驚又氣。

「等黃靈來了！我倆必不饒你！」午伊揮動銀電大罵著。

阿關不甘示弱，放出黑雷抗衡，且回罵著：「你想得美，黃靈一定趁你不注意，偷偷把血喝光了，你只是他手下一條狗奴才！」

「無恥小子，口無遮攔！」午伊讓阿關踩中了心中痛腳，勃然大怒，一下子忘了逃跑，又讓衝上來的石火輪撞得翻了個滾。阿關自車上跳下，舉著鬼哭劍劈來，午伊只好舉長劍硬拚。

午伊只喝了一小杯太歲血，實力遠遠不如私吞了整缸血的黃靈，甚至不如太歲力日漸增長的阿關。

「你以爲你們兩個是狼狽爲奸，但是黃靈比你還要奸詐狡猾，他肯定獨吞了太歲血。你年紀比他大，資質比他差，我若是玉帝我也不要你，我若是獄羅神我也不屑你！」阿關胡亂罵著，發洩這些日子以來受的惡氣。

「可惡、可恨！」午伊想要飛天，但翩翩在天上盤旋、大戰著天將，游刃有餘之際還放光圈往下打。

午伊兩眼發紅，奮力死戰，阿關說的話在他耳中揮之不去。玉帝眞的屬意黃靈？就算最後除去玉帝，獄羅神大權在握，自己如何能爭取一席之地？太歲血？太歲鼎？倘若黃靈眞的獨吞了太歲血，那太歲鼎自然也落入他手中了。剩下來的自己在獄羅神和其他神仙眼中，只是個微不足道的二流神仙罷了。

阿關揮著短劍亂劈亂砍，有時握在手中劈斬，有時凌空突刺。午伊奮力擋格著，只覺得阿關手上的鬼哭劍，要比自己的漂亮長劍靈巧許多。

午伊腦中混亂，發現自己小看了眼前的少年時，已有些晚了。空中黑影亂旋，是一只布袋，布袋中伸出蒼白的鬼手，猛然向他抓來，在午伊臉上抓出幾道深可見骨的大爪痕。

「啊啊——」午伊捂著臉怪叫，猛一縱身想要飛天，幾道光圈打在他腿上，又將他打落了地。

「來救我！快來救我！」午伊憤恨叫著，瞪大了眼睛，只見到還有幾個負了傷的天將，早已逃得遠遠的。遠處群聚的妖兵四處亂竄，竟沒有一個趕來救他。

「你們這些低賤妖孽敢不聽號令！敢不聽號令！」午伊絕望吼著。

「你別裝蒜，你比誰都清楚！」阿關高舉起鬼哭劍，猛然朝午伊擲去。鬼哭劍伴著黑雷，穿透了午伊胸口。

午伊張大了口叫不出聲，他當然清楚，自己帳下的天將和臨時收來的部將，此時鳥獸亂散，沒有一個願意救他，沒有其他原因，就是惡念。

以惡念建築起來的勢力又快速、又強橫，但破滅也同樣地快。

午伊成於惡念，死於惡念。

翩翩落下了地，阿關上前拔出鬼哭劍，午伊早已死去，胸口破了個大洞。

「要是我沒殺死他，抓出他的惡念，他也能變好嗎？」阿關看著午伊逐漸化成飛灰的身子，有些發怔，喃喃問著翩翩。

翩翩苦笑，搖搖頭說：「你應該比我更了解才對。」

阿關眼前突然亮起一道符令，是月霜傳來的：「小太歲，黃靈乘著太歲鼎逃出福地，秋草妹子也在上頭。黃靈中了太歲爺一戟，應當受了重傷，你趕緊通知大夥兒一起去攔他，別讓他逃回雪山！」

「黃靈！」阿關一聽黃靈，咬牙切齒地跳上了車，翩翩也飛上石火輪後座。

「你知道他在哪兒嗎？」翩翩問著。

阿關連連點頭說：「我知道！我感覺到了！」

阿關閉了閉眼，只感到天際那邊那股熟悉的氣息正移動著，是太歲鼎的氣息。石火輪勢如閃光，朝那氣息猛竄而去。

「我要殺了那個傢伙，把林珊救回來！」阿關回想起黃靈操弄林珊的所作所為，更加激動憤恨了。

翩翩拍了拍他腦袋，提醒說：「別氣昏了頭，邪不勝正。救回了秋草，事情平息後，我們請大神們再打造一個化人石，那時一切又和以往一樣啦，你又有一個靈巧聰明的保姆啦。」

「嗯？」阿關怔了怔，石火輪的勢子突然緩了下來，在一棵大樹前彎了彎，突然倒下。

「哇！」翩翩措手不及，還來不及飛天，已經摔了個四腳朝天。

「怎麼了？」翩翩揉著臀部，驚訝問著，卻沒見到四周有什麼妖魔鬼怪攔路。

阿關扶起了石火輪，摸摸鼻子說：「很久以前，妳曾經說過，只要我能把妳摔下車，妳就要聽我的。」

「什麼？」翩翩愣然，站了起身。這才回想起許久之前，和阿關四處招募兵馬要對付順德大帝時，隨口說的約定。那時她還是蝶兒仙，身子要比現在輕盈靈巧許多，無論如何也不會給摔下車的。

阿關抬頭看了看天，太歲鼎就在前方頭頂上，石火輪不會飛天，上不去了。

翩翩在阿關頭上敲了兩下，雙手摟住了他的腰，頸上千羽巾飛揚，兩人一同飛昇上天。

「是妳說的，反悔已經來不及了，妳什麼都要聽我的啦。」阿關呵呵笑著，深深吸了口氣，看著上頭越漸逼近的太歲鼎。

「我要妳做我的保姆，保護我一輩子。」阿關回頭，看了看翩翩。

翩翩咬著下唇，沒有說話，也沒有看阿關，身子有些顫抖，用自己也聽不到的聲音答著：「好啊。」

兩人穿過了雲端，阿關一伸手，已經觸到了太歲鼎的底座。

「小心謹慎，別讓敵人發現了。」翩翩叮嚀著。

「上面的是黃靈，他身上的太歲力很明顯，我感覺得到他，他也感覺得到我。」阿關苦笑搖頭，眼睛越發閃亮，太歲鼎的氣息湧入了他全身。他身子飄浮騰空，離開了翩翩身子，手貼在太歲鼎上，像是有黏性一般，快速攀爬上鼎；到了鼎身三分之二處時，手腳幾乎已經騰空，向上升去。

太歲鼎上紋路閃耀光芒，幾道金電順著大鼎紋路流向阿關。

阿關腿一蹬，蹬得離鼎身遠些，避開了金電，隨即又伸手搆向大鼎，繼續往上飛昇。

「你得小心動作，別打壞了鼎。」翩翩緊跟在阿關身後，只覺得呼吸逐漸不順，俏臉漲出了陣陣紅暈。

這是翩翩化成凡人之後，第一次飛昇到這麼高的天空；而阿關由於體內的太歲力逐漸成熟，且已有幾次高空作戰經驗，反倒不像翩翩這般難受。

「應該不會……」阿關看著自己的手掌一接近太歲鼎身，就冒出淡淡的黑雷電絲，知道黑雷和太歲力密不可分，對太歲鼎應當沒有太大影響。

翩翩點了點頭，看看手中雙月，心想反倒是自己放光圈時應當留神，可不能損傷了太歲鼎。

阿關一鼓作氣奔跑起來，又跳過了幾道順著紋路流來的電光，猛力一跳，已跳上了太歲鼎鼎蓋。

鼎蓋上滿布甲子神的破碎屍塊，二十來個甲子神分立大鼎四周，操縱著大鼎前進。

黃靈靜靜站在遠處鼎蓋中央，林珊默默隨在身後，見了阿關躍上鼎蓋，忍不住向前踏了兩步，神情有些激動，正要開口說話，便見到翩翩也飛了上來。

林珊炙熱神情一下子像給澆了盆冷水，又冷冽許多，不發一語打量著羽化成人的翩翩。

「咦？」黃靈摀著腹部，神情十分痛苦，見了翩翩，也嘖嘖稱奇說：「妳不是那蝶兒仙，怎麼成了凡人也能飛天？」

翩翩並不理睬黃靈，只是向林珊喊著：「秋草，離黃靈遠些，他是個卑鄙小人！」

阿關看著林珊，心中難過，喊著：「林珊，黃靈用惡念害妳，他只想爭權奪位，他勾結魔界妖魔，要害玉帝、害人間！」

靠阿關較近的兩個甲子神揮動兵器圍來，翩翩搶先攔下，揮動雙月，和甲子神過了幾招，立刻砍落兩個甲子神腦袋。

「別亂戰，你們不是對手，專心操縱大鼎！」林珊知道黃靈也受了傷，一時無法分心再顧大鼎，近二十來個負傷的甲子神，必須全神操縱大鼎前進。

「阿關……」林珊吸了口氣說：「你們不是黃靈的對手，趕快降了，玉帝會饒了你們。辰星野心甚大，他召集了大軍只想奪權，你心中有惡念，無法判斷是非善惡。」

「我心中沒有惡念！」阿關大喊：「林珊，妳仔細想想，妳對翩翩做過什麼？全都是那黃靈害妳的！」

林珊聽阿關這麼說，身子顫抖著，知道自己所作所爲已不是祕密。

林珊看了翩翩一眼，立即將頭撇開，喃喃地說，「蝶兒仙早已邪化，我怕你中了她計，替你……」

「妳還和他鬼扯什麼？」黃靈瞪了林珊一眼。

「黃靈，我們該把帳算一算了。」阿關見黃靈額上冷汗直流，還摀著腹部，一手抓著太歲那大黑戟，知道果眞如月霜所說，黃靈傷勢不輕。

「不自量力的小子，你不過區區一個凡人。」黃靈冷笑，嘴角因爲腹部的傷痛而不住顫抖，右手將太歲戟舉得直挺，指著阿關說：「憑你也想當神仙？憑你想當太歲？」

「我一點也不想！」阿關揮了揮手，召出鬼哭劍，另一手也掏出伏靈布袋，深吸一口氣，身上泛起黑雷，往黃靈衝去，高喊：「都是你們在說，都是你們要我做這做那，我現在最想做的就是宰了你！」

「來得好！」黃靈喝了一聲，大戟上金電纏繞，往前一指，幾股電流激烈懸繞，飛竄打向阿關。

阿關只見黃靈打來的金電猛烈至極，心中駭然，趕緊飛撲閃開，在鼎蓋上打了個滾，掙起身來，有些氣餒。他原以爲自己黑雷已經進步許多，但和黃靈金電一比，卻相差更多，完全無法抗衡。

「喝！」黃靈正要操縱金電轉向追擊，腹部卻突然劇痛，創口崩裂，好幾股惡念噴出。

阿關見到黃靈突然停下了動作，伸手按著腹部，知道他肚子上的破口是讓太歲大戟所刺。大戟的造材和鬼哭劍一樣，妖邪給刺破了傷口會難以痊癒。黃靈仗著身上強橫太歲力壓著，才不像午伊中了鬼哭劍那樣，惡念狂洩死去。

「太歲爺刺得眞好！」阿關大叫一聲，又衝殺上來，翩翩也從另一側殺來。

黃靈咬牙切齒，只覺得肚子裡有千百把刀亂竄，痛得他眼冒金星，眼見阿關殺來，便以大戟硬擋。

阿關鬼哭劍短，和黃靈戰了一會兒，小腿讓大戟上金電掃到，往後彈開倒在地上。

黃靈追上，正要突刺阿關，只覺得眼前一個影子晃動，竟是伏靈布袋，鬼手們猛竄而出。黃靈張口一吐，一陣金電閃耀，將布袋震飛老遠，鬼手都給電得焦黑，布袋在天上旋了幾圈，緩緩落在地上。

阿關見到布袋冒著煙掉落，心中激憤，順著目光看見後頭幾個大麻布袋，正覺得奇怪，黃靈又已殺來，只好鼓起全力應戰。

這頭幾條捆仙繩飛揚，翩翩快速閃過。原來在追趕大鼎之際，月霜又傳來幾道符令，轉述太歲的話，將大鼎上的情形、捆仙繩機關等，都說了個明白。

「翩翩姊，我那樣對付妳，妳很氣我吧？如妳所願，妳變成了凡人，和阿關在一起了！」林珊說著，揮了幾下長劍，另幾處捆仙繩又起，仍讓翩翩閃過。

「以前的事我都忘了，不想再提，妳讓黃靈害了。」翩翩揮動雙月，將纏來的捆仙繩全給打落，不時還轉頭注意著阿關戰情。

「妳恢復面貌、稱心如意了，當然可以通通不當一回事了！」林珊尖喊。

翩翩也高聲斥著：「秋草，妳足智多謀，黃靈在想什麼，妳究竟知不知道？」

「知道也好，不知道也好……」林珊蹙著眉頭，咬著下唇，眼眶泛紅，挺起長劍向翩翩飛去，大叫：「我不想再聽妳說話！阿關是太歲爺的備位，大家卻將我當作妳的備位，我並不比妳差！我不服氣——」

林珊全身泛起光霧，快速飛竄，翩翩也加快了速度，和林珊在空中相迎，激烈戰了起來。

「妳執迷不悟，幫黃靈害太歲爺、害阿關、害玉帝！」翩翩怒罵。

「我沒有害他！」林珊也怒喊著，一聲「哐啷」，長劍已讓翩翩打飛。

翩翩右手靛月才打飛林珊長劍，左手青月已經架上了林珊脖子。正要開口勸降，林珊已激動哭了，揮出一肘打在翩翩臉上，趕緊往後飛竄，落在黃靈腳邊。

黃靈正和阿關僵持不下，阿關在纏鬥中抓住了太歲大戟不放，以鬼哭劍凌空飛刺黃靈。黃靈也不願放手，只得拔出他漂亮的黃金長劍來格擋鬼哭劍；肚子劇痛，放出來的金電也衰弱許多，阿關因此能夠以黑雷硬撐。

只見大戟上一邊是金電，一邊是黑雷，阿關用兩隻手硬搶，卻仍搶不下大戟，急得大喊：「翩翩，放光圈射他！」

黃靈也喊：「秋草，還怔什麼，出招啊！」

林珊拭去眼淚，掙起身來，只見翩翩幾道光圈來得又急又狠，直直射向黃靈。她連忙放咒，卻攔不下光圈。

黃靈猛喝，身上炸出幾道金電，擋下了光圈，卻已經吐出一口口血，狼狽至極，恨恨吼著：「秋草──」

林珊趕緊向後一躍，躍到了幾個大麻布袋邊，唸了咒語。

這些大麻布袋突然有了動靜，掙扎起來，裡頭裝的是人。原來林珊以咒術讓麻布袋裡的人睡著了，此時則以咒術將他們喚醒。

一個甲子神伸手拎起一個大麻布袋，往遠處用力一扔。

麻布袋在鼎蓋上空劃出了弧線，裡頭發出了害怕的哀號聲。

阿關瞪大了眼睛，那是一個老爺爺的聲音。

麻布袋飛越了大鼎邊緣，落了下去。

「黃靈──」阿關身上發出更爲激烈的黑雷，幾條要捲上來的捆仙繩全讓黑雷掃開。

「你知道那是誰嗎？」黃靈冷笑說：「是你的同伴，你有好幾個『老』朋友，對不對？」

林珊遲疑著，又抓起一個麻布袋，向甲子神要了一柄劍，就要往麻布袋刺。

「林珊！別逼我恨妳──」阿關怒吼著，鬼哭劍猛烈突刺，卻刺不過黃靈的長劍守勢，悲痛大喊：「翩翩！救爺爺們！」

林珊讓阿關一吼，眼淚奪眶而出，停下了動作。見到翩翩竄來，便將麻布袋往甲子神懷中一推，縱身舉劍去戰翩翩。

甲子神隨即將手上的麻布袋遠遠拋出，同時又一手抓了兩個布袋也用力拋出。

翩翩怒極，顧不得林珊攔在前頭，拚著腰間挨了一劍，硬闖飛過，竄到了那甲子神身旁，一刀斬落他腦袋。千羽巾激揚，翩翩飛勢更快，飛竄到了大鼎邊緣，接住一個布袋，縱身往鼎下去追其他給拋下的布袋。

「啊——」阿關聽著麻布袋裡老爺爺的聲音越漸遠了，手臂青筋暴露，眼睛滿布血絲，憤恨怒罵黃靈說：「你為什麼這麼壞？我要殺了你、我要殺了你！」

「你生氣了嗎？」黃靈額上大滴大滴的汗水滴落，腹部絞痛劇烈，嘴角卻微微揚起說：「你有凡人體，也有純正太歲血，好幾次我以惡念都侵不了你，但這次不一樣了。」

黃靈突然鬆手，阿關正奮力搶著大戟，突然往後一倒，摔倒在地。

黃靈往後一躍，躍到林珊身邊，拎起最後兩袋麻布袋子，搖了搖，其中一袋傳出梁院長的叫聲，另一袋有兩個女性喊聲，一大一小，是宜蓁和雯雯。

「雯雯——」阿關暴吼，跳了起來，卻被幾條捆仙繩纏上了他身。阿關發出沉重吼聲，拖動捆仙繩一步步往黃靈走去。

黃靈抓著梁院長的大麻布袋，直直往上一拋。

阿關瞪大了眼睛，腳下的金色閃電流來，順著捆仙繩纏上他的雙腿。

麻布袋直直落下，重重摔在阿關眼前，好響的轟隆碎裂聲敲進了阿關胸口。

阿關的手臂因為用力掙扎，讓捆仙繩勒出了血，全身青筋暴露，他的腳劇痛麻癢，金電纏繞上他全身。

阿關腦中一片空白，憤怒充滿他整個胸膛，有種黏膩、凶惡、令人難受的東西，從他身上的傷口不停往裡鑽。同時，身子裡的亮白光芒起而抗衡，卻擱不下那不停灌入身子裡的黏膩氣息——惡念。

黃靈口還滴著血，向林珊笑了笑說：「看，這小子滿身惡念。」

阿關舉步艱難，又走了幾步，離黃靈更近了，突然頭一偏，腦袋後頭跟上飛來的是鬼哭劍，朝黃靈竄去。

被黃靈一手抓下。

「使小詭計。」黃靈哼了哼，他身上此時的太歲力已能夠壓制住鬼哭劍，握在手上，使它不再受阿關的心念操弄。

「你知道嗎？」黃靈輕輕說著：「不久之前，我曾派秋草進入洞天，替你那沉睡著的母親修改夢境。」

「你記得嗎？你最熟悉的那個夢啊。」黃靈笑了起來。「每天每天，每天每天。」

阿關的眼睛發出了紅光，臉上的筋脈泛出了血色，張開了口，牙齒也伸長了，自牙根泛起了嚇人的紅。

「好了！」林珊往前一躍，躍到阿關身後，揮手一道光，打在阿關腿上，將阿關打得跪了下來，跪在黃靈眼前。

林珊長劍抵著阿關背後，神情有些高興，向黃靈說著：「捉著他了、捉著他了，黃靈大人，快幫他清除惡念吧！」

黃靈微微一笑，大步一跨，挺起長劍往阿關胸口刺去。

阿關恍神之間，勉強偏身，還一把抓住了劍，使那劍只刺進了胸膛一吋有餘。

「黃靈大人！」林珊大驚，急急喊著說：「你做什麼？你為何殺他？為何不替他清除惡念？」

「他邪化已深，救不回了！」黃靈面露凶色，用上更大力氣。阿關卻緊握著劍身，任那利劍將他手掌劃得鮮血淋漓。

「好傢伙！」黃靈哼了哼，劍上泛起了金黃閃電，纏上阿關全身。阿關咬牙撐著，也發出黑雷對抗，但力氣早已耗盡，那黑雷只閃了幾下，很快便讓金亮電光壓了下去。

「住手！」林珊大叫，一躍而起，舉起長劍就往黃靈握劍那手斬去。

黃靈不料林珊如此果決，說斬就斬，急忙抽回長劍格擋，架開林珊這劍。

「秋草！妳做什麼！妳敢犯上？」黃靈臉上青筋暴露，憤恨吼著，揮動長劍擋下林珊一連串攻擊。

「這窩囊廢有什麼好？怎地大家都維護他？全瞎了狗眼？」黃靈怒斥著，同時一邊冷笑，手上力道加大，劍身伴著金電。

「你出爾反爾！」林珊接了幾劍，很快不敵，右手讓金電電得劇痛麻癢，只得將劍換至左手，一面死戰，一面逼問：「以往我和他活捉了邪神，也沒當場殺死的，頂多關起來。你既是太歲，如何連個凡人都制伏不了？」

「賤人！」黃靈暴怒，背後金光耀眼，一劍劈下，打在林珊劍上，將她長劍震斷，且從林珊左肩劈到了右腰間。

林珊表情怔著，手還握著一短截斷劍，身上多了條大口子。血像花雨般濺上了天際。

黃靈也怔了怔，摀著嘴巴退了兩步。

「黃……靈……」阿關掙扎站起，眼睛紅光大盛，牙齒更加突出，身上微微閃著黑雷，低吼著：「黃靈……你有種殺了我……」

黃靈轉頭，見了阿關像見了仇人般，全身金電四射，朝阿關竄去，暴怒大喝：「我就殺你！」

阿關齜牙咧嘴，神情卻不怎麼清楚，遊魂似地站著。

幾道黃光纏來，纏住了黃靈手和腳，那些黃光一碰上金電，立時散了，但一道黃光散去，又有兩、三道纏來。

黃靈憤恨回頭，是全身染血的林珊緊跟在後，她不知哪來的力氣，一把抓住了黃靈臂膀。

林珊流淚喊著：「我幫你不幫午伊，我幫你奪得大位……你怎能出爾反爾……你說布下天羅地網擒下他，便替他收去惡念，放任他當個凡人……爲何出爾反爾？」

「放手！」黃靈甩著手，卻感到背上一痛。林珊用那把斷劍刺進了黃靈後背，斷劍刺不深，卻也讓黃靈疼痛難當。

「混帳──」黃靈怒喝著。眼前阿關動了動身子，突然暴吼，掙開了捆仙繩，像隻猛獸般撲來，一把往黃靈抓去，在黃靈胸口抓出了幾道爪痕。阿關的指甲也伸長許多，墨黑尖銳，還微微閃動著黑雷。

黃靈怒急，放出猛烈金電，用力甩著，卻怎麼也甩不開林珊。林珊右臂已經焦裂濺血，左手卻仍緊握斷劍，抽了出來，又刺一劍。

阿關連聲怪吼，像頭抓了狂的野獸般一爪一爪地抓擊黃靈，同時也讓黃靈揮劍在他身上砍出好幾道口子，但他似乎感覺不到疼痛，屈膝一蹲，尖嚎一聲，直直往前飛撲一爪抓在黃靈臉上，在黃靈臉上抓出了深深的五道指痕。

「賤人！」黃靈眼睛閃耀出金光，一腳踢開了阿關，長劍倒握，刺進了林珊心窩，將她串在劍上，舉了起來，金電轟隆炸裂。

鮮血灑上了天。

林珊的胸口給炸出一個大洞，身子風箏似地飛上空中，伴著那漫天血花，落在鼎蓋上，臉上的淚痕還未乾，甚至未能回頭再看阿關一眼，便已死去。

阿關張大了口，舉起手向林珊伸著，想要抓些什麼似的，只覺得林珊身上的惡念漸漸散去，沒有了一點氣息。

他弓著身子，全身劇烈顫抖著，想起在劫囚時，太歲與他之間的對話——

「小子，草兒平時待你如何？」

「林珊對我一直很好……她邪化了……對我也一直很好……」

85 邪化阿關

阿關身子弓得更低，雙手按在鼎蓋上，指甲暴長，仰起了頭，雙眼發紅，淚流滿面。後頭騷動著，翩翩紅著眼眶，飛竄上來，雙手提著四個大布袋，放在鼎蓋上。只有一個麻布袋還微微有著顫抖，另外三個都一動也不動了。

幾個甲子神圍了上去，翩翩揮動雙月戰著。她看向阿關這邊，接著見到林珊屍身，又見到阿關像隻野獸伏在地上，不由得驚愕莫名。

黃靈摀著腹部，舉著長劍，就要往阿關腦袋劈。

阿關猛一竄，往黃靈撲去，速度又快又狠，腰間讓黃靈劃了一劍，卻蹬了黃靈一腳。

黃靈讓阿關蹬著了肚子傷口，疼痛得幾乎要昏，退了幾步站穩，察覺到身後有東西飛來，趕緊低頭，幾道光圈掠過他的頭頂。

翩翩身邊的甲子神已經紛紛死去，翩翩尖喊著，雙月化成光刀，向黃靈暴竄而來。

黃靈舉劍硬打，長劍上伴著強悍金電。翩翩一刀斬在金劍上，手給電得通紅，青月也給震飛了。

黃靈還欲追擊，後頭阿關又撲殺上來，揮爪亂抓，像是要搶鬼哭劍，又像是要和他拚命。

又有幾個甲子神看到黃靈以一敵二，趕緊上來幫忙，攔在阿關身前。阿關揮手亂抓，抓死了一個甲子神，其他殺來的甲子神們舉著兵器來戰，阿關腿上吃了一鎚，憤恨吼叫著。只這麼一叫，甲子神們突然都像給電著了一般，身子顫抖。阿關亂爪抓去，將甲子神們全抓得四分五裂。

太歲鼎上的甲子神只剩六個，都傷重，大鼎飛勢緩了下來，且開始緩緩下墜。

「阿關，你清醒點！」翩翩見了阿關那凶惡模樣，心中駭然，緊跟著阿關。

黃靈以金電轟擊著阿關，阿關速度奇快，四處亂蹦，閃開金電，和翩翩左右追擊著黃靈。

翩翩剛才給黃靈震飛了一刀，此時並不硬打，而是精準放出光圈，掩護阿關。阿關身上閃動黑雷，瘋狂撲擊著黃靈。黃靈怒吼連連，卻感到腹部絞痛加劇，舉劍一刺，刺進阿關腰間。阿關發出嚎叫，竟不後退，而是往前直衝，任由刺進他小腹的長劍往外拉扯，扯出一個極大的破口。

黃靈被阿關這不要命的打法嚇得一愣。阿關一爪抓來，抓在黃靈肩上，扯下了一大塊肉，往嘴裡一塞，竟吃下了肚子。

「你竟成了瘋狗！」黃靈又驚又怒，縱身一跳，跳到那最後一個麻布袋邊，拎起了麻布袋，就要拋去。心想若能引翩翩去救，便能一舉擊殺阿關。

正要扔出，麻布袋卻動了動，破開好大一個洞，一個圓滾滾的東西探出頭來，一口咬在黃靈手上。

是漢堡包。

黃靈怔了怔，只覺得手上一痛，麻布袋和鬼哭劍一併脫手落下。黃靈還沒反應過來，麻布袋後頭又竄起一個影子，是伏靈布袋，伸出袋口的是焦黑一片的蒼白鬼手。鬼手一把接住鬼哭劍，刺進黃靈胳臂。

布袋落下，宜蓁、雯雯抱著漢堡包滾了幾滾，摔落在地。漢堡包還嗷嗚叫著，發出低沉吼聲。

黃靈怒極，本要發出金電大開殺戒，但後頭一陣狂烈氣息逼來，是狂暴的阿關。他只得回身，鼓足全力，猛一瞪眼，將阿關定在五尺之外。阿關全身閃耀電光，不停掙扎，痛苦不堪，突然扯開喉嚨大叫。這麼一叫，黃靈也中了太歲力，體內惡念登時亂竄。

本來黃靈太歲力比阿關強盛太多，但他肚子讓太歲刺了個大洞，力氣本已大減；此時手臂上插了一柄鬼哭劍，多了個大創傷讓他耗盡力氣壓制，一時之間，竟和阿關僵持不下。

翩翩早已趁此空檔，殺盡了鼎上甲子神。宜蓁驚嚇之餘，也牽著雯雯和漢堡包，逃到了麻布袋邊，聽見了一只麻布袋裡微微呻吟，解開一看，當場嚎啕大哭。

黃靈用盡全力，發出震天怒吼，就要掙脫阿關太歲力的束縛。突然感到一陣五色亮光在他腰間炸開，跟著是劇痛。

黃靈愕然轉頭，只見翩翩一面抹去眼淚，遠遠向他飛來。他心中一凜，左顧右看，一個甲子神手下都沒有了。

「秋草！秋……」黃靈慌亂之下大聲呼喊，隨即想起林珊已讓自己殺了，一時之間腦中一片空白，眼前花花亮亮一片，全是翩翩射來的光圈。

黃靈身上閃耀金電，奮力抵擋著漫天光圈，只聽見另一端阿關大叫，便感到全身雷轟電震，手臂上、肚腹上的創口一併迸發，洩出大股惡念。

黃靈感到一陣暈眩，眼前人影一晃，是翩翩飛到了他面前。恍惚之際，猛一舉手想要以太歲力定住翩翩，翩翩的靛月已然刺進黃靈胸口，青月劈進了黃靈頸子。

黃靈張大了口，頸子已給劈斷了一半，鮮血自口中湧出，依稀聽見翩翩輕聲斥著：「你別白費力氣，我身上沒有惡念。」

翩翩還沒說完，手上更一使勁，已將黃靈的腦袋斬落。

阿關登時落地，全身給電得滿是灼傷。黃靈已死，他不再受太歲力束縛，仰頭猛一嚎叫，朝黃靈撲去。

「阿關！你冷靜點！你被黃靈邪化了！」翩翩驚叫著，只覺得太歲鼎墜勢漸漸加快，連忙穩住了身子，攔住阿關。

阿關推開翩翩，大聲狂吼，搶著了黃靈身子，用力撕得碎裂，抓了肉便往口裡塞。

「你做什麼？別吃他肉，快吐出來，你不是野獸！」翩翩見阿關腰間破口不停淌血，知道他也傷重，緊抓住了阿關手腕，想要替他治療，卻覺得阿關手腕帶電，電開了她的手。

翩翩又驚又急，一巴掌打落阿關手上握著的黃靈血肉，又一巴掌打在阿關臉頰上，將阿關口中嚼著的黃靈血肉也給打出。

阿關發怒大吼，身上黑雷爆發，捏緊拳頭，彎下身子朝著翩翩嚎叫，突然手一揮，揮出一道黑雷掃向翩翩。

「阿關……阿關！」翩翩驚慌失措，閃開這記黑雷，正想說些什麼，阿關已然瘋狂地追了上來，兩人在太歲鼎上追逐起來。

阿關尖叫狂笑著，在大鼎上打起了滾，不停翻騰著。抬頭看了看天空，滿滿一片血紅，不由得伸手抓了抓，抓下了好一把惡念，嘻嘻笑著，竟將惡念放進口中。

天上那大片大片，本來幾乎要傾塌落下的惡念，讓阿關這麼一攪動，翻騰捲動起來，像雪崩一樣，開始墜落。

「哇——哇——」阿關見到天上那濃膩醬紅色突然狂落下來，不禁開心拍起了手，不停亂抓著，抓著了惡念都往口裡放。突然一陣反胃，流著眼淚嘔吐起來。

「阿關！」翩翩攔到阿關身前。阿關胡亂叫著，揮爪抓著翩翩。翩翩連連閃身，無計可施，雙月化出光刀，以刀背斬在阿關腿上，打斷了他的腿骨。

阿關卻像是不會痛一樣，縱身撲去，撲倒了翩翩，將她壓在大鼎蓋上。

翩翩一拳打在阿關臉上，卻覺得拳頭一陣麻痛。阿關身上發出了黑雷，而翩翩讓阿關壓著，逃無可逃，給電得七葷八素。

阿關哈哈笑著，兩手高舉，不停攪動著天上的惡念，抓了一大把惡念下來，一手掐開翩翩嘴巴，一手抓著惡念就要往翩翩嘴裡塞去。

「你瘋了！」翩翩使盡全力，抬膝頂去，撞開了阿關。

阿關翻了個滾，又叫又跳地逃著，不停伸手抓著天上惡念，吃下肚去，又嘔出來。翩翩急得哭了，緊追在後，揮出光圈想阻下阿關。

追逐到了大鼎邊緣，阿關小腿讓光圈劃過，尖叫一聲竟蹦起老高。翩翩怔了怔，見阿關落下時，竟一腳踩空，跌出了大鼎之外。

此時的阿關已完全不懂得操縱太歲力量，作戰發狂時的黑雷和定身是出自於憤怒瘋狂，此時竟無法在太歲鼎邊緣使出飛昇之力，像斷了翅的鳥一般，快速墜落。

「不要！」翩翩哭叫飛去，縱身一躍，抓住了阿關臂膀，只覺得手上傳來一陣陣電流，阿關哇哇叫著不停掙扎放電，扯著翩翩的衣服和頭髮亂攥。

阿關抓著了翩翩肩上的千羽巾，一把扯下，還張口亂咬，將千羽巾撕了個碎。

翩翩早讓阿關電得沒了氣力，覺得身上浮力盡失，張眼見阿關咬碎了千羽巾，一下子茫然不知所措，眼淚不停落著。嘆了口氣，將頭埋在阿關胸前，緊緊抱著他，兩人往下墜去。

「是我不好，兩次都保護不了你。」翩翩流淚說著：「若是秋草妹子，或許、或許……」

阿關吃爛了千羽巾，又暴躁起來，雙手亂甩又要發狂，突然一手給抓了，動彈不得。轉頭一看，是辰星啓垣。

辰星伸手接住了下墜的阿關和翩翩，阿關此時早已六親不認，張口就往辰星手臂咬去。

「哇！這小子發瘋了——」辰星怪叫一聲，長出一臂揮拳打在阿關嘴上，這才打得他鬆了口。

阿關摀著嘴巴嚎叫，雙腳還亂踢蹬，突然覺得腦袋像給吸盤吸住了一般。

「太歲爺……」翩翩抬起頭來，見到太歲就在一旁按著阿關腦袋，還以為在作夢。轉頭又見到辰星、太白星也在身旁，遠遠一艘殘破大王船緩緩駛著，兩星部將都大聲喊著，飛了過來，這才曉得救兵終於趕來。

「無能小子！」太歲一使勁，將阿關拎著往上飛昇，踩踏在太歲鼎上，猛一飛竄，瞬間到了大鼎上。本來想將阿關重重往鼎蓋上砸，卻見到黃靈七零八落的屍身散在地上，知道鼎蓋上也經過慘烈激戰，又看了看阿關模樣，知道他已經盡力，深深嘆了口氣。

太歲鼎墜勢減緩，重新飛昇。

太白星、辰星抓著翩翩也飛上鼎蓋。

太白星看著阿關，關心問著：「小歲星怎麼了？怎麼變成這副模樣？」

太歲掐開阿關嘴巴，朝裡頭看了看，驚訝說著：「這小子滿身惡念亂竄，肚子裡全是黃靈血肉，還有惡念！這是怎麼回事？」

「看呀，那是秋草！」兩星部將尋著了林珊屍身和宜蓁等，趕緊施力救治麻布袋子裡的老爺爺們。

紫萁將林珊屍身放在太歲腳邊，含羞、螢子佇在一旁，都紅了眼眶。她們都是同一批洞天小仙，自小一起長大，感情深厚。

翩翩望著林珊的屍身，淚流滿面，將黃靈以人質激怒阿關，施法邪化阿關的情形，簡單說了一遍。林珊被殺時，她正飛在大鼎周邊，去救那些給扔下鼎的老爺爺們。

太歲低下身，見著林珊胸前焦黑破口中，還有黃靈的金劍斷片，深深嘆氣：「草兒聰明過人，機關算盡，卻錯跟了黃靈，最後死在黃靈手上。黃靈也是厲害，他飲了我的太歲血，以太歲力強行突破這小子身上的防護。不好，小子現在身上惡念四溢，還有……天上……」

太歲抬起了頭，只見天上廣闊的惡念快速地蓋下，趕緊向太白星說：「惡念落下了，你們先去雪山，我得擋下這惡念！」

太白星說：「你趕緊收去這小歲星身上惡念，讓他一同幫忙你。」

太歲搖搖頭說：「不行，惡念鑽入了他全身血肉，和他身上的太歲力量合爲一體，不停激竄著，強行逼出惡念，他也會力竭而死。但若不抓出惡念，他恐怕也會發狂……你們先去吧，讓老夫再想想。」

太白星和辰星雖見不著惡念，但也感到了那強壓而下的邪惡氣息，點了點頭。兩星部將帶著傷重的翩翩、林珊的屍身，和宜蓁等一群凡人，往王船飛去。

「笨小子！你吃這玩意？」太歲見腳邊的阿關不安分地掙扎著，還伸手向天上抓，又放入口中。這才明白他滿肚子惡念是什麼原因，氣得一巴掌打在阿關臉上，將阿關口中的惡念全給打散。

「看清楚！」太歲抓著阿關的手，往天上抓，抓下了惡念，往大鼎圓孔拋去。

太歲鼎發出了光，將那拋向圓孔的惡念，一溜煙吸不見了。

阿關瞪大了眼，怔怔看著，像是覺得十分有趣一樣，噫噫呀呀地吼叫了起來。

太歲唸了治傷咒，拍了拍阿關腹部創口，止住血後，鬆開阿關的手，任由他在大鼎上玩。

阿關一腿骨頭斷了，倒坐在太歲腳邊，不停抓著，全往大圓孔裡扔；偶爾往嘴裡塞，就會讓太歲揮來的黑雷電得尖叫連連。

太歲吸了口氣，閉上眼睛，灰髮長鬍飄揚，太歲鼎上所有紋路全螢亮起來。

「哇哇——」阿關怪叫著，更使勁地抓起了惡念。

太歲雙手一張，太歲鼎緩緩旋轉，加速飛昇，像是要去迎接那落下的惡念一般。

惡念在高空旋動，互相吸引，廣闊的惡念中央給吸下了一小柱，像是龍捲風柱一般，不停旋繞捲動著，吸進了太歲鼎圓孔中。

天空閃耀著電光，阿關大聲叫著笑著，坐在地上學著太歲一樣舉手高喊，也吸來了一股惡念小柱子，往那圓孔聚去。

兩股一大一小的惡念柱子，在太歲鼎蓋上旋繞著，廣闊的惡念大雲，開始隨著這惡念柱子緩緩凝聚旋動。

太歲低頭見阿關又抓了一把惡念往嘴裡塞，嘴一撇就射去一小道黑雷，將阿關電得哇哇怪叫，嘔吐一地。

阿關咧著嘴巴，憤怒瞪著太歲，卻也不敢再吃了，乖乖抓起惡念。

「傻小子。」太歲笑了笑，摸摸阿關腦袋。「讓咱們大小太歲，將這惡念全收了吧！」

「也讓老夫想想該怎麼救你……」太歲嘆了一聲，不再說話，太歲鼎更加光亮耀眼。

□

「玉帝大人，四御獄羅神大人在主殿求見。」一名魔將領著一隊邪天將肅穆步來，恭恭敬敬地對著玉帝說。

「他有什麼事直接來和我說就行了。」玉帝擺了擺手，心中直犯嘀咕，只覺得這獄羅神端坐主殿，派一小隊天將來迎，倒不像是求見他，更像是召見他。

魔將兩眼瞪得圓大，皮笑肉不笑地說：「獄羅神大人在主殿準備了宴席，恭請玉帝大人來啊，洞天大戰必定大獲全勝，咱們提前慶祝！」

魔將說完，一整隊邪天將到了玉帝身旁分立成兩列，握著手上長柄的大斧不停地拄擊地板，吶喊著：「恭請玉帝前往主殿！」

十餘名天將喊聲極大，震得玉帝耳朵生疼，見到天將腳邊的浮雲石板都讓大斧長柄尾端撞得裂了，心中又是驚懼、又是惱怒。

「你們……」玉帝正要喝斥，后土走來，輕輕拍了拍玉帝肩頭，柔聲說：「走走，咱們去吃獄羅神擺的宴席，他要慶祝，咱們便陪他慶祝。」

魔將向后土點了點頭，舉手一招，一隊天將這才止住吶喊。

后土看看魔將，輕聲問：「你挺機靈，你叫什麼？你比起槍鬼如何？」

「我叫作『貉』，后土大人。」魔將咧嘴笑著說：「槍鬼大王是三界第一大將，小將哪能和他比較，我和禽曲、武王他倆排排坐。」

這魔將正是當日和赤三一同招降順德大帝的貉。那時赤三受縛，貉獨自逃脫，回來卻和同伴說那赤三無能拖累了他，全憑自個兒奮勇作戰，這才驚險脫困。

貉有著一雙銳利眼睛，一雙手滿是骯髒鱗片，腰間懸著閃亮亮的彎刀，領著一隊天將在前頭帶路。

后土和玉帝遠遠跟在後頭。

「這通道……和我們上來時，似乎又有些不同。」玉帝腳步緩了些，對著后土說。

兩旁的壁上都掛了珠寶玉石，閃亮耀眼，且多了更多通道，四通八達。

「好漂亮的大宮。」后土淡淡笑著說：「玉帝，比起以前咱們的天庭如何？」

「不知道。」玉帝搖了搖頭，神情有些茫然。

「玉帝，你覺得獄羅神比起以前的同僚如何？比起紫微、勾陳如何？」后土繼續問著。

「不知道！」玉帝煩躁不安，有些生氣。

后土笑著說：「紫微和善、勾陳機智；獄羅神我和他不熟，我只知他眞好心……堂堂魔界魔王統領大軍上凡，幫助神仙征討四方，還建造漂亮大宮殿讓咱們住。可惜我怎麼都住不慣，時常心神不安，想了許久才想通，這美麗宮殿的主人或許不是咱們。」

玉帝停下腳步，瞪大雙眼看著后土，神情極度驚駭懊惱，頂上那鑲滿珠寶的大金冠顫抖了幾下，歪到一邊。半晌之後，這才苦嘆一聲，垂下頭說：「或許……我做錯了一些事……妳趕緊通知福地兩星，要他們趕緊領著太歲鼎來，這頓宴席吃不得……」

「玉帝，別大聲嚷嚷。」后土微笑，伸手阻住玉帝嘴巴，推著他繼續往前走，說：「別讓貉聽見了，他定會笑嘻嘻地說：『玉帝大人，吃不得也要吃。』」

玉帝有些驚訝，低聲埋怨說：「原來妳早看出了獄羅神不安好心？卻又不和我說？」

「不久之前，主營大神雲集，獄羅神始終恭敬，那時玉帝正意氣風發，說要掃平四方呢。我那時說了，玉帝你也會當我是在挑撥離間吧。」后土苦笑。

玉帝默然不語，和后土一前一後，在這閃耀輝煌的大宮通道中前進。一旁通道兩個天將拎著一個瘦弱小神出來，那小神已無氣息，是天工手下的仙匠。

「這是怎麼了？」玉帝有些訝異，伸手攔下兩名天將。

天將冷冷應答：「這無能小神，沒能打造出大神仙們要的東西，便已累死。」

玉帝怔了怔，問：「打造什麼？」

后土在後頭提醒說：「是玉帝大人你要的大椅、寶劍、金冠、大衣……」

「天工……天工在哪兒？」玉帝問著。天將指了指後頭甬道，幾間小室傳出鏘鏘聲響。

玉帝趕忙喊了喊前頭的貉，說：「你們先行，我去瞧瞧天工，馬上跟上。」

貉點點頭，領著天將繼續前進。

玉帝慌慌忙忙地趕去那小室，只見到裡頭彩煙瀰漫，十幾名虛弱工匠正用盡全身最後的力氣，打造黃金大椅，縫製閃亮大袍。

「有沒有厲害兵刃？」玉帝揮動著彩煙，喊著：「天工、天工老兒！」

「天工、天工！」玉帝激動嚷嚷著，隨手在牆上抓著，抓了些長劍短劍在手上秤著，使來都不順手，憤恨罵著：「飯桶！都是一群飯桶、廢物！」

「天工！」玉帝見到天工趴在一張桌前，趕緊大步跨去，憤怒罵著：「糟老頭，你在偷懶！」

玉帝一把拎住了天工後頸，將他拎了起來。天工兩眼緊閉，身上仙氣溢出，已經死去。

玉帝大驚，鬆開了手，天工身子墜落地上。桌上放著一柄劍，正是不久之前玉帝要天工拿回去重做的寶劍，劍鞘上的珠寶全給卸下，整齊地排在桌上。

后土跟上，見了這情形，嘆了一聲，蹲下身子，拍了拍天工後背說：「這老頭累了太久，讓他好好睡吧。」

「我得找點厲害兵器，免得獄羅神暗算我！」玉帝暴躁起來，用力拍著桌子，將桌上的珠寶震得亂彈。

后土拾起桌上長劍，拔劍出鞘，金光耀眼。見玉帝摀著臉，似乎讓這金光映得難受，趕緊將劍入鞘。

「這是什麼東西！要他造劍給我，他造了什麼？這樣難看！這樣奇怪！」玉帝恨恨罵著，踩了天工屍身幾腳。

「玉帝！」后土怒斥一聲，將長劍扔向玉帝懷裡，背後黃光流轉，正氣凜然地說：「天工可貞有心，他怕你吃了地底妖魔的虧，嘔心泣血，在這柄劍身上刻滿了驅魔符紋。你別折騰他了，讓他好好去吧！」

「哼！」玉帝見后土也給他臉色，心中勃然大怒。卻又感到自己此時孤立無援，便也不好再說些什麼，只覺得握著劍的手感到有些灼熱感，可不明白既然劍上刻的是驅魔符籙，卻又爲何會燙著自己。

「別拖拖拉拉，獄羅神還請咱們吃飯吶！」后土催促著，推著玉帝出了這小室，轉頭一揮手，黃光潺流，將桌上那些珠寶飾品全掃下了地。后土向工匠們說：「別再忙了，歇歇吧，那些漂亮東西，不要也罷！」

工匠們怔了怔，這才停下動作，遊魂似地群聚，扶起天工屍身，流下淚，發出深深嘆息。

在幾條通道匯集處，是一個廣大空間，空間那端好大一扇銀色大門，裡頭便是這皇宮主殿，門外站著兩個天將。

「不行！不行！」玉帝猛搖著頭說：「獄羅神一定有詐、一定有詐！我身邊沒有一個大將，這兒又是天障，我去了一定吃虧、一定吃虧！」

「事到如今，囉唆什麼，趕緊進去吶，別讓魔界妖魔看了笑話！」后土仍推著玉帝。

「后土，妳、妳分明和他們一夥，我知道了，妳要幫著獄羅神害我！」玉帝怒斥嚷起來。

后土哼了一聲，一個耳光打在玉帝臉上，啪的一聲好響。

玉帝眼睛發紅，正要怒罵，銀色大門已經緩緩打開。

殿中擺著長條桌子，座位上端坐許多天界文官神仙，有的互相敬酒，有的沉默發呆，魔將、邪天將也摻雜其中。

獄羅神仍是黑盔覆面，大袍拖到了地上，坐在後頭最爲寬大的桌前，那是四御座位中的最左側。

貉立在獄羅神背後，見了玉帝在外頭，大聲喊著：「恭迎玉帝大人！」

眾文官們紛紛起身恭迎，玉帝全身顫抖，後頭后土仍不停推著，將他往主殿裡推。

玉帝回頭，想說些什麼，后土望著他，冷冷地說：「你怕死？我可不怕，但我只知道你若不進去，不但要死，且會拖累一干同袍，你進去，咱們還可以拚一拚。」

「拚……怎麼拚？裡頭全是文官，哪裡有可以和獄羅神拚的大將？」玉帝雙腿發軟，只聽見主殿裡吶喊聲越來越大，有好幾列天將不停以長柄兵刃敲著閃亮地板，氣勢驚天動地。

后土長嘆一聲，拋下玉帝，自個兒大步跨進主殿，黃袍飄逸飛揚，一步步往獄羅神走去，向獄羅神和許多文官點了點頭，端靜坐在長桌最右側的位置。

玉帝見后土也離他而去，更加驚懼，回頭只見到外頭各通道也有天將持著兵器，整齊走來。玉帝知道在這天障之中，自己是插翅難飛了，主殿裡總算還有自己人，牙一咬，也步進主殿，全身發抖，強打起精神，往自己座位上走去。

「咦？」獄羅神緩緩地問：「玉帝大人，你手上那柄劍可真好看，是天工打給你的嗎？」

玉帝沒答話，經過幾個文官神仙身邊，有的阿諛奉承地舉杯相迎，有些則憂心忡忡地嘆氣。

「原來許多神仙早已經看出不對了，爲何我卻看不出……爲何……」玉帝低聲喃喃著，在后土身旁坐下，和獄羅神中間相隔了個四御紫微的空位。

「你已邪化，利慾薰心，自然難辨是非。」后土淡淡答著。

玉帝陡然一驚，頂上的大金冠給震落了頭，摔在地上不停滾著。一旁幾個天將撿了，在手上把玩著，一點也沒有要還給玉帝的意思。

「胡鬧什麼？」貉斥了兩聲，天將們這才乖乖將金冠放在玉帝桌上。

「你還眞讓人失望，別那麼膽小，我早給你安排了個傢伙陪你吃飯。」后土細聲說著。

「啊？誰？」玉帝狐疑問著，另一端的獄羅神已經開口。

獄羅神說：「玉帝大人，我剛剛接到手下槍鬼以法術傳訊，洞天之戰，已全在他掌握之中，便特地邀請玉帝大人和主營神仙，來好好慶祝一番。」

玉帝看著獄羅神黑盔中那兩隻鮮紅眼睛，不禁有些膽寒，正要開口問紫微一行的情勢，獄羅神卻已別過了頭，舉起金杯。霎時一票神仙、魔將個個歡呼鼓譟，慶祝大戰告捷。

有些妖嬌魔女奏起了妖魅樂曲，四周彩煙飛昇，金光四映，一道道菜餚上桌。端著金盤子的小妖女還偷偷擰了玉帝一把，向玉帝拋了個媚眼。

玉帝怔了怔，不知所措，只覺得接下來幾個端菜小妖女，也都向他拋起了媚眼，卻又不知為何。

外頭一陣騷動，幾個天將像是和誰起了爭執，紛紛給打飛。銀色大門轟然巨響，眾神仙們全給巨響嚇得停下了動作。

二郎牽著嘯天犬，豪邁步入大殿。

二郎的眼睛布滿血絲，動作不再溫和斯文，比起以往粗魯許多，撞倒了不少端菜妖女。嘯天犬一身銀毛依然柔軟漂亮，但似乎也有些邪了，像條瘋狗似地胡亂吠著，不停流著口水；還撲上了一個文官神仙的桌上，翻動著菜餚，氣得那文官拍桌大罵。

「乖狗兒！乖狗兒！」一旁的月老嘻嘻笑著，將自己那份菜餚推到嘯天犬面前。嘯天犬爪子不停扒著，大口吃起菜餚。

「后土大人，召我回來做什麼？」二郎摀著額頭，似乎腦袋疼得厲害，皺眉問著：「不是要攻洞天？為何又要我埋伏在雪山下？」

原來后土早已看出獄羅神想藉由洞天大戰使土營空虛，好一舉滅了玉帝和自己，便趁著一路路兵馬出軍時，暗中發出符令知會二郎，吩咐二郎不論如何，獨自回來。

二郎得了號令，殺盡身邊邪天將，領著嘯天犬伏於雪山下待命。等著后土和玉帝隨著貉前往大殿時，再次收到后土符令，這才闖了進來。

獄羅神靜默不語，黑色大袍飄揚，看了看身後的貉，貉也有些驚訝，沒有料到二郎會在此時出現。

后土起身說：「二郎將軍，這兒大家都住膩了，咱們向獄羅神道個謝，一同飛昇天庭，將舊居整理整理，如何？」

后土此話一出，有一半的神仙拍手應和：「好啊！好啊！」「這兒住不慣，咱們回天庭！」「大戰早已完結，別逗留了！」

卻又有另一半文官神仙反對著：「不要，凡間也挺不錯，爲何要走呢？」「這兒華麗漂亮，比起樸素天庭舒服得多啊。」

后土舉杯向獄羅神一敬，隨即放在桌上，並未飲下，拉著玉帝起身，就要離座。

玉帝還不知所措，只覺得右手疼痛難當，張開來一看，緊握著劍柄的手掌又紅又腫，卻又不敢放下這護身寶劍，心中茫然不已，只得隨著后土步下台階，向二郎走去。

「玉帝大人——」獄羅神猛一起身，大袍黑氣瀰漫，大殿四周彩煙狂捲，妖魅音樂登時變得淒烈。

「玉帝大人、后土大人，是否見怪這宴席布置不妥？爲何要離去？」貉縱身一躍，躍到了后土、玉帝身前，躬身要攔。

「剛剛說過了，就是住膩了，想換換環境。」后土揮了揮手，幾股柔和黃光向貉掃去，擋下了貉的來勢。

「后土大人妳可以去，玉帝不能去。」貉一翻身，避過了黃光，抽出腰間那奇異彎刀，往玉帝頸子抹去。

「滾！」二郎猛一喝，抬腳踢在貉肚子上。貉還沒看清楚二郎身影，已給踢飛老遠，撞在遠處壁上，跌落時撞倒了好幾張桌子。

「怎麼了？」「怎麼回事！」眾神仙們騷動著，紛紛起身。

獄羅神身子浮上空中，身上黑色大袍拖地，黑盔中紅光大盛，四周華麗牆壁開始腐壞，珠寶美玉一顆顆掉落。

一隊一隊的天將持著兵器從各處入口搶進，魔將們紛紛起座，拔出腰間兵刃。那給踢飛的貉，翻了個滾躍上長桌，滿臉怨恨，揮動兵刃斬翻身旁兩個失聲驚叫的文官神仙。

「神仙——」貉揮刀大吼：「摘下神仙腦袋，讓咱們畢其功於一役，一統三界——」

「你們果然別有居心！」玉帝怒吼著，抽出長劍，手掌更疼痛了。

牆壁龜裂，從裂縫中掙扎而出的是一隻隻奇異怪獸，和長著翅膀的妖兵。

文官神仙們騷動奔逃著，有一部分往玉帝、后土這兒逃來，四周的魔將領著天將追殺著那些神仙。

二郎悶吭一聲，挺起離絃，幾道流星劃過玉帝眼前，後頭三個天將登時沒了腦袋。

嘯天犬蹦起老高，口裡緊咬著一隻魔界野獸，身子一扭，壓著那巨獸墜地，撞裂了長桌。

月老不停向驚慌失措的文官神仙招手喊著：「這邊、這邊！快來二郎將軍這兒！」

二郎搶在最前頭，離紘銀光閃耀，將幾個攔路魔將全刺得四分五裂。

貉領著魔將、天將追殺，幾個端菜妖女殺到了后土、玉帝身旁，卻突然起了紛爭。

「別打我愛人！」「別打我玉帝大人！」「他是我的！」「是我的！」好幾個妖女們尖叫著、騷動著，互相抓著對方。

玉帝揮動長劍，金光刺眼，卻有些愣然，不知道那些妖女爲何如此。

后土見了月老在一旁掩嘴竊笑，又見到幾個生事妖女腳趾都給綁了紅線，知道是月老使了小手段，讓她們愛上玉帝，互相爭執，製造混亂。

另外一頭也有幾個文官神仙雖不擅武，卻團結護衛著玉帝後退，放出咒術抵抗妖兵魔將。

后土揮動黃光，吹散了後頭掩來的濃烈黑煙，大聲喊著：「魔界魔王惡毒奸計，要除去咱們，獨吞三界，大夥兒團結一心，只要能殺出去，便能和其他神仙會合！」

「哈哈！哪裡還有神仙？哪裡還有同伴？」貉大聲吼著：「槍鬼大王早將洞天一群神仙覆進了天障，他們只能等死！福地全是咱獄羅神大王的夥伴，歲星和鎮星早已歸順我獄羅神大王，現正乘著太歲鼎趕來支援，你們逃不了啦，哈哈哈！」

「混帳，閉口——」玉帝揮劍亂斬，金劍閃亮耀眼，急急大吼：「黃靈不會叛我！藏睦更不會叛我！」

前頭二郎一聲咆哮，將十來個天將全給打翻。后土黃光捲動，拖著玉帝撤退。玉帝緊握金劍，只覺得手像是握著炙熱火棒一樣，疼痛難當，見到劍身上果然布滿了密密麻麻的符紋，心中一陣酸楚，那全是天工的心和血的結晶，天工卻因此給活活累死。

「我受傷了，親愛的快來救我！」月老胡亂叫著，只見到數十個妖女全圍了上來，個個臉色有異，互相看著，但聽了月老叫喚，還是情不自禁擁了上去，護衛著月老撤退。

幾個妖魔大漢也夾雜在妖女當中，羞紅著臉護衛著月老。

「怎麼回事？神仙還有如此異法？」貉驚訝怪叫著，斬翻幾個被愛情矇蔽雙眼的女妖。

「什麼異法，是偉大愛情的力量！」月老指著貉大喊：「一群小親親，替我打死那個壞妖魔！」

一票月老親衛隊全轉移了目標，瞪視著貉，心中百般掙扎，不知該不該爲了月老而攻擊自己的領頭大王。

另一頭，二郎已殺到了大殿外頭，四周建築開始扭曲崩裂，幾條通道全坍塌陷落，只剩中央一條大通道。

十幾個天將圍攻二郎，二郎離絃亂掃，天將一個個骨裂體碎。二郎摀著腦袋，咧嘴怒吼，他頭劇痛，額上豎眼猛一睜開，鮮紅如血。

「二郎，穩住！」后土見了二郎狂烈模樣，心中駭然，生怕二郎也邪了，六親不認。

后土轉頭，看貉已經領著魔將天將，殺散了那些腳趾給綁了紅線的妖女，往這頭追來。

獄羅神沒入龜裂牆壁，大宮發出尖銳裂聲，幾道黑影順著大殿追來，是獄羅神。

只見到黑影瞬間追進了通道，黑影處猛暴伸出一隻黑爪，一爪便抓去月老身邊一個文官神仙，神仙給抓進黑影，便沒了聲息。

「大夥兒小心！這裡是獄羅神的天障，他佔了地利！」后土提醒著一行神仙。只見到隨行神仙越漸減少，不是讓突然暴出的大手抓了，就是給貉領著的天將殺了，只剩下月老和六、七個文官神仙，還緊跟在後。

前方黑影在牆上飛快閃著，兩隻大黑手暴伸而出，左右抓向二郎。

二郎一個迴身，避開了兩手抓擊，離絃一起，擊碎一隻大黑手上的食指。只聽見四周發出了尖銳吼聲，壁面都開始震動，裂縫淌出血來。

黑手縮了回去，牆壁伸出一根根尖刺，裂縫中擠出一隻隻妖兵，圍攻玉帝和后土。

二郎來回突擊，離絃快得像流星亂射，將那些妖兵全給擊碎。一行神仙繼續前進，只見到四周牆壁紅光大現，通道前頭突然崩塌扭曲，竟成了一條死路。

二郎虎吼，幾記猛刺擊在牆壁上，像是刺進石礫堆中，雖不甚堅硬，一時卻也無法開出條路；後頭紅光閃耀，玉帝、后土和最後幾個文官神仙退著，退到了牆邊，摸著堅實牆壁，心中一陣絕望。

後頭追兵漸近，二郎提起離絃，縱身轉向，一夫當關，阻在追兵前頭。

貉的身後紅光閃耀，通道破出一個大洞，一個黑袍大將閃了出來——

槍鬼。

「我還覺得奇怪，你怎麼沒來，原來還留在這兒。」槍鬼聲音高揚，威風凜凜說著。

「你倆都不是我對手，滾開！」二郎摀著額上血眼，惡念使他的腦袋劇痛，豎眼淌血。

「這句話是我要說的。」槍鬼冷冷笑著說：「二郎，你可知道，太子已敗給我了。」

「他也配和我比？」二郎悶吼一聲，離絃快如閃電，直直竄向槍鬼心窩。

槍鬼挺起黑槍來迎，只覺得二郎攻勢強猛至極，黑槍幾乎跟不上離絃的突刺，好幾次要格擋都漏了空，離絃搶先一步在他身上刺出了傷口。

「好厲害！」槍鬼腰間又中了一戟，一手直指二郎，指上紅光閃耀。二郎感到猛烈暈眩，後頭黃光滾滾，后土的法術放來，包覆住了二郎全身。

「小心！妖魔要使天障害你！」后土大聲提醒，一手按著牆上放術，一手朝著二郎施法，力量因而分散，在這通道盡頭結成的黃光結界便弱了許多。

壁上一陣轟隆聲響，一隻黑爪子又伸了出來，在后土背上狠狠抓出了五道指痕，鮮血染紅了身上大袍。

后土跪了下去，仍盡力施法，黑爪子又一爪往后土腦袋上抓，突然斷成了兩截。

是玉帝揮劍斬的。

他雙手握劍，兩隻手都冒出了焦味。他舉起黃金劍刺下，將那斷爪釘在地上，四面又震動起來，獄羅神的怒吼聲不時迴盪著。

一票神仙擠向后土，七手八腳地放咒替后土治傷。

那頭，槍鬼見自己的天障讓后土的法術擋了，一時無計可施，二郎的離絃又快又狠，他無法更加專注施展天障。

「猰！還不來幫忙！」槍鬼大喊著，後頭的猰連忙揮動彎刀殺來，一同大戰二郎。那些長著翅膀的妖魔也竄過槍鬼和猰的身邊，全往二郎擁去。

嘯天犬跟在二郎身後，此時猛一竄上一旁的通道牆壁，踩踏上牆壁反彈一躍，撲下了好幾隻妖魔。

二郎離絃亂掃，一面逼退了猰與槍鬼，一面將想直攻后土、玉帝的妖魔全刺死。

「這傢伙真厲害！」槍鬼兩記黑槍又給二郎擋開，不由得退了兩步。

「老哥！」猰手臂也負了傷，惡狠狠吼著：「咱們全力夾攻，加上使妖兵包抄，一舉將這廝殺了！」

「他殺紅了眼，沒必要和他硬碰。」槍鬼眼睛閃亮，又向後退了幾步，揮手一招，更多妖魔自他身後攻向二郎。他先前和太子一戰便受了傷，此時知道己方既已佔了地利，再沒必要和二郎硬打。

「放天障治他！」槍鬼手一張，又是股紅光現出，后土的黃光卻來得慢了。

二郎又是一陣暈眩，只見到半邊身子已讓紅光罩住，四周景象大變，底下是血紅色的滔滔大江，頂上是滾滾紅雲，四面一望無際。槍鬼遠遠飛在天空，猰也跟在一旁。

二郎頭疼欲裂，摀著額上豎眼，豎眼微微睜著，扭曲顫抖著，不停淌下紅血，染紅了二郎整張臉。

猰哈哈大笑：「總算將他抓進來了！槍鬼大哥，咱們一齊上，仗著天障力量，將他斬成肉泥！」

槍鬼搖搖頭說：「你去擒玉帝，這傢伙交給我便行了。」

貉哼了一聲，似乎對於自己無法親手殺死二郎有些遺憾，卻也遵照槍鬼的指示，又脫出天障，回到狹長甬道，領著妖魔往裡頭攻。

嘯天犬四處突擊，遍尋不著二郎，憤怒狂吠著，讓妖魔抓出了滿身裂傷，銀毛脫了大半，一口又咬碎了一隻妖魔的腦袋。

「二郎——」玉帝這方見二郎給槍鬼抓進了天障，全都嚇得不知所措。

「神仙……神仙！」貉露出尖齒，哈哈笑著，領著妖魔擁來。

一旁的甬道扭曲變形，突然破出了個坑洞，兩個鎮星部將放出法術，盡力撐著那破口。

一個大神躬著身子，探頭進來——辰星啓垣。

「你哪裡來的？」貉沒見過辰星，還不知道是誰，胡亂罵著舉刀殺來。辰星吭也沒吭，長劍揮去，將貉斬成了兩半。

「是啓垣！」「啓垣來了！」甬道裡的文官神仙們驚叫著，對這一直和主營作對的辰星突然現身，又是驚喜、又是懼怕。

辰星大步跨來，破口裡跟上的是兩個鎮星部將，和一干辰星部將。

辰星揚著頭，往前看去，向玉帝喚了一聲：「玉帝大人，好久不見。」

86 大戰的終結

純白壯麗的大宮殿聳立雪山山巔，四周白金光芒耀眼奪目，一隊隊邪天將從大宮殿數百扇巨門擁出。密密麻麻的妖兵，在那純白大宮上空盤旋飛繞，受著魔將指揮，列隊集結，紛紛往巨大王船擁去。

大王船緩緩駛動，船頭佇著幾個大神，一道樸實渾厚的土黃色光芒，直直映在巨大宮殿的一面牆上，在那牆上化出了一個光洞。

「辰星爺一行已經進了天障。」一名鎮星部將拱手稟報。

鎮星點點頭，放下了手，低頭閉目，久久才抬起頭，凝視著前方巨大皇宮，口中喃喃自語：「可恥……可恥……」

原來鎮星在福地被太白星和辰星架著，讓太歲抓出了身上惡念，知道自己所作所為，心中羞愧莫名。雖然領著部將隨老子出軍雪山，但仍不和其他神仙說一句話。

老子呵呵笑著，騎著青牛飄然經過鎮星身旁，輕輕拍了拍鎮星肩頭說：「你受惡念所害，總算沒鑄下大錯，別自責了，將那妖魔打回地下，才是最重要的事。」

鎮星沒說什麼，一手握拳、一手成掌，重重打在一塊，向老子大大打了個揖。

青牛身形輕盈飄動，在空中蹬腿踩踏著，一點也沒有畏懼前頭殺來那洶湧暴烈的妖兵大浪。老子高舉起手，聲音沉靜而清晰說：「神仙一手鑄下的大錯，就讓神仙們來補救，這許多日子以來的苦難，咱們便將它終結在這雪山之巔吧。」

老子高舉的手往前指去，身後的朱雀、玄武立時領著星宿殺出。

殘破的大王船開始轉向，原先船上數十座巨炮大都破損毀壞，只剩下十餘座。海精們費力操作著，緊捆在船桅上的那大面旗幟，也因先前遭受圍攻而破爛不堪，旗竿破裂，搖搖欲斷。

二王爺和五王爺飛揚上天，五王爺一把穩住旗竿，狂風吹起，代天巡狩大旗飄揚。

二王爺高聲下令，王船巨炮齊發。海精們吶喊著，轉動著炮身朝那密密麻麻蓋來的妖兵大陣連連發炮。

太白星和鎮星領著部將飛天，在王船前頭結成陣式，迎接殺來的漫天妖兵。

妖兵們狂擁而來，密密麻麻蓋住了天際，大隊大隊的魔將殺來，和朱雀、玄武以及太白星部將展開激戰。

太白星和鎮星在老子身邊左右護衛。太白星揮動白光，將擁上來的妖兵全打落射倒；鎮星一聲巨喝，偃月刀威猛狂斬，幾個搶在前頭的魔將全給斬落了腦袋。

天上流雲亂捲，飛得較高的妖兵有些開始發狂掙扎，手上的長毛化成了尖刺，利齒伸得更長，眼睛放出了紅光，變得更加凶暴。有些殘殺起同伴，有些往下俯衝，衝上了王船就是一陣破壞。

兩個王爺領著海精死守，更多的妖兵攀上了王船，搶下巨炮。翩翩也在船上一同守衛，打落那些妖兵，但由於接連大戰，翩翩體力弱了許多，光圈有一記沒一記地放。

雨師早已醒轉，身上負著傷，和兩位王爺一同守著王船。西王母和太陰由於傷重，太歲也尚未收去她們身上惡念，此時軟弱倒臥在王船甲板，海精們將她們拖到角落，好避開攻擊。

幾個邪天將搶上了船，舉斧亂殺。雨師力擋，卻因身上負傷，阻攔不了這票天將，連連後退著，身上更增添好幾道傷口。

這時，狂風捲來，捲走兩個天將。

「雨兄弟——」尖銳聲音破空喊來。雨師驚訝回頭，只見風伯雙袖鼓動，黑風掃開了妖兵，往王船上衝來。

「風——」雨師不敢置信。二王爺和五王爺也轉頭看去，只見後頭妖兵大陣散開，鳳凰和鳥精振翅飛來。

「標爺爺，我們來了——」百聲尖銳大喊，聲音破空竄來。王船上稀稀落落的海精們振奮了精神，高聲歡呼著，死守著最後幾挺巨炮。

「是百聲、是百聲！」紫萁和含羞高興大嚷著。見到後頭鳳凰和鳥精當中，還夾雜了奇怪的鬼卒和大漢子，是鍾馗鬼卒軍、義民爺們、城隍家將團等一票漢子；更在其中，便是以紫微爲首的一干神仙。

「總算趕上了！」若雨打起了精神，率先殺出。百聲、九芎、青蜂兒緊隨在後，一同去救王船。

熒惑星不顧傷重，也舉起他那火龍大刀，往前飛去。

至於一干熒惑星部將，和飛蜓、福生等，卻因傷勢較重，只得緩緩飛著，無法參戰。

鳳凰振翅開路，鳥精爪下還抓著一票不擅飛天的精怪和獅子、老虎，好不容易殺到了王船上空，鬆開了爪，幾隻虎爺、獅子全落上了王船甲板，和妖兵們大殺一陣。

城隍和家將團、王公們、鍾馗、義民等全搶上了王船，一下子王船戰力大增，將一票爭著要攀上來的妖兵全都打退。二王爺連連威喝，伸手一揮，王船再度開動，往巨大皇宮駛去。

「總算會合了，你們怎麼來得這麼慢！」紫萁、含羞大聲抱怨，和飛來的九芎抱成一團，喋喋不休。

九芎搭起了弓，光箭亂射，一面說著：「我們這兒傷兵太多，大家都受傷慘重！」

若雨和青蜂兒落下王船，尋著翩翩，問了情形。一聽竟是林珊死了、阿關邪化，都難過得說不出話。

突然見那鳳凰大陣後頭竄來一道電光身影，身影四處亂竄，所到之處那些妖兵鬼卒全成了碎塊，是太子。太子狂怒吼叫，四處衝撞，嚷著要找槍鬼，神仙精怪們也不敢攔他，任由他四處亂殺。

「藏睦爺！」黃江領著洞陽、郗庭飛到了鎭星身後，喚了鎭星幾聲。鎭星卻看也不看他們一眼，不免有些尷尬，以爲鎭星還因他們臨陣潛逃而生氣，卻不知道鎭星是因爲自己受了獄羅神蠱惑，而感到羞憤愧疚。

「德標！我來也——」熒惑星氣喘吁吁，斬翻了一票妖兵，飛到了老子身後，大聲斥問著：「黃靈、午伊在哪兒？妖魔在哪兒？我要宰了他們！」

「黃靈已死，妖魔就在你的四周，盡情宰吧。」太白星回答。

熒惑星不知怎地又發怒了，上前揪住太白星鬍子，怒斥著：「我說的妖魔是那獄羅神、是那槍鬼，可不是這些小雜碎，你跟我打什麼哈哈！你心裡在笑我，笑我邪了，是吧！澄瀾和啓垣那兩個混蛋呢？他們在哪兒？我打死了妖魔，接著就要宰他們！」

「維淳，你別發火，」太白星哭笑不得，知道熒惑星本便暴躁，此時身上惡念還未除，難纏得緊，只得順著他意說著：「澄瀾搶下了太歲鼎，啓垣殺進了皇宮中，獄羅神一夥都在裡頭，你要殺便去吧！」

熒惑星哼了一聲，拋下了太白星，隻身獨力朝著皇宮飛去。一群妖兵去圍，都給燒成了黑炭。他衝上了皇宮大門前，卻打不開門，恨得大罵、大吼。

「紫微！」老子躍下青牛，來到王船甲板，前頭一群文官神仙圍在紫微四周。老子上前，只見到紫微臉色青白，胸口的創傷還閃動著邪咒符術；裔彌用盡了氣力，也無法驅散那邪咒。

老子彎下腰去，伸手在紫微額上摸了摸。紫微顫抖著，口中淌出了黏液，哀哀求著：「老師……都是那玉帝不好……聽信妖言……救我……」

老子嘆了口氣，手上放出了純淨青光，總算將紫微胸前的惡咒壓制下來。

大王船繼續向前，鎮星突然轉頭，問著黃江說：「獄羅神這天障，你看如何？」

黃江怔了怔，趕緊回答：「難破！獄羅神的天障是魔界翹楚，極難破解。」

鎮星點點頭，將偃月刀掛回後背，退回王船尖上，身上綻放出極爲強悍的金光。

「眾將聽命，守護藏睦！」太白星見王船逼近皇宮，鎮星退回船首，知道他要專心破解天障，便也領著眾將後退，守護著鎮星。

「你們三個領著其他弟兄，找著機會搶進去，支援啓垣。裡外一同施法，方可破這天障！」

原來儘管是鎮星，也無法完全破解獄羅神的天障，先前施法鑿了個小洞，讓辰星先行，爲的是盡快救援玉帝，要完全破解這天障，卻得費下好大工夫。

「遵命！」黃江大聲應答，領著洞陽、鄱庭等一干鎮星部將，在船首凝神待命。只見到鎮星身上的金光更爲耀眼，照向那巨大皇宮。

純白潔淨的皇宮，讓金光照著的地方，都爬出了藤蔓，變得扭曲、醜惡、腐臭，露出了眞正面貌。有些大窗子震動起來，崩壞碎裂。

「小心啦！」王船上的精怪神仙彼此提醒著，紛紛緊抓著王船上頭可供抓握的地方。大王船去勢猛烈，直直朝皇宮衝去，轟隆隆撞在一扇大門上，將那大門撞得半毀，一小部分的船首還撞進了大門裡。

一旁的熒惑星見大門破碎，怒吼衝了進去。

「上！」黃江大喝一聲，一干鎮星部將迅速飛去，也自那破損的門縫中鑽了進去。

破口四周瀰漫著紅煙，像是要將破口補住，但鎮星金光大盛，很快驅散了那些紅煙，如同和獄羅神比拚著法術一般。

霆光身影竄來，太子挺著火尖槍轟碎大門，站在門前嘟嘟囔囔一陣亂罵。太白星在高處見了，出聲提醒說：「太子，別慌，在這兒守著藏睦破天障，咱們穩穩攻進去！」

「糟老頭，你再囉唆，小心我拔光你的毛！」太子回身怒吼一聲，伸手一指，幾道咒術打向太白星。太白星連忙閃身，肩頭還是讓咒術劃過，左手動彈不得，再低頭只聽見太子一串咒罵，早已殺了進去。

「……」太白星伸手拍拍額頭，無故遭受熒惑星和太子遷怒亂罵，也不禁有些氣惱，轉身指揮著己方兵馬說：「還能戰的死守大船，船上有許多負傷同袍，保護他們！」

□

「槍鬼，你有種別跑！」

血海天障之中，二郎發出了震天吼聲，離紘突刺，將迎面撲來的血紅大浪擊散，槍鬼又不知竄到了哪兒。

四周紅通一片，槍鬼神出鬼沒，突然又從二郎身後現身，鼓動底下兩波大浪，轟向二郎。二郎憤怒轉身，只見槍鬼打來的兩波大浪，上頭掛了無數鬼臉，一張張露著利齒，朝他咬來。

「鼠輩！」二郎吼著，離紘掃去，掃破兩波大浪。大浪後頭卻是一道黑影急竄，正中二郎右目，是槍鬼的黑槍。

槍鬼也是一驚，雙手握著黑槍停在空中。槍頭刺入了二郎眼睛一吋有餘，卻是讓二郎緊緊抓住了槍柄，再也刺不進去。

「混帳！」二郎怒吼著，身上纏繞著渾濁的光霧，頭痛得像是要爆裂一般，離紘急攻槍鬼。槍鬼鬆開一手，朝刺來的離紘猛一抓，只覺得手掌疼痛，皮都給磨去一層，儘管如此，槍鬼還是抓著了離紘。就這樣和二郎一般，都是一手抓著自己兵器，一手抓著對方兵器，不同的是槍鬼的黑槍是插在二郎眼睛上，一來一往之間，槍鬼便佔了優勢。

只見到槍鬼狂唸咒語，邪咒順著黑槍鑽入二郎眼睛。二郎讓槍鬼這毒辣招式攻得措手不及，槍鬼趁勢猛壓，將二郎壓進了滾滾血海裡。

二郎張大了口，只覺得四周的血海滾燙，灌入口中的血水毒辣熱燙，痛苦不堪。

槍鬼的笑聲揚起：「哈哈哈哈！你和那太子一樣，有勇無謀，天界最強的勇將？我呸！」

四周無盡血海之中，除了滾燙紅血之外，還游著數十隻的奇異妖魚，啃噬著二郎身軀。一隻妖魚顎上長著尖刺，刺進了二郎另一隻眼睛。

「哇！」二郎狂叫一聲，鬆開握著離紘的手，搗向眼睛，將那妖魚捏碎。

槍鬼得意狂嘯，揮動離紘，就要往二郎腦袋刺去，突然感到眼前銀光亮眼，卻看不清是什麼。

二郎猛一用力，竟將槍鬼的黑槍槍頭握斷了，拔出插在眼中的槍頭，他的兩眼都看不見了，額上的豎眼卻是大張，發出耀眼銀光。

槍鬼讓銀光一照，動作一緩，再一回神，二郎竟已撲上了他的身子，雙臂緊緊將他箍住。由於距離極近，槍鬼一手黑槍斷桿，一手離絃，兩柄長兵器竟完全無用武之地。才想到要放咒攻擊，二郎以手上那一小截槍頭，捅進槍鬼後心。

槍鬼發狂叫著，血紅天障崩壞散去，又回復到原本的皇宮甬道。

「哇！」月霜尖叫一聲，怎麼也料想不到二郎和槍鬼會突然在她身邊出現。

二郎摀著眼睛，鬆開了手，一記頂膝撞在槍鬼臉上，順手搶回了離絃長戟。槍鬼無力回擊，二郎離絃已經刺進他胸口。

二郎鬆了手，再無力氣，腿一軟便要倒下。月霜趕緊扶住，將他放倒在地，放出治傷咒，覆向二郎全身。

這頭文回、五部一見倒在地上的槍鬼，二話不說，亂刀斬去，斬下了槍鬼腦袋。

辰星雙手交叉胸前，指揮部將開路，後頭跟著的是玉帝一干神仙。玉帝見辰星態度囂張，雖然有些不悅，但終究是他突然現身解救大家，也不好再說什麼，只能乖乖跟著辰星。

玉帝將黃金劍入鞘，鬆手一看，雙掌紅腫且皮開肉綻，心中悲痛，仍不敢相信自己邪了。

大夥兒往前走著，突然前頭一陣吵雜，一個紅影閃出，身上還燃著烈火，是熒惑星。

熒惑星連連喘氣，手上還揪著一隻燒焦的魔將，一見到甬道這頭是辰星，火氣立時爆發，怒吼衝來說：「啓垣！你還記得你斬斷了我的手和腳？」

辰星一見熒惑星，也是一驚，見到熒惑星全身冒火向他撲來，知道他身上惡念未除，要爲自己先前被斬雙手一足報仇來了。儘管如此，辰星嘴上還是不肯示弱說：「我記得吶，是誰幫你接了回去？接成了長短手！」

「你這傢伙！」熒惑星勃然大怒，拳頭冒出了熊熊烈焰，往辰星衝去。

「你們退下！」辰星不敢大意，鼓起全力，身上水光流動，雙手舉起，接下了熒惑星的大拳頭，同時回敬了兩拳。

玉帝一夥見到兩星大神竟打了起來，全都不知所措。熒惑星雖然暴烈，但終究身受重傷，和辰星過沒兩招，立時分出高下，讓辰星揪住頸子，水光法術覆住熒惑星全身。

熒惑星還欲掙扎，皇宮轟隆隆扭動，前頭突現了一間小室，模樣竟像是牢房。

牢房發出了尖銳吼聲，玉帝和后土陡然一驚，牢門突然大開，衝擁出來的是一隊天將。後頭還有個矮小老婦步出，手上鎖著鐵鍊，蓬頭散髮，身上放出凶烈邪氣——碧霞奶奶。

「我都忘了還有這惡婆娘！」玉帝失聲叫著，身旁辰星部將已經衝向前去和邪天將大戰。

碧霞奶奶在遷鼎戰中，隨著勾陳下凡，在雪山一戰給擒了，和西王母一樣受禽曲法術操控，成了凶烈魔神。

獄羅神幾乎和大宮天障融為一體，變化大宮構造，將地底囚牢變化上來，放出這凶神惡煞。

碧霞奶奶此時模樣凶惡至極，像個鬼婆婆，手一用力便扯碎了鎖鍊，身上凶氣大盛，憤怒瞪視著玉帝。

辰星還揪著熒惑星，見到碧霞奶奶凶惡模樣也不禁怔了怔，趕緊向熒惑星說：「維淳，咱倆先別鬥氣，一同擒下碧霞元君，再來好好打一場。」

熒惑星本來不停怒罵，聽了辰星的話，靜默半晌，點點頭回答：「好。」

辰星手一鬆，收去了水光法術。熒惑星竟轉身一拳打在辰星臉上，烈火燒上辰星全身。

「哈哈！蠢牛！」熒惑星大笑，轉身又一拳朝衝來的碧霞奶奶轟去。碧霞奶奶身影如鬼魅般亂竄，閃開了熒惑星拳頭，一爪抓在熒惑星臉上，抓出好大的血痕。

熒惑星暴怒吼著，胡亂抓打著，都打不著碧霞奶奶。

「你真混蛋透頂！」辰星翻身站起，也是大怒，捲動水流光術衝向熒惑星。三個大神一陣亂戰，互相攻擊牽制，誰也不讓誰。

「玉帝！玉帝大人！」「總算找著你了！」通道另一頭又響起聲音，黃江領著一干鎮星部將趕來，殺退了邪天將。

「外頭情形如何？」后土問著。

黃江回答：「太上師尊已經領著大軍來援，太白星爺、鎮星爺全在外頭，咱們要裡應外合破這天障！」

黃江還沒說完，一干鎮星部將已經開始施法，黃光耀眼，整座大宮震動起來，一聲一聲的怒嚎四起，是獄羅神發出的嚎叫。

□

「天上的妖魔越來越凶惡！」一票神仙精怪叫著，死命大戰那些不停飛竄下來的妖魔，只覺得這些妖魔變得更加凶暴，力量也大了許多，還會自相殘殺。

「不好……」老子蹲在紫微身旁，施咒救他。此刻，抬頭見到天上漫天妖魔狂亂竄，互相撕咬爭鬥，有些帶著滿身殺氣，不要命地衝下大殺，知道是天上惡念傾塌落下，將較高處的妖魔全侵染得更加狂暴。

「大家小心，那些東西很難纏，別小看他們！」老子大聲提醒著。還沒說完，紫萁便已發出尖叫，肩上讓一隻妖魔咬著，落下了王船。一票鬼卒一齊擁上，這才殺死了那妖魔。

更多狂暴妖魔落下，神將們盡力死戰，風伯、雨師和朱雀、玄武死守著王船至高處，太白星部將協同若雨、青蜂兒四竄游擊。

翩翩的千羽巾讓阿關撕壞，無法飛天，只得在王船甲板上指揮著其餘神將精怪，和攀上船的妖魔激烈殺著。

更多更多的妖魔落下，受惡念侵染的妖魔身上都出現了裂口，噴發出血。惡念在他們身上爆發，激發出更強悍的力量。

「若是維淳和太子在此，就好守多了，那兩個潑皮傢伙胡衝亂撞，之後看我怎麼教訓他們！」老子氣呼呼地罵著。

狂暴落下的妖魔更多了，神仙們漸漸不敵。

百聲不停狂嘯，一陣陣巨吼四處亂轟，只覺得落下的妖魔越漸強悍，突然領悟到了什麼，怪叫著：「我知道了！難怪妖魔比凡人更厲害，惡念竟會使生靈變強！」

「笨小娃兒！你錯啦——」老子躍上了船桅，也加入戰局，氣喘吁吁地揮動青光，抵禦著落下的妖魔。朱雀、玄武緊隨在後，守著老子。

「惡念使生靈變強只是表象，實則卻是使生靈變得更弱！」老子大喊著。

百聲不服，亂叫著：「老君爺爺，那你看這些傢伙，怎會變得如此難纏？」

老子哈哈大笑說：「小娃兒，那照你看，獄羅神一方計謀犀利毒辣，陣容強盛至極，卻又為何讓咱們奪回太歲鼎，一路殺到他老窩？」

百聲搔著頭，一時也說不出個所以然，心中卻仍不服，胡亂嚷嚷著。

若雨若有所思，點了點頭，和底下的翩翩相視一笑，說：「老君爺爺說得對。」

青蜂兒也點頭應和，他們比起其他神仙，對於惡念有著更深的感觸。黃靈、午伊計謀刁鑽險惡，卻因為兩神彼此勾心鬥角，而抵銷了原本應有的戰力；主營大軍揮兵洞天，熒惑星和斗姆更因為惡念而毀壞大局。惡念使萬物生靈瘋狂凶烈，固然使得單一個體變得強悍，但卻大大削弱了團體戰力，一來一往之間，便不是變得更強，而是變得更弱了。

「老君爺爺，你說得對！」若雨和青蜂兒一齊飛至老子身邊守護。若雨還向百聲做了個鬼臉說：「老君爺爺，別理那笨蛋孩子，他哪裡懂這些大道理。」

「太上師尊爺爺，若咱們捱得過去，你要說故事給咱們聽。」青蜂兒哈哈笑著，奮力大戰妖魔。

「好、好……說一百個故事、說一千個故事！」老子連連點頭，望著百聲說：「你要不要聽故事吶？」

「比起聽故事，我更喜歡說故事！」百聲大聲應答，咳了口血，摀著傷處嚷著：「可是我快不行啦，死了就沒法子說故事啦……」

又有幾隻妖魔攻向百聲，若雨趕忙揮出火雲掩護；青蜂兒身子竄去，將百聲拉了回來。老子呵呵笑著，輕輕拍著百聲額頭，注入了治傷光氣，又指著天的另一端，說：「小娃兒，別怕，沉住氣，我們是不會輸的，你看……」

百聲看向老子指的方向，驚得合不攏嘴，猛一蹦起，高聲歡呼，聲音破空震天。

天際那方飛來的是太歲鼎，太歲緊抓著阿關的手，站在大鼎邊緣。

太歲伸手抓了兩抓，王船上方好大一片妖兵發出了尖嚎，全都停下攻勢，像是給吸去魂魄一樣，軟弱落下。

阿關雙眼通紅，胡亂抓著，也抓落一片片的妖魔。天上惡念聚成了龍捲風柱，一道一道給吸進了太歲鼎。

「太歲爺！阿關！」若雨和青蜂兒尖叫著。

翩翩遠遠見了阿關那副癡傻模樣，忍不住紅了眼眶。

「太歲爺來啦，大家上啊——」王船上發出了震天呼嘯，所有神將、精怪、鬼卒們全轉守爲攻，向上飛昇，殺聲響徹雲霄。

一片一片的妖魔們像是遭遇雷殛一般，發出了淒厲吼叫，往下落去。

天上的惡念激湧旋動，閃耀著黑紅色雷電。阿關身子騰了起來，啊啊亂叫，一隻手伸得直挺，不停地朝天上那傾塌下來的惡念亂抓。

太歲緊握住阿關的手，像是放風箏般地拉著往上飄浮的阿關。黑雷自太歲身上揚起，在太歲周身旋動，纏繞上阿關手臂。阿關身上也激出滾滾黑雷，和太歲的黑雷互相激盪飛旋，合而為一。一粗一細的黑色雷柱順著太歲身子，轉上阿關伸直的手，自肩頭傳上胳臂，捲至手腕，在握成爪形的手掌上凝結，越加激烈洶湧。

阿關哇了一聲，猛一揮手向著天上一扒，那廣闊的惡念大雲登時給扒沒了一大塊。黑雷打上了天，射入惡念大雲中，四處攪動，惡念下落得更快了，卻像洩了氣的皮球一般，大團大團地給吸入太歲鼎。

太歲鼎發出更為耀眼的光芒。太歲一面握著阿關扒動天上惡念，一面也向妖魔群抓著。有些妖魔尖嚎著，竄向太歲鼎，但大都在太歲鼎十數尺之外，便動彈不得，惡念狂洩而出，接著虛弱墜下。

神將們領著精怪飛昇大戰那些發狂妖魔，護衛在太歲鼎四周。妖魔們群龍無首，且大都失卻心神，有些還互相殘殺著，很快呈現敗勢。

太歲鼎緩緩下落，在王船上空緩下了勢子，穩穩地旋轉，繼續吸取惡念。

□

大宮持續傾塌毀壞，甬道之中不斷落下斷柱大石。黃江等鎮星部將一面結出小小的結界，護衛著玉帝、后土一行，同時四面放出法術，制衡著獄羅神的天障。

「大家再加把勁，那魔界大王的天障便要給破了！」黃江高聲威喝著，四面大宮晃動閃耀，有幾個方向現出了原本雪山主營的模樣，景象不停變化。

只見到一個大黑影不停在四處傾塌的宮中飛竄，越逼越近。

「那是獄羅神，他無處可逃了。」洞陽指著一面大牆，上頭的大黑影逗留得久了些，大夥兒這才看清楚，原來那四處亂竄的大黑影，正是獄羅神。

獄羅神和整座大宮合而為一，但鎮星和部將協力壓制住了這天障大宮，逼得獄羅神不得不現形。

辰星猛喝一聲，一劍往熒惑星大腿刺去，卻讓碧霞奶奶一爪抓傷手臂。熒惑星吃了辰星一劍，暴怒亂吼，身上火焰狂炸，又將碧霞奶奶給震飛老遠。

「你要鬧到何時！」辰星大怒，一拳伴著流水光術打向熒惑星，將熒惑星也打倒。才要追擊，地上黑影突現，一隻大爪伸起，抓住了辰星全身，指尖插入辰星身子裡。

「給我出來！」辰星怒吼著，一拳也擊進地下，使勁一扯，扯住獄羅神大袍領口，將他硬生生扯了出來。

獄羅神雙袖鼓動，黑風亂旋，一揮手打倒了好幾個擁上來助陣的辰星部將，朝辰星臉上吐了口黑氣。辰星哇了一聲，身子讓一團黑氣包覆住，浮上了空。

「小心他的天障！」黃江大喝著，領著鎮星部將上前助陣，將獄羅神團團圍住。獄羅神大盔中的紅眼睛閃閃發亮，不停揮手，一道一道光照向眾將。

鎮星部將早有提防，放出法術護身；辰星部將卻一個一個讓這獄羅神的光芒捲上身子，給吸入天障中。

「鎮星藏睦，你們這群搖擺狗，本來說好助我誅殺玉帝，一同共享三界榮華！怎地此時又破我天障？」獄羅神瞪視著身前幾個鎮星部將，恨恨罵著。

鎮星部將們讓太歲拔出惡念之後，一路上暗暗慚愧，此時聽獄羅神親口說出這事，個個羞惱至極，不知如何應對。

「你這大邪魔，若不是鎮星爺將計就計，誘你上來，要將你這八爪章魚自幽闇魔界那巨大魔宮裡揪出來，可也麻煩，現下你不就困在咱眾神仙陣中了嗎？是你上當而不自知啊！」黃江高聲說著。他向來多智，伶牙俐齒。一票神仙大都知道黃江是故意這麼說的，目的只是讓鎮星部將及一票受了惡念侵襲的神仙不那樣窘迫罷了。

「可恨的神仙吶——」獄羅神悶聲吼著，一揮手幾道紅光打向黃江。

黃江連同身邊幾個鎮星部將用盡全力發出法術，和獄羅神的天障互相激盪，鄱庭一不留神，也給困入天障。

「你們耗盡法力，破我大宮，我隨手便可輕易再造天障！」獄羅神喝著。由於他已不再施力和鎮星抗衡，四周大宮傾塌得更加激烈，獄羅神雙手高舉，紅光大盛，準備重新打造一個可供藏身的新天障。

「愚笨的是你！」黃江撐著身子怒罵。他耗盡力氣，再也無力阻止獄羅神天障，四周的景象更加奇異，一座墨黑色的新宮殿在四周隆起，當中卻夾雜原本的白色大宮和雪山主營的景象。

「你費力打造新天障，但鎮星爺已破去你的舊天障，儘管你的天障再厲害，要造完也得花費片刻時間。」洞陽扶起黃江，向獄羅神喊著。

「那又如何……」獄羅神沉聲應著：「鎮星此時也耗盡氣力，只要我造成了新天障，便能再將你們一網打盡，你們已無強手！」

「別讓這個狗賊得逞！」玉帝突然暴吼，舉著黃金劍衝出結界，要去斬獄羅神。但一踩到那不停幻化的宮殿地板，立刻摔了一跤，一陣激烈至極的暴風自他頂上竄過。

「別忘了爺爺我——」隨著一聲烈吼，一個金圈射來，重重砸在獄羅神胸口上。

獄羅神張口嘔血，只見那太子爺已滾動著混天綾，手持火尖槍，伴著狂濤怒氣，凶猛殺來。

獄羅神總算醒悟了自己的失策。

原來獄羅神躲在天障之中四處流竄，任憑神仙如何尋找也找不著，但鎮星連同諸將協力施法，制御住這天障，使得獄羅神無處可逃。

他本可離開大宮，想辦法趁亂逃下雪山，但獄羅神算準鎮星諸將即將耗盡力氣，便放棄和鎮星抗衡，反而現身突襲辰星，想重新再造一個大天障扳回頹勢。這麼一來，卻加速了原先的天障崩潰。

白色大宮天障崩塌之際，漸漸回復成雪山主營，那殺氣騰騰闖入卻迷了路的太子，總算見著正在打造新宮的獄羅神。

獄羅神大吼著，一手舉起想要再施天障，但太子來勢又凶又急，獄羅神掌上光芒才剛現出，太子混天綾便已掃來，鞭在獄羅神肩上，將他轟下了地。

才現出雛形的黑色大宮也開始崩裂傾塌，四周地動天搖。玉帝爬回結界之中，斥責罵起眾神仙為何沒和他一同殺出。

獄羅神不停逃竄，太子狂追在後，混天綾胡揮亂掃，好幾次幾乎要掃中鎮星部將。太子暴吼，抓準機會擲出乾坤圈，正中獄羅神後背。

獄羅神又摔進石礫堆中，才要掙起，混天綾又已纏上他的身子。

太子飛身一槍刺進獄羅神肩上，將他直直壓下，釘在地板上。

接著太子飛墜騎坐在獄羅神背上，召回了乾坤圈抓在手上，一記一記往獄羅神腦袋、肩背上胡亂痛砸。

四周交雜的景象飛散，一干神仙揉了揉眼睛，總算回到那熟悉的雪山主營大廳中。

熒惑星傷勢加重，倚在一根大柱子前喘氣。另一邊的碧霞奶奶也落下地，正要找目標打，便給後頭衝上來的朱雀、玄武壓在地上。

太白星一手按住了碧霞奶奶腦袋，幾股白光灌入她腦中，這才制住了碧霞奶奶。

更多神將擁入主營大廳來救玉帝，見到一旁將獄羅神打得四分五裂的太子，都嚇得傻了。

太子抬起頭，見到大批擁入的神仙，還嘻嘻笑著，站了起來，指著他們說：「什麼魔界大王……還不是讓我打爛了，比那槍鬼還不如……哈哈……哈哈……接著換誰？接著換誰？」

太子一把拔出插在獄羅神肩上的火尖槍。獄羅神身子已經四裂，冒出煙霧，漸漸消散。

太子將火尖槍扛在肩頭，打量著每個神將，舔舐著嘴唇，身形一晃就要發難，突然全身又刺又麻，動彈不得。另一旁的熒惑星，和讓朱雀、玄武壓著的碧霞奶奶，乃至於一票文官神仙，也都發出了嚎叫，身子激烈顫抖。

玉帝抱著頭，疼痛難當。二郎早已昏迷，受到了電擊，醒轉過來，卻無力掙扎，只能咬著牙強忍。

老子也步入大廳，打量殿中模樣，看看太子，轉頭朝外頭嚷著：「澄瀾！澄瀾——再多抓兩把，幾個傢伙還很凶吶，給他們點教訓，尤其是那昏玉皇，多電他幾下！」

老子話還沒停，幾個邪化神仙嚷嚷得更大聲了。太子騰在空中，手上的火尖槍、乾坤圈、混天綾等全落下了地。

老子微微笑著，走向太子；太子捏緊了拳頭，咬牙切齒著，但隨著身上惡念不停流出，紅色眼睛漸漸轉黑。

「老君爺爺……你怎麼來啦……」太子在這陣激電之中，時而迷糊、時而清醒，回想起好多事，心中紛亂掙扎。一見到老子，突地哽咽，身子緩緩落下，落在老子高舉著的雙臂之中。

老子接著了太子，輕輕拍了拍他的額頭，沒說什麼。

「哈哈，各位娃兒，好久不見。」老子轉頭，向一干神仙笑了笑，朗朗地說：「這些日子，辛苦大家了。」

□

雪山主營外，太歲鼎緩緩旋動著，天上的惡念大雲漸漸穩定，一柱一柱給吸進太歲鼎。

太歲一個飛身，落在王船上。阿關一動也不動，像隻死貓似地讓太歲爺拎著。

「太歲爺！太歲爺！」若雨、青蜂兒、翩翩趕緊擁上，接過了阿關，將他放倒在甲板上。福生和飛蜓則早在被太歲抓拿惡念時，給折騰得暈死過去，一干義民也躺倒一片，全都動彈不得。

阿泰自擱在一角的白石寶塔中跳出，一拐一拐地跑向阿關，搗著嘴巴說不出話，好半晌才尖叫說：「幹！阿關怎麼變成這樣？」

地上的阿關四肢都骨折得嚴重，滿身都是創口。這是因爲在太歲抓拿惡念時，阿關體內的惡念也猛烈激盪著，卻因爲和本身的太歲力互相牽制拉扯，在他身上造成了更大的傷害。

太歲嘆了口氣說：「這小子總算保全了性命，但一時半刻卻未必醒得來。」

翩翩嗚咽地輕撫著阿關的臉，一道一道的治傷咒流入他的全身。

精怪神將們擁了上來，擅於治傷的海馬精和太白星部將中的梧桐、洞天裔彌等全圍了上來，七手八腳地在阿關身上亂指亂劃。

阿關還是沒醒。

裔彌閉眼用額頭探著阿關額頭，久久才抬起頭來，憂心說著：「這孩子腦子傷得嚴重。」

「太歲爺，怎麼會這樣？」若雨和青蜂兒激動問著。

太歲嘆著氣說：「傻小子中了黃靈的招數，身子給黃靈強行灌入滿滿惡念，和他自身的太歲力激烈衝突，傷了他的心神。倘若他是神仙，休養數十日或許可以痊癒，但他只一副凡人肉身……」

阿泰「幹」了一聲，哇哇大叫：「哇幹！我不管，阿關付出全部心血幫你們神仙打妖怪，現在變成這樣，你們一定要治好他啊——」

精怪們騷動著，癩蝦蟆、小猴兒全嗚咽哭著。老土豆也不住掉淚，輕輕搖著阿關的手說：「阿關大人，你醒醒啊，土豆兒在這兒陪著你啊。」

太歲瞪了阿泰一眼，嘆口氣說：「老夫也想救他，你們別一個個哭，他死不了，只是……需要花點時間休養。」

若雨難過問著：「太歲爺，要花多久？」

太歲靜默不語。

裔彌為難回答：「他皮肉上的傷十數天便可痊癒，但他的腦子卻未必好得了，或許便這樣……睡上一輩子。」

大夥兒聽了，盡皆譁然。裔彌趕緊解釋說：「這是最壞的情形，或許他明天就醒了！」「你們也不必太過擔心，只要能保住他的性命，數十年過去，等他壽終正寢，魂兒上了天，又成了神仙，只不過……」太歲說到這裡，看了看翩翩。

翩翩臉色煞白，眼淚點點滴落在阿關焦黑的臉上。

□

流雲飄動，南天門下。

一片片鵝黃色石板鋪在雲地上，紫微手扠著腰，四顧檢視，眾星部將和一票文官神仙，全費力整修著天庭。

嘯天犬伸著舌頭，背上揹了好大一捆石板塊走著，後頭跟著的是二郎。二郎的眼睛已讓幾個大神合力治好，背上也揹了一大捆石板塊，將石板放在幾個神仙腳邊，扭扭肩頸，抬頭看向天際，晴空朗朗。

太子跨坐在南天門大牌樓匾額上，提著一筒金漆，照著「南天門」這三個大字仔細描繪，將褪了色的三個大字重新塗得金亮。

辰星、太白星坐在一個小亭子下乘涼，看著遠處廣場上那兩個握拳對峙的大神——太歲和熒惑星。

「五比三，還是澄瀾強些。維淳，你想開點，別執迷不悟。」辰星大聲喊著，向熒惑星喝著倒彩。

熒惑星怒吼著，握緊拳頭一拳向太歲揮去。太歲沉聲一喝，飛身要閃，卻還是讓熒惑星拳頭上的火燒了衣角。熒惑星連連追擊，一拳打中了太歲腰間，正得意要笑，又覺得手上一疼，讓太歲腰上放出的黑雷電了，還吃了一腳，摔落下地。

「六比四！維淳，別輸不起！說好先贏五招就算勝了！」辰星大嚷著。

熒惑星還不認輸，又要死纏爛打，背後傳來了鎮星的怒斥：「看你們兩個幹的好事！」

熒惑星停下動作，見到鎮星揹負著兩大堆石板，向他怒目圓瞪。低頭看了看，這才發現剛鋪好的石板地，又讓自己給踩踏得碎了一大片。

「你眞纏人！」太歲呼了口氣，揉揉身上傷處，任憑熒惑星怎麼喊，都不理他了。

太白星拍了拍手，起身去迎，走到了太歲身邊，問：「澄瀾，又要去看小歲星啦？」

太歲點了點頭，和太白星一前一後走著，飛出南天門外，穿過了雲，降下凡間。

熒惑星還怪叫怪嚷著，埋怨要不是辰星在一旁說話攪局，早要贏了太歲。

另一座宮殿，西王母、后土、碧霞奶奶聚在一起，感嘆聊著這些日子來發生的瑣事，講到了那些犧牲的同袍，都難過不已。

老子坐在青牛背上，玉帝牽著青牛，在天庭四處逛著，逛著逛著。逛到了天庭邊際，前頭是一片密雲。

玉帝手一揮，流光四射，吹散了雲，往下一看，看見了凡間百姓。

看見百姓在笑、看見百姓在哭，有些人臉上幸福洋溢，有些人處境艱困卻仍然勤勞工作。

玉帝靜默不語，緩緩閉上眼睛。

「別自責了。」老子笑呵呵地說。

玉帝苦笑地說：「老師，我心中只有慚愧。天界崩壞，群邪亂舞，啓垣、澄瀾堅持信念，獨力狂挽情勢；老師您主持大局，調度四方；洞天樹神堅毅善良，不受邪魔蠱惑威逼；就連那小歲星，也功不可沒——」

「而我卻邪了，帶著一干神仙造亂，豈不慚愧？」玉帝低下頭說：「要不是后土拚死回到主營助我，處處提點暗示，我早已讓那兩個邪備位、那獄羅神給害死了。」

「這又如何？」老子呵呵一笑說：「你本性正直敦厚，本便最適合這天庭大位。黃靈、午伊使盡心機害你，邪了也是無可奈何，要是換作其他神仙，受了他們手段影響，只會更加凶殘暴戾，造成更大的禍害。」

玉帝長長嘆了氣，不再多言，睜開眼來，遙看遠方。

□

「飛蜓哥！太歲爺來了！」青蜂兒嚷嚷著，福生從樹上滾下，連摔了好幾個筋斗，這才在青蜂兒面前穩住了身子。

四周是神木林，一棵棵神木都是焦黑的，但在焦黑枝幹末端，已冒出了青綠色的嫩芽。

每棵參天神木底下，都有精怪在澆著銀亮的水，仔細一看，神木根部已經恢復了些許原先的褐色樹身。

小木屋仍立在大樹枝幹上，本來讓武王的火獸燒得焦黑，連日來已讓飛蜓三個整修得漂漂亮亮，比起原先還寬敞許多。

「太歲爺來了？」飛蜓出木屋，手上還提著一桶漆，臉上、身上都沾了漆。

青蜂兒點點頭，飛蜓擦了擦臉，手一招，領著青蜂兒和福生往綠水畔飛去。飛過了廣闊平原，平原上早已長出了青翠的草，上頭泛著瑩亮光芒。遠遠望去，黃板台上古木碉堡的殘骸已清除乾淨，紅耳正領著一票洞天衛隊，提著一桶一桶的水，賣力洗刷著黃板台上的焦黑痕跡。

飛蜓領著青蜂兒和福生往綠水上游飛去，轉了好幾個彎，經過幾處小林，到了銀亮瀑布前。他們鑽入了瀑布，裡頭是晶瑩閃耀的小通道——新修築好的寒彩洞。

寒彩洞通道十分短，只隔出了一間房間，其餘通道還阻著冰亮碎裂的水晶石塊。

小小的房間擺了兩張床，一張上頭躺著阿關，另一張上頭躺著阿關的母親——月娥。

翩翩佇在一角，靜靜梳著頭髮，太歲和太白星站在阿關床邊，若雨蹲在地上，一見飛蜓等闖入，朝他們做著鬼臉，說：「這兒已經夠擠了，你們別進來啦。」

飛蜓、福生、青蜂兒連連大喊著：「太歲爺！」

太歲朝他們點了點頭，又看向阿關。

「阿關大人還是沒醒？」青蜂兒嘆了口氣。這十多日來，阿關便睡在這兒，平時由翩翩照料。青蜂兒等則在洞天四處幫忙重建，偶爾採了些果子來探望阿關，阿關卻始終未醒。

「小娃兒，妳真決定了？」太歲看了看翩翩。

翩翩點點頭。

青蜂兒等不明所以，好奇問著：「決定什麼？」

若雨搶著開口說：「翩翩姊要將阿關帶回凡間，守著他一生。」

青蜂兒和福生相視一眼，問著：「爲什麼呢？待在這兒不是挺好？阿關大人在這兒也可以安心養傷吶！」

翩翩搖搖頭說：「我已不是神仙，一直待在洞天也不是辦法。阿關死了能成神，凡間壽命對他不太重要；但他母親卻還有幾十年好活，不能一直讓她睡著，也不能讓她孤伶伶獨處凡間。否則阿關成了神仙，知道了這段經過，必然不好受。我會將他們帶回凡間，好好照料，或者他會醒來也說不定。」

「但是這樣，妳太辛苦了。」太歲望著翩翩。

「守著他一生，這也是以前便決定了的，是我的職責。他是醒著睡著，也沒有太大差別。」翩翩淡淡說著，眼神哀傷而堅決。

□

小猴兒捧著大堆果子，死命狂奔著，又蹦又跳，還摔了跤，滾了好幾圈，掙扎起來將散落一地的果子撿起，繼續跑著。好不容易跑到了綠水畔，卻見到癲蝦蟆等一票精怪嘆氣走來。

「阿關呢？阿關大人呢？」小猴兒瞪大了眼，激動跳著，將果子撒了一地。

癲蝦蟆呱呱了兩聲，看了看身旁的小海蛙，說：「翩翩仙子已經帶著阿關大人和他母親離開了洞天，我們剛剛才替他們送行。」

「為什麼不早告訴我！我還沒有和他們道別吶！還沒有道別吶！」小猴兒怪叫著，氣憤踩踏著果子。

癩蝦蟆呱呱地說：「阿關大人又還沒醒，你去了他也不會和你說話，誰教你貪吃，整天掛在樹上吃果子。」

綠眼狐狸嘆了口氣，仰頭望著天空，他的兩隻眼睛已讓裔彌治好。老樹精頭上插滿了火焰樹的葉子，也若有所思地說：「阿關大人心地善良，他有福氣，他會醒來的。」

一陣風吹來，幾隻鳳凰劃過天際，拖曳過數道彩光。

小猴兒仍不甘心叫著，哭了起來。

87 六年

瑩瑩月光映進了窗，照耀在病床側邊地板上，微微夜風將窗簾吹拂得輕搖飄動。

一個巡房護士進來，將玻璃窗關了，轉了轉空調設備，朝病床上的青年望了兩眼，替他整理身上薄被。

護士打了個噴嚏，隨手自床邊小櫃上抽了張衛生紙拭拭鼻子。病床上的青年手指動了動，護士沒有發現。

小護士匆匆離去，青年的睫毛抖動，眼睛緊閉，但眼皮下的眼珠不停轉動，他正作著夢。

夢中的他正佇在熟悉的街道上，不安地往前走著。走著走著，走過幾條小巷，有種令他難受的氣息飄動在街道中，不安越漸提升。

小巷那端停放著一輛三輪機車，車前有幾個客人停佇，一個面容熟悉的中年男人賣力地以鐵夾子翻動油鍋，挾起一塊塊油炸臭豆腐瀝乾了油，熟練地剪成了四塊，裝入袋中，倒入醬油和泡菜。

客人滿足地離去，中年男人伸手拭著汗，朝他看了一眼，微微笑了笑。

他突然感到有種說不出的激動充滿整個胸口，他口唇顫抖著，張開卻不知要說些什麼，往前跨了兩步，陡然停下身子。

他見到轉角冒出來的幾個年輕人向那臭豆腐攤走去。不知怎地，一股巨大的恐懼襲來，他「啊啊」嚷了兩聲，快步走去，想將那幾個年輕人趕跑。

年輕人們嘻嘻笑著，在他走來之前，便已接過中年人遞來的臭豆腐，開心吃著，嬉鬧走了。

他怔了好半晌，總算回神，見到臭豆腐攤老闆仍認眞攪動油鍋。他向那小攤靠得更近了，中年男人總算停下攪動油鍋的夾子，又朝他望了兩眼，似乎問了些話，也不知說了些什麼，他只是一味地點頭。

中年男人笑著，裝了一大袋的臭豆腐朝他遞去。他接了，望著那大袋臭豆腐，腦中頓時浮現了千百種感受，有酸苦、甘甜、悲傷、激昂和感動，紛紛亂亂。他一點也想不起來這些感受的由來和回憶，只覺得有滿腔話語想要說出，有好多的人待他記起。

中年男人遞來一雙筷子，他接過筷子，熱淚盈眶，伸入袋中挾起一塊油炸臭豆腐，才要放入口中，眼淚已然落下。

他睜開了眼睛，四周是暗沉的醫院病房。

他發覺自己口還張著，像是正要品嚐夢中的油炸臭豆腐。

他動了動身子，坐起身來，發現眼眶還濕濕的，四肢傳來的感覺十分陌生，像是許久沒有動過。

他掙扎著身子，覺得胯下怪怪的，掀開褲子一看，竟包著成人紙尿布。

他下了床，搖搖晃晃、漫無目的地在病房中晃著。病床旁的小櫃上擺了許多小東西，有只花瓶上插了幾朵閃耀淡淡光芒的花，他湊上頭去嗅了嗅，只覺得香味清雅靈秀，說不出的舒服。

花瓶旁擺了個小面冰晶相片，冰晶中一男一女模樣只有十六、七歲。他拿起冰晶，愣愣看著出神，一旁有面大鏡，他見到鏡中的自己便是冰晶相片中的男孩，只是年紀略大了些。

而冰晶中的女孩側著臉，美麗動人，神情卻有些哀傷。

他見了冰晶中女孩的眼神，吸了口氣，一股鬱悶積淤胸口，十分難受。拍了拍腦袋，卻想不起自己和那女孩的關係。

外頭還有護士巡房的聲音，喀喀喀的腳步聲在病房外長廊走動著。他趕緊低下了身子，深怕讓人發現似的，蹲在小櫃旁發愣。隨手拉開小櫃抽屜，裡頭有些卡片、信封之類的東西，打開來一看，全都是「生日快樂」、「新春快樂」之類的賀卡。也有些卡片中夾著壓乾的花朵，也是瑩瑩亮亮的，上頭還寫了些歪七扭八的字——阿關大人，希望你早日康復，早日醒來，你的好朋友——小猴兒敬上。

「阿關、阿關……」他愣了愣，將收信人的稱呼反覆唸了幾次，又翻了幾封卡片和信，大都是寄給「阿關」的。其中還夾雜了些冰晶，冰晶裡有些奇怪動物，有八隻腳的癩蝦蟆，有隻綠色眼睛的狐狸，還有棵長了五顏六色葉子的老樹，樹幹上還長著眼睛、嘴巴和鬍子。

「原來我是阿關……對喔，我是阿關……」阿關搖了搖頭，總算記起了自己的名字，卻記不起冰晶中的精怪和他們的回憶。

阿關站起身，走到大鏡子前。大鏡中的他顯得消瘦蒼白，嘴上還有些鬍碴，有種熟悉且不安的感覺縈繞在他心中，像是有什麼事情正要發生，有一件重要的事情等著他去做似的。

他上了這間病房專屬的廁所，取下尿布，洗了把臉，回到病床前，將那冰晶照片收入口袋。也不管身上還穿著病人衣服，推開房門，偷偷溜出。

長廊上燈光黯淡，阿關不停地回頭，始終覺得背後跟著一股揮之不去的奇怪感覺。有時回頭回得快了，還會隱約見到一個影子倏地隱入牆中。

阿關更覺得不安了，搖搖晃晃地加快了速度，身子的感覺仍然十分不習慣，偷偷摸摸地繞了好半晌，總算出了醫院。醫院外頭緊鄰著大馬路，不時有些車子經過，四周冷颼颼的，奇異的感覺更加濃烈了。

阿關回頭看了看醫院的招牌——「文新醫院」。

他努力地回想這間醫院的名稱，什麼也想不起來。突然見到一個兩公尺高、戴了頂鴨舌帽子、全身穿著灰色運動服的巨漢，靜靜站在醫院門邊盯著他瞧。巨漢帽沿壓得極低，瞧不清楚面貌。

阿關見到巨漢露出袖口外的手又大又黑，墨一般的黑，只覺得有種說不出的恐懼壓上心頭。他趕緊轉身，往對街跑去。

□

早晨九點，咖啡廳今日公休。阿泰蹺著腿，側著頭，坐在櫃台後椅子上。咖啡廳挺大，裝潢得有模有樣。

此時的阿泰留起了小鬍子，頭髮也長及肩頭，結成了馬尾，模樣仍一副吊兒郎當。在計算機上隨手按了按，便扔到一旁去了。

「猴孫泰！你看誰來啦！」沙啞蒼老的聲音響起，一個老爺爺推開了門，後頭還跟著另一個老爺爺，是練國術的李爺爺，和老道人葉元。

當時在太歲鼎上，黃靈使出毒計，將老爺爺們一一扔下了鼎，翩翩飛身去救。有心臟病的黃爺爺在墜落時便死去了，重重摔在鼎上的梁院長也是當場死去。

其餘幾個爺爺讓翩翩救了，拎上鼎來已是半死不活，後來雖然經過神仙法術救治，但這些年下來總也是上了年紀，相繼去世了，只剩下練國術的李爺爺和雲遊四方的葉元老道猶然健在。

葉元一身破爛衣服，背上揹了個大背包，像是剛從深山下來一般。

「好久不見，小潑猴！」葉元哈哈笑著，伸出手來就要和阿泰擊掌。

阿泰怪叫怪嚷著衝去，胡亂喊著：「你這老頭，把我的店都踩髒了，一年不見，你到底上哪去啦？你又上山去和猩猩打架了嗎？」

「誰和猩猩打架！」葉元斥著，脫下了背包，在背包裡翻著，翻出了個黑黑髒髒的小木偶，遞給阿泰，說：「老李和我說你要結婚啦，我想不到要送什麼給你，就把我的寶貝給你啦。拿去，保你一輩子平平安安！」

「臭老頭，我結婚你膽敢送這玩意給我！」阿泰怪叫著，將那奇異木偶舉得老高左看右看。只見木偶雕刻粗糙，上頭瀰漫著厚重靈氣。

「孫國泰——」宜蓁自咖啡廳廚房緩緩走來，輕扶著微微隆起的小腹，一把擰住了阿泰耳朵，生氣罵著：「你這猴孫泰，人家爺爺送你東西，你怎麼這麼沒有禮貌！」

葉元連連揮手，嘿嘿笑著說：「別吵、別吵，這個東西可有用的呢，上頭經過我施法，你們倆晚上睡覺時，將這東西擺在床頭，任何妖魔鬼怪都不敢接近！」

「笑死我了！」阿泰推開了宜蓁的手，指著葉元說：「這玩意還要你送我？我家一百幾十個驅魔東西，多到數不清，你這隻我看也不怎麼樣！」

葉元瞪大了眼，和阿泰爭辯起自己這木偶是如何如何地厲害，上頭施下的法術是如何如何地高明。

李爺爺苦笑了笑，宜蓁已端來了一杯茶，扶著李爺爺到一處座位坐下，說：「別理他們，他們一見面就是那樣。」

李爺爺朝茶杯吹了吹，笑著說：「就是！」

六年前大戰結束之後，大夥兒各奔東西，阿泰用神仙們給的酬勞和宜蓁共同開了間咖啡廳，有著大筆資金作爲後盾，總算也算經營得有聲有色。

阿泰此後便不常與神仙接觸，唯一可以高談闊論法術收妖的竟是那葉元老道，兩人便因此成了莫逆之交。葉元老道時常帶著大傻四處旅行，去瞧瞧哪兒山中又多了些凶惡壞鬼或是珍奇精怪。

李爺爺也不時上阿泰這間咖啡廳串串門子，也時常和大夥兒相約，上重新開張的文新醫院探探阿關。

「對啦，你就要結婚了，阿關他還是沒醒？」葉元的嗓門大，扯著喉嚨喊。

阿泰嘆了口氣，搖晃著手上那葉元送的木偶，走到宜蓁和李爺爺身旁坐下，搖了搖頭說：「什麼藥都給他吃了，什麼治傷法術都對他施了，還是醒不來，這個臭小子……幹！他到底要睡多久？已經過六年了！」

李爺爺說：「不，我上次去探他時，聽翩翩講，他的情形大有好轉吶。似乎是洞天仙境的精怪調合了藥方，這一年多來，他的腦子逐漸恢復，只是醒不來而已。」

阿泰哇哇大叫：「醒不來有個屁用！」

李爺爺嘆了口氣說：「唉，他母親可辛苦了，白天要顧著店，晚上又要照料阿關，她身子也不好了，當年順德神邪術留下來的後遺症，卻怎麼也治不好。」

六年前，翩翩帶著阿關和月娥回到了凡間，將一切打理妥當，先是以原本屬於阿關的大筆酬勞，重建了文新醫院，安置阿關。

在離開洞天之前，翩翩便要裔彌以御夢法術，將月娥的記憶修正成「阿關讓小混混打傷了腦袋，一直沒醒」。

翩翩還以阿關的酬勞，替月娥開了一間小吃店，讓月娥自給自足。月娥身為小吃店老闆的記憶，自然也是翩翩事前便和裔彌商量好，灌入月娥腦中的。

自此之後，翩翩便以「阿關好友」的身分，不時出現在文新醫院中，協助月娥一同照料阿關。

「說來，翩翩也很辛苦吶，照料阿關六年了，上次看她，又瘦了不少。」葉元嘆了口氣，加入了討論。

阿泰揮手反駁著：「哪有，她現在生意做得挺大，比我還風光，分店就開了好幾家。不公平，阿關的資金比較多！」

原來翩翩也以阿關的酬勞開了間服飾店，自己經營起生意，自給自足，而將剩下來的十幾億，全捐了出去。

「什麼，真捐出去啦？」葉元不可置信地看著阿泰。

阿泰點點頭，攤了攤手說：「是啊，她說不知道這麼多錢要用來幹嘛，就全捐給了大大小小的慈善機構了。」

「不管啦，走吧，咱們看看阿關去，我好久沒看他了！」葉元大聲嚷嚷著，催促著大夥兒前往醫院。

一陣電話鈴聲響得急促，宜蓁接了，立時遞給阿泰。只見阿泰又蹦又跳，怪嚷怪叫著，好一會兒才放下了話筒，還不停說著：「伯母，我們馬上到，妳別慌！」

葉元和李爺爺愣然起身，都不知發生了什麼事。阿泰轉身便往店外頭衝，臨走前回頭喊著：「阿關不見了！」

阿泰招了一輛計程車，領著大夥兒吵吵嚷嚷地上了文新醫院。醫院裡哄哄鬧鬧，護士醫生都騷動著，都在談論著那沉睡了六年的阿關竟一夜之間不見了。

阿泰領著大夥兒上了四樓，阿關的病房前靜悄悄的，沒什麼動靜。

阿泰推開了房門，翩翩一身黑衣，長髮結成了髮髻，佇在病床前，看著空蕩蕩的病床發愣，月娥則沉沉睡在病房中的椅子上。

阿泰大聲問著：「發生了什麼事？阿關怎麼會不見？他醒了？還是被妖怪抓走了？伯母怎麼了？」

翩翩呼了口氣，指了指月娥說：「伯母太激動，我施法讓她睡了。阿關應該沒事，聽說他醒來之後自個兒跑掉了，不知躲在哪兒呢。」

「有這種事！」大夥兒大聲驚呼著。阿泰更怪叫怪嚷著：「阿關醒來了，卻不和大家打招呼，自己躲起來？那個臭傢伙！」

翩翩嘆了口氣，將手上一包藥放在病床前的小櫃上，苦笑搖頭說：「裔彌姊姊的靈藥當真有效，有效得過頭了。」

大夥兒還不知道是怎麼回事，翩翩淡淡解釋著。

原來阿關昏睡的前幾年，大夥兒試了許許多多方法，配合著現代醫療技術，卻都束手無策。但洞天裔彌卻始終沒有放棄，不斷嘗試調配著新的仙藥，不時與天庭的醫官們一齊探視阿關，總算在數個月前，調配出了新的仙藥，使阿關壞了的腦子漸漸開始復元。

「本來裔彌姊姊判斷大約還要再等上幾個月，他才能夠醒來，休養一、兩年，可以完全復元。誰知他突然醒了，現在的他大概什麼都記不得吧。」翩翩這樣說，臉上卻不見憂愁神情。

阿泰急急嚷著：「靠！快叫老土豆來，得趕快找到他。他沒了記憶，大概也不會法術了吧，身上又沒符，碰上鬼怪還得了！」

翩翩淡淡一笑說：「你放心忙你的吧，他身邊多的是保鏢，我這就去把他揪出來，押著他去吃你的喜酒。」

阿泰怔了怔，說：「原來妳都幫他安排好了？他哪來的保鏢？」

翩翩笑了笑，沒有回答，又將大夥兒都趕出了病房。不一會兒，翩翩扶著月娥也出了病房，輕輕拍著她的背說：「阿關已經醒了，現在正在接受醫生們仔細的檢查，畢竟他睡六年了，過兩天我帶他去看妳，還妳一個活蹦亂跳的兒子。」

月娥紅著眼眶，喃喃祝禱著，不停向翩翩道謝，這才在李爺爺的攙扶下，離開了醫院。

翩翩看著月娥離去的身影，不由得嘆了口氣。

「翩翩，妳眞的一點也不擔心？」阿泰和葉元起鬨問著。

阿泰說：「那時大戰之後，有些妖魔藏匿到了山中，偶爾還是出來作亂。阿關身上帶著靈氣，又失去了記憶，要是碰到妖魔或是惡鬼，該怎麼辦？」

翩翩笑了笑說：「其實我知道他躲在哪兒了，剛剛老土豆兒才傳了符令給我呢，你們放心準備婚禮吧，我去將他帶回來。」

翩翩說完，轉身便走了。

阿泰怔怔看著翩翩的背影，好半晌才轉頭看著宜蓁說：「妳看看人家，仙女就是仙女，好像不會老一樣。妳看看妳，還沒娶妳過門就快變成大肚婆了，先上車後補票啊妳。」

「哇！你還敢講，還不都是你！」宜蓁氣呼呼，追著阿泰要搥。

□

橙紅色的夕陽漸漸下沉，阿關漫無目的地走著。走過了河堤，經過了以前的小強家門口，停下腳步，發了好一會怔，繼續走著。他已經這樣走了十數小時，心中茫然而急切，總覺得有一件極重要的事該做未做，這種感覺越加強烈，使他無法停下腳步好好思考。

阿關看了看自己的手，張張合合，只覺得這樣的動作十分熟悉，抬頭看著清朗天空，有些茫然。

原來阿關隨同太歲在太歲鼎上一起捉拿惡念當時，已經喪失了心智。經過六年醒來之後，他隱約惦掛著那件重要的事，便是要盡快阻止惡念降臨凡間，阻止預言夢境成眞。

此時他記不起那些細節，並不曉得太歲鼎早已將那時流竄天際的惡念全收盡了，正在天庭安穩運作著。

同時，他又感受到了身邊四周那奇異感覺。

轉頭一看，那身穿灰色運動服的巨漢，仍然跟在他身後不遠的電線桿後頭，鬼鬼祟祟的不知在做什麼。

阿關後退了兩步，轉身加快速度逃著，在大街小巷裡不停穿梭逃竄，不時回頭看，只覺得那奇異感覺始終揮之不去，巨大黑漢也不時會在他身後不遠處出現。

不知道跑了多久，阿關更顯得疲憊。看看四周，是條陰森小巷，前頭一處鐵皮屋子，陳舊破爛。阿關在那鐵皮屋子前停佇了好一會兒，有種感覺驅使他想要伸手去推推門前那片鐵皮，朝裡頭看兩眼。

阿關猶豫了半晌，仍然沒有推門。突然背後一陣強烈的氣息襲來，他猛一回頭，一個紅衣女郎蹲在後頭幾處鐵皮舊屋頂上，一頭長髮拖得極長，遮住了半邊臉龐，看不出年齡。

阿關深吸了口氣，只覺得這紅衣女子妖異嚇人，全身瀰漫著肅殺之氣。再一看，身後通道之中又是那巨大黑漢子，黑漢子緩緩地往這頭走來。

阿關拔腿就跑，跑出了這巷弄。紅衣女子如影隨形地跟著，擋住了某些去路。阿關疲累逃著，逃了許久，來到一條較為寬闊的巷子，裡頭擺了許多攤販，人潮也不少，一群一群的人們在這老舊市場逛著、吃著，好不熱鬧。

阿關好不容易擠出了老舊市場街，紅衣女子和那大黑巨漢仍然逼迫著他繼續逃跑。

阿關閃進了一條舊巷，靠在牆上喘氣。

後頭幾條暗巷之中，隱隱約約傳出細微的對話聲。

那蒼老的聲音是老土豆，老土豆搔著額頭，不解地問：「翩翩仙子吶，為什麼不直接去和阿關大人說話？俺好想念他吶。他剛醒來，為什麼要這樣捉弄他呢？」

翩翩低頭沉思，靜靜地回答：「他似乎什麼都不記得了，我想讓他想起些什麼……還有，我不是和你說過，別再叫我仙子了嗎？我做凡人好多年了。」

老土豆答：「仙子吶，儘管妳現在是凡人肉身，但百年之後，妳仍會成為神仙，成為阿關大人的部將，或是……或是……」

翩翩探出頭，向巷子外頭偷偷瞧著，見阿關仍然靠在牆邊喘氣，隨口問著老土豆說：「或是什麼？」

老土豆吞了口口水，有些猶豫說：「就是……那個……太歲夫人啊。」

阿關彎著腰，身上的疲累使他感到一陣天旋地轉。突然聽見幾條巷外有老頭子的叫喊求饒聲，又是一驚，趕緊撐直了身子，轉頭看著，繼續往巷子深處前進。

不知走了多久，經過大街小巷，只覺得四周巷子越加曲折，且越加熟悉。他摸著褐紅色的磚牆往前走著，來到一片不小的空地，前頭是間老廟。

阿關不知怎地，有些鼻酸，繼續向前，伸手在老廟門上輕輕一按，門緩緩地開了。

老廟裡空空蕩蕩，卻沒有什麼垃圾或是厚重的灰塵，像是不時有人來打掃一般。

沉重的呼吸聲在廟裡迴盪，阿關不停向四周望著，想找出這呼吸聲的來源。門外的月光映了進來，阿關藉著月光，見到神壇簾下有隻火紅色的大爪子毛髮飄動，又縮了回去。

老廟巷弄之外，老土豆憂心問著：「仙子吶，俺看這不妥吧。俺收到消息，有些流竄妖魔聚集了些惡鬼爪牙，企圖佔領些無人舊廟、蠱惑百姓吶。咱們特別在這兒部署了兵力，那些妖魔隨時可能攻來，這地方可能會開戰，將阿關大人誘來這兒，妥不妥當吶？」

翩翩皺了皺眉說：「你什麼時候變得這麼膽小，那些烏合之眾有什麼好怕？讓他們嚇嚇阿關，說不定會讓他想起些什麼。」

老廟之中，阿關越加不安了，他感到有些令人難受的氣息，四面八方聚了過來，企圖往老廟裡逼近。

有兩個細碎聲音交談著：「裡頭不對勁吶老大，好像有神仙的味兒！」「管他的，趁『黑殺王』還沒來，咱們搶先殺進去，將這間廟搶下，然後隨處抓個凡人來主持，就能騙到更多的凡人百姓來咱廟裡上香。我跟你說，凡人最好騙啦！好幾年前，天下大亂時，一個叫『順德』什麼的小山神，就是這樣出頭的！」

阿關循著交談聲音朝老廟深處走去，那交談聲更爲清晰。

「說得好啊，老大！」「別說了，上！」一陣騷動，頂上天花板吱嘎作響，那聲響竄入了一間暗沉房間中。

一個全身黑毛、四隻眼睛的妖怪，就在阿關前方的房中竄出，身後還跟了一個矮小妖怪。

「果然有神仙吶！老大！」那矮小妖怪尖叫著，嚇得躲到四眼妖怪身後不停打著哆嗦。

那四眼妖怪也是一驚，退了兩步。阿關也大聲嚷嚷著，往後跌跌撞撞地逃，撞上了一張椅子，摔得人仰馬翻。

「小怪，別怕！那不是神仙，只是個凡人！」四眼妖怪推了推身後那叫作小怪的矮小妖怪。小怪仍打著顫抖，探出頭來，見阿關倒在地上嚇得說不出話，膽子大了許多，向前一蹦，蹦到阿關面前，踢了阿關一腳。

阿關哇了一聲，連連後退。四眼妖怪扠著手，向前大步走來，指著阿關問：「你這傢伙究竟是人還是神仙？爲何身上氣息如此古怪？」

阿關不知該回答什麼，又往後退了兩步。小怪哇哈一聲，跳向前去，伸手就要去打阿關。

阿關向後仰了仰，閃過了小怪這巴掌，本能地一腳踢在小怪肚子上，將小怪踢得尖叫起來，打了個滾又躲回四眼妖怪的背後。

「你到底是何方神聖？」四眼妖怪大聲喊著，指著阿關，自顧自地說著：「我就是新生代的厲害狠角色，我叫『五眼大帝』！」

阿關見這自稱「五眼大帝」的妖怪，臉上卻只有四隻眼睛，正覺得奇怪，那五眼大帝便已經自個兒解釋了起來：「你一定覺得奇怪，爲何我臉上只有四眼，卻稱是五眼大帝，瞧！」

五眼大帝將身上那破布袍子一掀，小腹上肚臍處也生了一隻又黑又圓的大眼睛，兩排睫毛又密又長，還不停眨著。

「喝——」阿關嚇得向後退了幾步，只見躲在五眼身後的小怪也跳了出來，說：「而我就是五眼大王手下頭號強將，玉樹臨風翩翩美妖男——小怪是也！」

「翩翩……」阿關聽了小怪的自我介紹中也有兩個「翩」字，不知怎地大力搖起頭來，連連說著：「不，你明明是個醜妖怪！」

小怪氣得跳腳，正要朝阿關撲來，五眼也正張牙舞爪著。突然四周轟隆隆響了起來，阿關更爲驚懼，厚重的邪氣逼上了整間老廟。

「黑殺王來啦！怎麼辦，五眼大王？」小怪尖叫起來，抱著五眼的大腿喊著。五眼又驚又怒，轉頭就逃，正要逃入剛才出來的那小房間，就讓房裡竄出的數隻強壯大鬼撞倒在地。

阿關掙扎站起，只見到老廟門和窗子都闖入好幾隻強壯大鬼。

阿關抄起腳邊一只小凳，大聲吼著：「你們是誰？滾出去！通通滾出去！」

兩隻大鬼撲來，一把便打飛阿關手上的小凳，阿關連連後退。突然牆邊紅影一晃，那紅衣女子穿入了牆，擋住阿關去路。

「哇啊啊——」阿關見那紅衣女子長髮飛揚，露出了臉上一個大窟窿，嚇得魂飛魄散。這紅衣女顯然不是人了，更像是女鬼。

紅衣女一手突然刺出，倏地伸過阿關臉旁。阿關嚇得傻了，順著紅衣女的手臂緩緩轉頭，更是一驚，紅衣女的手掌只有三指，卻是插在阿關背後那襲來的大鬼臉上。

大鬼嚎叫兩聲，摀著臉倒下，更多大鬼擠進了這小通道，將紅衣女團團圍住。阿關低著身子擠出這戰圈，才要逃跑，又有好幾隻大鬼追來。

阿關死命逃出廟門，外頭廣場上也聚了近百隻大鬼。後頭一個妖魔一身黑袍，便是方才五眼和小怪口中的「黑殺王」。

阿關見外頭有不少大鬼，回頭一看，幾隻大鬼已經追出了廟，向他撲來。正不知所措，突然一聲雄烈虎吼凌空劈下，阿關抬頭望去，只見到一輪明月讓一個銀亮大影子給遮了。

大影撲落下地，砸死了一隻大鬼。阿關仔細一看，那是頭白毛大虎，毛色是雪白色底帶著墨黑條紋，黑白分明。大虎身型有水牛一般大小，仰頭一吼，嚇得那些大鬼全都退了好幾步。

「啊……啊……」阿關指著眼前的白色大虎，努力回想他的名字，卻想不起來。只見那大虎嘴邊突起一顆尖牙，有些奇特。

白色大虎是牙仔，經過了六年，牙仔已長得和當年的阿火一樣大了。

牙仔又是一吼，四周的大鬼全圍了上來。牙仔身影飛竄，或是撲擊、或是撕咬，一下子殺倒了一大片鬼怪。

老廟裡也發出了激烈殺聲，一群大鬼全給打飛出老廟，廟裡隨即蹦出一頭通體烏黑的石獅子，體型和那白色大虎一般大小，是鐵頭。

阿關瞪大了眼睛，只見到隨著一聲低吼，一頭更巨大的虎獸步出老廟，體型比起牙仔和鐵頭還要大了些，巨虎全身紅毛飄揚——阿火。

「哇！這兒有陷阱，猴孫泰那票臭傢伙當真在這兒布下了陷阱！」黑殺王身旁的幾個小跟班嚇得亂喊亂叫。

黑殺王殺氣騰騰，一腳踢翻了兩個叫囂的跟班，雙手一揮大聲下令：「大夥兒上吶，不過是幾隻下壇將軍，哪有什麼好怕的？將這破廟給我奪下，奪不下便拆了它，將前幾次的怨氣全給我討回來，逼那凡人現身！」

黑殺王邊叫著，邊張開大爪，朝阿關衝了過去，還不停嚷嚷問著：「你這傢伙又是誰？」

阿關哇哇叫著，眼前殺來的妖魔大王凶暴可怖，連連退了好幾步。那黑殺王撲上了阿關，掐著阿關脖子將他一把拎了起來，在他身上不停嗅著，逼問：「說！你到底是誰？為何身上帶著一股神仙氣息，卻又不是神仙？你和『猴孫泰』那可恨傢伙有什麼關係？為什麼在這兒？」

阿關讓黑殺王掐得透不過氣，讓他一連問了好幾個問題，沒有一個能夠答得上來。

「我……我不知道你說什麼！」阿關死命踢著腿，一膝蓋頂在黑殺王下巴上。黑殺王嚎叫一聲，鬆開了手。

黑殺王怔了怔，沒料到眼前這凡人力氣倒不小，一個膝擊竟隱隱發出電擊，撞得他又痛又麻。後退兩步，抽出了腰間的彎刀，大聲吼著：「果然和那狗娘養的猴孫泰是一夥的！」

阿關連連聽這些妖魔「猴孫泰」、「猴孫泰」地喊個不停，對這三個字又是熟悉，又是懷念，但就是想不起來。

「什麼猴孫泰，那是什麼東西？」阿關大叫著，腦中轟隆隆響著，像是有一大團回憶要往外頭衝，卻衝不出來，十分難受。

兩隻大野鬼蹦了上來，揮動大爪就要抓向阿關，爪子卻在半空中脫離手腕，飛了老遠。

大野鬼哇哇大叫，還不知發生了什麼事，後頭的野鬼又擠了上來。只見到銀光四起，牙仔飛撲而來，撞翻了一票野鬼。

黑殺王舉刀殺來，三個大影鬼魅似地轟然落下，分立阿關身前和兩邊，一個正是跟了阿關一整天的黑色大漢；另一個則高高瘦瘦，臉色蒼白，兩隻手臂極長，上頭布滿陳舊傷疤；又一個則是黑臉白髮，深褐色手臂低垂。

「哪裡來的傢伙？」黑殺王陡然一驚，卻仍揮刀殺去，讓那高瘦蒼白的大鬼一把抓住了握刀的手腕。正驚愕中，就見到那大黑巨漢的手臂已經張得極開，緊接著眼前便金星亂竄。那大黑巨漢的拳頭轟然砸在黑殺王臉上，蒼白高瘦漢子也同時鬆手，黑殺王讓這拳頭轟飛了好遠。

又有好幾隻野鬼同時攻向阿關，阿關正彎了腰，準備藉機閃開，只見四周閃耀著花花亮亮的光芒，那些野鬼一下子全倒落在地，大都斷了手或腳。

阿關還不明白發生了什麼事，抬頭看去，只見到前方上空有四個手持大斧、身穿金銀甲，有如天神一般的傢伙飛下，一轉頭，後頭上空也有同樣的四個傢伙落下。

野鬼們逃竄著，那黑殺王摀著鼻子，也正要逃，但他腳下突然隆起，一陣黃光閃耀，蹦出了個長鬍子矮小老頭，正是老土豆。老土豆哈哈大笑，一木杖打在那黑殺王腦袋上。

黑殺王痛得彎下了腰，氣極敗壞，一把揪住了老土豆的鬍子，就要往地上砸。又是一陣閃亮，光圈飛竄極快，卻不是打在黑殺王手上，而是將老土豆的鬍子給斬落了一大截。

老土豆落了地，黑殺王不明所以，還要追殺，但背後猛一陣虎吼轟來，將黑殺王嚇得撲倒在地，背後讓一頭黑色的粗壯虎爪牢牢踩住，動彈不得。

阿關朝黑殺王看去，只見到一隻極其壯碩的黑色巨虎，背上還側坐著一個女子。月光映下，只見到那女孩長髮飄揚，只翻了翻手，手上一柄靛藍色的水晶小刀已不知藏去哪兒了。

「老土豆！」翩翩蹙著眉頭，一躍下了大邪後背，揮手一招，落下的天將一擁而上，將那黑殺王給捆了起來。

「翩翩仙子吶！」老土豆可憐兮兮蹲在地上，撿著自己四散的鬍子，回過了頭，眼神哀怨地看著翩翩，嚷嚷地說：「為什麼妳不去斬那妖魔的手，反而斷了俺的鬍子啊！」

翩翩哼了哼說：「我剛剛吩咐過你什麼？」

老土豆唯唯諾諾地答：「妳……妳要俺乖乖在一旁看著，別瞎攪和……」

「這就是了……」翩翩質問著：「那你搶出頭去追這妖魔做什麼？」

老土豆不服氣地解釋說：「俺、俺只是想在阿關大人面前顯露身手，好讓他想起俺啊！」

「你省省吧。」翩翩指了指那垂頭喪氣的黑殺王，說：「這傢伙只是個尋常妖魔，收了幾隻野鬼自以為是大王，一點也不禁打。我還要問他許多事，怕他傷得太重連話都講不清，只好割了你的鬍子，你不聽話胡亂闖，活該鬍子被割了。」

老土豆哭喪著臉，看著自己手上那把斷鬍子，遠遠見了阿關，又露出笑臉，向他招著手說：「阿關大人！你終於醒了，你記得俺嗎？」

阿關愣在原地，目不轉睛地盯著翩翩。

翩翩朝幾個天將吩咐些話，又嚷了幾聲，老廟裡一陣騷動，更多小獅、小虎跑了出來。

阿關連忙回頭，見到這些小石獅和小虎爺，有幾隻和成犬一般大小，大部分則都還是幼貓、幼犬大小。

老土豆高興地拍手說：「好呀、好呀！新一代的下壇將軍、石獅子們旗開得勝，挺堪用吶！」

原來翩翩等早已得知黑殺王要來六婆老廟搗蛋的情報，將附近各大小廟宇的新生虎爺、石獅子，全召集在這兒，埋伏在廟中四周；又領了天將，布下天羅地網，就等著這黑殺王。

阿關驚訝看著這批虎爺、石獅，一隻隻幼貓大小的虎爺在他腳邊蹦著跳著，繞著圈圈。

「阿關大人，他們都是新一代的小老虎、小獅子吶！你不認得是正常的，但你不可不認得那大阿火、小牙仔啊！」老土豆嚷嚷著，蹦上了那牙仔的後背。牙仔縱身一躍，毛色銀光閃亮，落到了阿關面前，伏下身子。

阿關覺得胸中暖洋洋的，伸手去摸了摸那牙仔的臉，只覺得虎毛柔順光滑。

老土豆拍著牙仔腦袋，對阿關說明著：「這是牙仔，以前那小小的傢伙，你記得嗎？你記得嗎？」

「牙仔？」阿關苦笑著，搖了搖頭，問著老土豆，問著：「你……你又是誰？」

老土豆急了，跳下了地喊著：「那邊是虎爺二黑、二黃，現在長得更大了！還有鐵頭和牙仔，加上小狂是三小貓，阿關大人你記得嗎？還有三大貓，大邪、阿火和風吹！風獅爺風吹跟小狂不在這兒，他們在福地訓練新的小風獅爺，沒空來玩。那些小風獅爺啊，模樣生得可奇怪了……阿關大人吶，你怎麼會想不起來呢？他們……他們……」老土豆嘟嘟囔囔說著，越說越是激動，一下子哽咽說不出話。

阿關見到四周好多的大小老虎和石獅子全圍了上來，雖然十分驚訝，卻不害怕。只見那叫作「鐵頭」的石獅子全身黑亮，威風凜凜。阿火和大邪一左一右靜靜站著，氣勢昂揚雄猛。一隻隻小虎爺亂蹦著，全要往阿關身上跳。阿關捧了兩隻在手上，不一會兒又被其他的小虎爺給擠下。

「這……我搞不懂……」阿關苦笑了笑，只見翩翩對天將吩咐完畢，也朝他走過來。又有四個傢伙躍來，是那大黑巨漢、紅衣女、蒼白漢子和黑臉漢子。四個人不像人、鬼不像鬼的傢伙落到阿關身邊，悶不吭聲。

阿關倒有些害怕，怔怔看著他們。

翩翩走來，將一只破布袋拋給阿關，說：「這玩意兒還給你，留在身邊當作紀念吧。原先袋裡那四個傢伙將功抵過，已受封成神，現在是你的護衛。別看他們樣子可怕，身手算是不錯，只是還不太會講話就是了。」

原來這四個傢伙，是當時伏靈布袋的四隻鬼手，大黑鬼手、新娘鬼手、蒼白鬼手，以及六婆死守老廟那時擒來的白髮黑臉鬼。

大戰結束後，神仙們感念這些鬼手們一路隨著阿關歷經無數死戰，利爪下誅殺的惡鬼也不比神仙少，有功勞也有苦勞。便放出他們，加以訓練，去除了暴戾凶性，加封成神，擔任阿關護衛，一直守護在文新醫院裡。阿關醒來之後，也一直跟著他。

「好了，老土豆兒，你將這些小虎兒們全送回各地廟裡吧，有事我會再召，我有些話要和阿關說。」翩翩這麼說。

「咦咦？」老土豆心有不甘，像是還想和阿關說些什麼。但翩翩催促得急，只好領著一票大小虎爺、獅子走了。

那四個布袋護衛也在翩翩吩咐下，返回文新醫院待命。

阿關更仔細地打量了翩翩，這才將口袋中的冰晶取出，反覆看了幾次，看著翩翩指了指冰晶。

「是我沒錯。來吧，跟我來。」翩翩笑了笑，轉身往外頭走。

「喔！」阿關趕緊跟了上去，突然覺得雙腿發軟，走了兩步便跌了一跤。但他不想在這漂亮女孩面前出糗，趕緊又撐起了身子。

「你的腿不舒服嗎？」翩翩回頭，看了看阿關。

「有點麻……」阿關揉了揉雙腿，他逃出醫院之後，一直覺得身上輕輕飄飄，四肢也時常感到痠麻無力。

「這也難怪……」翩翩撥了撥頭髮，幽幽嘆了口氣說：「你躺在床上六年了，我還以為會更久呢。」

「六年？」阿關不解問著：「妳是說，我睡了六年？」

「是啊。」翩翩點點頭，拿出手機撥了電話，向電話那頭的阿泰說：「我已經找著阿關了，先別告訴伯母。等阿關想起全部的事，再讓伯母知道，給她一個驚喜，她盼望了好久，別讓她失望。」

阿關等翩翩掛了電話，拍了拍她的肩說：「妳……妳剛剛說的伯母，是指我媽媽嗎？」

翩翩點了點頭。

「那我爸爸呢？」

「你爸爸去世很多年了，你和你媽媽相依為命。」

「那我怎麼會昏迷那麼久呢？還有……妳……妳是誰呢？剛剛那個小老頭，還有那些老虎，還有……一堆妖怪……」阿關又問。

「你出了意外，腦袋受了傷。」翩翩繼續往前走，往老巷走去。

「妳還沒回答我……妳是誰呢？」阿關見翩翩越走越快，也拖著腳追了上去，一邊指著冰晶裡的自己，問：「這個是我，對吧？我們是什麼關係？」

翩翩沒搭理他，繼續走著，阿關緊跟在後。

兩人出了巷子，來到大街上，阿關仍追問著：「我叫阿關對吧，我只記得我叫『阿關』。我有沒有朋友？我有沒有老婆？」

「你叫『關家佑』，你有很多朋友。」翩翩停佇在大街一家即將要打烊的餐廳外，說著：「有個叫作『猴孫泰』的，是你最好的朋友之一，你都叫他『阿泰』，他明天要結婚了。除了這猴孫泰之外，你還有很多很多的朋友……」

「阿泰……阿泰……」阿關怔了怔，回想著這個名字，又追問著：「好像有點印象……那麼，我老婆又是誰呢？我有老婆嗎？」

翩翩指著玻璃窗，淡淡笑著說：「你看你像是有老婆的人嗎？六年前你只是個孩子。」

阿關瞧著那玻璃窗子，倒映著自己和翩翩的身影。自己蒼白虛弱，的確不像是有家室的男人。翩翩在一旁對著手呵氣，這幾天寒流極強，天氣冷冽，呵出來的氣霧茫茫一片。

「原來我沒有老婆啊。」阿關怔怔看著玻璃窗子，又看看手上的冰晶，有些悵然所失。翩翩的兩頰凍出了些緋紅，見阿關呆怔怔地瞧著窗子裡的她，微微笑了笑說：「你在看什麼？走吧，我帶你去一個地方，看你能不能想起以前的事。」

「什麼地方？」阿關有些好奇。

「嗯，我家。」翩翩點點頭，伸手招了部計程車。

「呃！」阿關有些驚愕，連忙跟上了車，坐在翩翩身旁。聞到了翩翩的髮香，不由得恍了神，有些緊張地問：「妳還是沒說妳是誰，為什麼帶我去妳家呢？」

「就是你的朋友囉，還會是誰呢？我不是說過，你朋友很多嗎？」翩翩靜靜望著窗外。

阿關見翩翩冷淡，也不好意思再問，靜靜揉捏著腿，嘴巴喃喃唸著：「但我怎麼總覺得我有老婆呢？」

車窗外的建築快速向後退著，阿關也看著窗外夜空。先前一段路走得倉促，在車裡，這才能靜靜、仔細地瞧，紫黑色的夜空星光閃爍。

車停了，兩人下了車，在一棟社區大樓前。阿關仍抬著頭看著星空，深深呼了一口霧氣，看得入神。

「晚上的天空很美對吧。」翩翩領著阿關往社區大樓裡走，一面說著：「以前有很長一段時間，你眼中的天空，不論白天晚上，都是些黑黑紅紅、渾濁一片吧，現在一切都過去了，又變回美麗的夜空了。」

「黑黑紅紅？」阿關不解問著：「那是什麼？以前發生過什麼事？」

翩翩笑了笑，不答，快步往樓上走著。上了電梯，在某層樓的其中一扇門前停下，取出鑰匙開門。

「這裡是……」阿關見了屋裡，那股熟悉的香味襲來，熟悉的擺飾映入眼簾。小小的、幾坪大的小套房，有桌、有床。

「妳住在這裡嗎？」阿關四處逛著，熟悉的感覺湧了上來。「我總覺得我好像來過。」

「我一直住在這兒，裝潢都和以前一樣，一模一樣。」翩翩淡淡說著，在廚房泡著熱茶。

牆上掛著幾幅畫，畫裡的風景美麗絕倫。有些畫裡是廣闊的平原和青藍的天，還有些鳳凰在飛；有些畫裡是奇異的池塘，一潭潭高低不一的平台池水，生出了一棵棵五彩繽紛的樹；有些畫是高聳參天的巨樹群；有些畫則是美麗的水晶宮。

「怎麼了？」翩翩見阿關瞧那些畫瞧得出神，開口問著：「想起了什麼嗎？」

「畫得眞好，就和照片一樣！」阿關指著一旁木櫃上一張冰晶照片說：「這個是妳……其他人是誰？我認識嗎？」

那張冰晶照片裡擠了五個年輕男女，翩翩便在照片中央，一旁還有個高個俊俏的青年人、啃著包子的胖壯大漢、做著鬼臉的俏皮女孩、咧嘴笑著的黝黑少年。

「他們都是和你一同出生入死的好朋友、好夥伴。」翩翩微微笑著，依序唸出了冰晶照片中的名字：「飛蜓、象子、我、紅雪、青蜂兒……還有一個秋草妹子，但她爲了你而犧牲，再也回不來了……你以前都叫她『林珊』。」

「林珊……」阿關愣了愣，胸中陡然升起一股濃烈酸楚。他搖了搖頭，指著冰晶中的福生和若雨，說：「這兩個我好像有點印象！他們……他們……那妳呢？妳叫什麼？」

「翩翩。」翩翩將熱茶端上了桌，淡淡地說：「翩翩起舞的翩翩。」

「翩翩……翩翩……」阿關看著茶杯中浮動的茶葉梗，問著：「到底是怎麼一回事，我似乎忘了一件很重要的事？」

翩翩喝了口茶，悠悠地說：「你的腦子受了傷，本來應當睡更久的，我們一票朋友想盡了辦法來醫治你，總算將你治得差不多了。你比我們想像中恢復得更快，也更快醒來，但或許還沒完全復元，所以忘記了許多事情。」

「我到底忘了哪些事情？」阿關迫不及待地問。

「好多好多事，眞的一言難盡……」翩翩苦笑地說：「你會想起來的，只是最近有些擾人事情，我無法全心照料你。你先自己試著回想，我會拿些以前的東西給你瞧瞧，看能不能想起什麼，你母親還日夜盼望著，別讓她失望。」

阿關點點頭，又想起剛剛老廟那些紛爭，問了幾句。

「那些你先別管，說了你也不明白。簡單來說好啦，你那死黨朋友阿泰，這幾年得罪了不少壞傢伙，他明天要舉行婚禮，我收到消息，那些不安分的壞傢伙似乎想趁機去搞破壞。」翩翩這麼說。

阿關不明所以聽著，翩翩也盡量以阿關大致能夠理解的方式向他說明。

當初雪山一戰，獄羅神一方兵敗，那些落敗的妖兵們四處逃竄，大多逃入了山林躲藏，再也不敢作亂。但幾年下來，也總有些不安分的妖魔，不時會按捺不住而搞些麻煩。

這些凡間瑣事大都仍交由鎮守凡間的神仙處理，但身懷法術的阿泰，在經營咖啡廳生意之餘，也總愛多管閒事，三不五時從老土豆那兒得知了哪處有妖魔作亂，便夥同葉元去找那些妖魔麻煩。

幾年下來，阿泰得罪了不少妖魔，在妖魔圈中，成了大夥兒耳熟能詳的除魔術士。那些妖魔們處心積慮要將阿泰和葉元除掉，早已串連許久。這次阿泰婚禮，便是一次大好機會，許多妖魔頭頭暗中聯繫，就算無法除掉阿泰，總也要鬧個雞犬不寧。

翩翩早有耳聞，也想趁此機會給這些蠢蠢欲動的妖魔一個下馬威，早已和阿泰、老土豆等盤算好，邀請些昔日夥伴來參加婚宴，讓那些妖魔吃不完兜著走。

「我還是不太懂，妳是指我那個叫阿泰的朋友，他的婚禮上會有仇家來搗蛋，而我們必須阻止那些仇家？」阿關喝去了半杯茶，這樣問著。

「就是這樣沒錯。」翩翩點點頭。

「那……我們該如何阻止那些仇家？」阿關問。

「阿泰的婚禮在明天晚上舉行，我明天上午會帶你去逛一些地方，或許你能想起些什麼。到了晚上，我們才開始行動。」翩翩回答。

「什麼樣的行動？是和人打架嗎？還是和……妖怪打架？我會打架嗎？」阿關好奇地問。

「就當是和妖怪打架好了，你以前還挺厲害的。」翩翩這麼說著，起身收去茶具，淡淡地說：「早點休息吧，明天有得你受了。」

「我今晚睡妳家？」阿關有些訝異。

「是啊，不然睡哪兒？」翩翩點點頭。

「但是床只有一張啊。」阿關指著那張單人床。

「你可忘得眞乾淨，你覺得你應該睡哪呢？」翩翩將那被子攤開，鋪在床邊的地板上。

阿關聳了聳肩，不再說話，乖乖地梳洗一番，自個兒縮進那鋪在地上的棉被窩裡。

翩翩也關了燈，上床蓋上被子。

阿關又爬了起來，輕聲說著：「我好像想起了一些東西，但又不是很清楚，我覺得好像曾經有過一次，和現在很像的對話。」

翩翩轉過身來，凝望著阿關說：「是啊，你說你睡不著。」

阿關點點頭，想了想，說：「好像是，然後呢？妳好像對我做了些什麼，我就睡著了？」

「對啊，那時你失眠得嚴重，向我抱怨，我拿棒子在你的頭上狠狠打了十幾下，你很快睡著了，睡得跟死了一樣。你現在睡不著嗎？」翩翩說。

「我眞的有點睏了……」阿關連連搖手，又縮回了被窩。

套房裡暗沉沉的，窗外的燈光映入屋內，灑在翩翩的被子和床上。翩翩側著躺，靜靜望著窗外天空。

「喂！剛剛妳說的是眞的嗎？」阿關突然又冒出了這句話。

「你怎麼還不睡覺？失眠嗎？」翩翩問。

「不……不，妳剛剛說，我們以前是朋友？」阿關這麼說著。

翩翩靜默半晌，回答：「是啊。」

「我想，我們以前應該是很好、很好的朋友。」阿關怔怔說著：「不知道爲什麼，我就是想和妳說些話，說很多很多的話，只是不知道要說些什麼，可能我都忘記了吧……」

「嗯。」翩翩不再回答，伸手拭了拭微微紅潤的眼睛。

88 久違的朋友們

清晨的日頭暖和，翩翩自櫃子裡拿出一套新衣、新褲，讓阿關換上，便領著阿關下了樓，往山郊走去。有幾棟廢棄公寓聳立山腰，十分陳舊，裡頭地板全積了厚厚的灰塵。往上頭走，有一層裡幾面牆上，有一堆痕跡淺淡的「正」字。

阿關看著那些「正」，皺了皺眉頭，說：「是誰那麼沒有公德心？在人家牆上亂寫字，眞是該死！」

翩翩將手上一只寶特瓶子放在窗邊，掏出一張符遞給阿關，口中唸了一串咒語。

「什麼？」阿關有些遲疑，只覺得那串咒語十分耳熟。翩翩又唸了一次，跟著對阿關說：「你舉起手，對著那瓶子唸咒。」

「啊？」阿關覺得奇怪，但還是照著做了。只覺得掌上一陣溫熱，發出了耀眼光芒，一團白火射出，射出了窗子，並沒有打中寶特瓶。

「眞棒！我想起來了，這招叫作白……白……」阿關感到胸中一陣激動。

「白焰。」翩翩又遞了張符給他，說：「再試一次，你要練熟一點，晚上才幫得上忙。」

「我覺得很簡單。」阿關呼了口氣，對著寶特瓶唸咒，又是一團閃亮光火打去，正中寶特瓶子。瓶子搖了搖，白焰只對惡鬼妖魔具有效果。

「很好，比當初進步太多了，連續打中二十次，我們就去吃午飯。」翩翩這麼說著，從包包裡摸出了根粉筆，在牆上空曠處畫了一橫。

「原來這些是妳寫的……」阿關有些尷尬，又從翩翩手上接過幾張白焰符，練習放火。

阿關很快便打中了二十次，翩翩掏出了張符令，嘟嘟囔囔講了些話。

兩人下了樓，老土豆遠遠地跑了過來，還推著一輛銀白閃亮的腳踏車。

「阿關大人！你想起俺了沒？」老土豆大叫著，將石火輪推到阿關身前，興奮跳著喊：「你記得這輛車嗎？跑很快喲！」

阿關摸了摸石火輪龍頭手把，只覺得有股麻麻的暖流流竄過他的手掌，彷彿石火輪向這昔日夥伴打著招呼一般。

「好漂亮的腳踏車……」阿關跨上了車，緊握著手把，低頭打量著整台車。

「阿關大人，別只顧著看車子，你看看俺，你想起俺了嗎？」老土豆嚷嚷著，在石火輪周邊不停踢著塵土。塵土在空中旋繞，隱隱可見黃光，這是老土豆的戲法，想吸引阿關的注意。

「土豆，你忙你的去吧。他很多事都不記得了，一時半刻大概也想不起來。交代你的事可別忘了，晚上會很熱鬧，你得提神一些。」翩翩向老土豆揮了揮手。

老土豆不甘嚷著，還想說些什麼，但見翩翩正經吩咐，也不再說些什麼，只是無奈地看了看阿關，轉身要走。

「土豆，你叫土豆是嗎？」阿關喚住了老土豆問。

老土豆轉過身，點點頭說：「『土豆』或是『老土豆』，大家都這樣叫俺。阿關大人，你眞的什麼也不記得了嗎？」

「我眞的想不起來，但我知道你是個很和善的爺爺，也是我很要好的朋友，這點應該是錯不了吧！我打從心裡這樣覺得。」阿關抓了抓頭。

「是啊、是啊！」老土豆雀躍叫著：「太歲爺和翩翩仙子之後，你第三個見著的就是俺，俺是第三個和你說話的神仙！我們一直是好朋友！」

「咦咦……不對，還得將秋草仙也算進去……那俺就排第四個了。但這樣算法，還要將紅雪和象子也算進去了，俺越排越後頭了！」老土豆扳著手指算著，和阿關揮了揮手，呵呵笑著鑽入了土裡。

「他剛剛說『神仙』？」阿關看向翩翩，不解問著：「妳是神仙嗎？」

「這你也先別管，說上三天三夜你也不明白，先和我去幾個地方吧，以前你也去過的地方。」翩翩淡淡說著，坐上了後座。

「小心騎，這車很快。」翩翩這樣提醒。

「腳踏車能跑多快？」阿關隨口答著，突然又感到有種似曾相識的感覺。同時，四周的風突然強了許多，石火輪一下子已經下了山，來到市鎮。

「啊呀？」阿關怔了怔，緩下了速度，左右看著周遭街道，出奇問著：「發生了什麼事？怎麼一下子就下來了？」

翩翩輕敲了阿關腦袋一下，說：「我就跟你說這車很快吧，別張望了，往前走吧。」

阿關順著翩翩的指示，在街道中穿梭著，忍不住歡呼了幾聲。

「停！」翩翩喊著，阿關立時煞了車。

石火輪在一間三層樓的老舊建築前停下，阿關看了看院子外的招牌，是家老人安養院。停妥了車，阿關和翩翩進了這家老人院。裡頭幾個老人有的喝茶、有的看報。一個老爺爺正在大樹前打著太極，正是李爺爺，一見阿關進來，立刻大聲打著招呼。

「阿關！是阿關吶！」李爺爺揮著手，走向阿關。

「你跑哪兒去了？醒來了怎麼也沒和大家說啊！」李爺爺緊握著阿關的手，大力拍著。

翩翩在一旁將阿關失憶的情形，對李爺爺簡單說明了一遍。

阿關有些不知所措，見了院裡許多老人都向他望來，緊張問著：「老先生，你們……以前都是我的好朋友嗎？」

李爺爺不勝欷噓地說：「老朋友都走啦，這間老人院我頂下來了，其他爺爺奶奶都是之後才進來的。你還記不記得，以前有個胖胖的黃爺爺、有個拿軍刀的王爺爺、有個揮鋤頭的陳爺爺，還有原本的老人院院長梁爺爺啊……唉唉，你都忘光了！」

李爺爺見阿關茫茫然的，對這些名字都顯得有些生疏，不免有些遺憾，連連嘆氣，說：「也罷、也罷，忘了就算了，人沒事就好，醒來就好！」

阿關苦笑了笑，正想說些什麼來安慰李爺爺，就見到三樓窗戶有個小女孩探出頭來，見了阿關，張口大喊著：「啊！是阿關哥哥！」

李爺爺拉著阿關的手說：「走走，我帶你去看看雯雯，說不定你還記得她。」

阿關跟著李爺爺進了老人院，只見到裡頭陳設樸素簡潔，但是該有的設備器具一樣也沒少，還有幾個護士穿梭其中，十分認眞地照顧著老爺爺、老奶奶們。

征戰結束後，王爺爺、陳爺爺和李爺爺用神仙發給他們的酬勞，整修了這家老人院，重新經營，院長按月輪流當，也玩得不亦樂乎。王爺爺、陳爺爺相繼去世後，李爺爺便自個兒獨自接下了整間老人院。

雯雯在這兒也住了六個年頭，已經十歲了，成了活潑可愛的小女孩。

經過樓梯間時，阿關注意到了一旁有張小神桌，桌上供養一尊小小的女娃像，正覺得有些奇怪，李爺爺便開了口說：「喔，那是小玉的神位，她現在可忙了，是老人院裡的守護神，也一天到晚幫忙土地神處理些地方上的瑣事啊。」

「嗯，小玉。」阿關仔細聽著李爺爺講話。

「阿關哥哥，你會走路了，你醒來了！」雯雯在樓梯間見到阿關和李爺爺上樓，尖聲叫起來，衝回了房間。

「我嚇著她了嗎？」阿關苦笑問著。

這些年來，雯雯也時常和李爺爺一同去看阿關，小小年紀的她，幾乎要忘卻那許多年前拿著鬼哭劍的大哥哥大戰惡魔玩偶的往事了。對雯雯而言，阿關就像是個久臥病榻的鄰家哥哥，此時見他醒來，自然驚訝不已。

阿關隨著李爺爺進了房間，見到雯雯抱了隻褐色大熊玩偶，在書桌旁喃喃自語不知在說些什麼。

「漢堡包，你還認得大哥哥嗎？」雯雯在漢堡包的耳朵旁說著。

阿關正覺得奇怪，就見到雯雯手上那隻大熊玩偶耳朵動了動，朝他眨著眼睛。

「哇！」阿關嚇了一跳，卻見到李爺爺和翩翩的臉上都露出好笑的神色，尷尬地問：「這小妹妹也是我的朋友嗎？那個會動的玩偶也是我的好朋友嗎？」

李爺爺點點頭說：「是啊，你們認識時，雯雯只有四歲，講話都講不清楚啊！」

雯雯大聲抗議著：「誰說的，我講話很清楚！漢堡包，你說對不對？」

翩翩看著窗外，任由雯雯和李爺爺對阿關說些往事。阿關也混亂聽著，聽雯雯提及「小強哥哥」時，心中閃過了一絲悲傷。

好半晌之後，翩翩這才領著阿關下樓，和李爺爺道別。

中午過後，翩翩和阿關轉進了條巷弄。阿關唔了一聲，不停四顧打量著，大聲說著：「這裡……是我家附近耶！」

翩翩有些詫異，問著：「你還記得你家在哪？」

「我當然記得啊！」阿關有些驚喜，牽著車在巷子裡跑著，拐了好幾個彎，來到他住了十幾年的家樓下，怔怔看著上頭。

「我媽媽現在還好嗎？」阿關搔著頭，似乎想起了母親月娥。

「她很好。」翩翩笑著，指著一旁另一棟較新的樓房，說：「我替她買了間新房，在那兒，挺寬敞。她還在街上開了間餐飲店，生意還不錯。」

「謝謝妳，翩翩。」阿關怔了怔，想起了什麼，喃喃說著：「而我爸爸……已經去世很久了……」

「嗯。」翩翩點點頭，拉了拉阿關的手，指著巷子另一頭說：「我要帶你去的其實不是這兒，是另一個地方。」

「唔?」阿關覺得奇怪，還是隨著翩翩走去，走了半晌，轉進了另一條巷子。

「哇——那是怎麼回事!」阿關驚叫著，指著巷子那頭。經過的路人都讓阿關嚇了一跳，回頭看去，哪有什麼東西。

但阿關清楚見到，前頭巷子兩側牆邊、車頂、電線桿、屋子窗沿處，全都爬滿了鬼怪。

「那些就是阿泰的仇家嗎?要開打了嗎?」阿關驚愕問著翩翩。

翩翩噗嗤笑一聲，搖搖頭，說：「那些也是你朋友……不，應該說是你好朋友的手下。」

「好朋友的手下，那是什麼?」阿關只覺得丈二金剛摸不著頭緒，突然見到遠遠巷子那頭一隊花臉漢子走來，帶頭的是個黑臉獨臂的大漢。

那陣頭越走越近，阿關和翩翩也往那老廟走去，只見到老廟上的匾額招牌寫著「順德廟」三個字。

四周起了騷動，有些鬼怪大聲喊著，有些鑽入了廟裡通報。一時之間更加吵雜，四面八方擁出的傢伙更多了。

「小阿關——」雄烈吼聲自阿關背後傳來。阿關回頭看去，是一個紅袍大黑漢，抓著雞腿啃著，還大力拍著肚子——是鬼王鍾馗。鍾馗身後還跟著一個美艷婦人，是雪媚娘。

前頭那陣頭更近了，帶頭大漢見了阿關，身子飛竄而來，落在阿關面前大聲說著：「阿關大人，你醒來啦！」

「他是城隍爺。」翩翩指著城隍，笑著說。

阿關仍驚愕之餘，又聽見廟裡吵吵鬧鬧，衝出好幾個漢子，分別是寒單爺、有應公、王公老六、老七和義犬十八。大夥兒圍著阿關亂喊嚷嚷著，吵得什麼也聽不見。後頭更亂了，義民李強也領著一票兄弟飛來，七嘴八舌地都大聲喊著阿關。

「別吵了！一堆臭男人全都給我閉嘴！」翩翩讓這些大漢吵得受不了，大聲斥罵。

大夥兒這才靜了下來，一個高瘦神仙擠了過來，牽起阿關的手，走進廟裡。

「他是……」阿關轉頭，向翩翩問著。

「備位太歲大人，我叫順德。」順德向阿關笑了笑。阿關也尷尬笑著，隨順德進廟裡。

「好了、好了，進去說、進去說！」寒單爺起著鬨，一群大漢全擠進這間小小廟宇。

「老實說，我只記得我爸爸和媽媽的事，其他都不記得了……」阿關滿臉歉意地看著一票大漢神仙。

由於老土豆早一步趕來，將阿關喪失記憶的情形告知大夥兒，此時一票漢子便也沒有什麼太大疑問。大夥兒都相信阿關必定能想起他們，只是時間早晚的問題，便也沒太擔心。

「但你們應該都是我的好朋友吧。」阿關只覺得氣氛炙熱轟烈，有種說不出的感動在這順德廟裡來回衝撞著。

順德神情尷尬，爲難地說：「備位太歲大人，小神我以前所作所爲……」

翩翩揮了揮手，開口說著：「阿關，他們都是你的好朋友沒錯。」

「是啊！是好朋友！」寒單爺帶頭高喊了一聲，眼前的大漢子們全都喧鬧起鬨著：「當然是好朋友！」「而且還是一同出生入死的好兄弟、好哥兒們！」

順德感激地看了看翩翩，以地主的身分招呼起大夥兒同歡。

原來順德在征戰結束後，恢復了凡間小神的身分，回到原先的廟裡，託夢給一些信眾，將「順德大帝府」改回「順德廟」，繼續著庇佑鄉里的職責。

義民們也隨即解散，回到原先各自的所在地，守護著地方鄉鎮；鍾馗領著雪媚娘和鬼卒軍團回到中部山間，城隍、王公、寒單爺、有應公則都回復原先職責，四散去了。

六年之後的這天，所有昔日戰友同聚一堂，全都是應翩翩的邀請，前來替阿泰慶賀婚宴，對付那些計畫搗亂的妖魔。

翩翩問著大夥兒說：「老土豆把計畫都告訴你們了吧？大夥兒都明白了嗎？知道到時候該怎麼做吧？」

寒單爺哈哈笑著說：「好妙計、好有趣，我迫不及待要去玩玩！」

鍾馗拍著肚子說：「看不出那小猴孫名氣越來越響亮，我在山裡有時都聽見有些流亡妖魔提到這小猴孫。」

大夥兒持續轟鬧著，吵得老廟屋頂都要給掀翻了。

「你們挑出一個，和阿關打一架。」翩翩這麼說著，本來吵鬧的漢子們全都愣住了。

「什麼？」有應公問著：「翩翩妹子，妳說什麼？」

寒單爺大力推了有應公一把，罵著：「笨有應，什麼妹子，她是你妹子嗎？你配作她大哥嗎？仙子的名字你可以直接叫的嗎？要加上『仙子』兩個字！」

「你這馬屁精！」有應公反駁著：「我這民間偏神又不受天庭管轄，我自由自在，就算是太歲爺親臨，我有應了不起叫他一聲『澄瀾兄』，你又能拿我怎樣！」

寒單爺和有應公又推推擠擠吵鬧了起來。

翩翩白了他們一眼，也任由他們這對活寶兄弟打鬧，對著鍾馗等漢子說：「阿關對許多事情還留有深厚印象，給他一點刺激說不定能讓他想起來，最快的辦法就是打他一頓。」

阿關聽了，愕然不已，連連搖頭說：「翩翩，這樣不好，換換別種方法。」

翩翩指著王公老六，說：「六王公，你來吧。」

「好吧，只要能讓阿關大人恢復記憶，我就出點力氣吧！」老六想也不想，扭了扭脖子就站了出來，雙手一張，袖口噴出了光風。

「好啊，和小歲星好好較量較量！」一干熱血漢子們一聽要打架了，當下往外站開一圈，清出了個空地讓阿關和老六較量。

「這怎麼行啊，人怎麼跟神仙打！」阿關仍不明白。

翩翩大聲唸了句咒語，說：「你跟著唸一次。」

阿關將翩翩所教的咒語重複了一次，只覺得手掌冒出了個東西，是一柄漆黑短劍，上頭有著一張一張的鬼臉。

「鬼……鬼……」阿關看著鬼哭劍，腦中轟隆隆響著，喃喃唸著：「這是、這是……」

「阿關大人，我要打你了！」老六出聲提醒，一拳頭照著阿關腦袋打去，轟隆一拳正中阿關左臉，將他打得翻了一個筋斗，倒在地上。

「嘩——」漢子們盡皆譁然，誰也沒想到阿關一拳就倒，閃都閃不開。

老六也當場傻愣，有些後悔自己這拳太過用力。

「你在床上躺了六年，又變得和以前一樣軟弱了，快給我站起來！」翩翩朝著阿關喊。

阿關抹了抹臉，跳了起來，覺得又是丟臉、又是惱火，朝老六撲了上去。

「哇，阿關大人生氣了！」「老六，你得罪未來的太歲爺了！」「別怕，跟他拚了，王公也是民間偏神，不屬於天庭管轄！」一群漢子們哈哈笑著，胡亂起著鬨。

老六飛旋繞到阿關背後，伸出雙手要抓阿關後背。阿關頭一仰往後撞去，撞在老六臉上，接著一個轉身攔腰將老六抱住，往地上一摔，壓在老六身上。

「你認不認輸？」阿關勒著老六的脖子，大聲問著。

老六連連搖手，苦笑說著：「我認輸！認輸！」

「你這王公未免太客氣，這樣怎能逼出阿關的回憶。」翩翩搖頭嘆氣，指了指有應公，說：「有應兄弟，你上，把他打扁！」

「好呀！」有應公一個筋斗翻到阿關面前，哈哈笑說：「小歲星，你別想我會讓你呀！」

阿關站了起來，擺足了架勢等著有應公。有應公掄起鐵棒，撲了上來，左右開弓打去。阿關用鬼哭劍左格右擋，就是騰不出手回擊。

「啊呀！」有應公突然怪叫一聲，躍了開來，看看自己的手。

「怎麼了？」大夥兒問。

有應公沒說什麼，又殺了上去。這次阿關更加奮力應敵，只覺得握著鬼哭劍的手又麻又熱，像是脹滿了奇異的氣息要往外頭鑽一樣。

「哇啊！」有應公突然又尖聲一叫，手上的鐵棒給打落了地，氣得大叫：「小歲星，你要出招就出招，別偷偷地來一下、來一下，好討厭啊！」

「你這有應輸了就是輸了，別那麼多廢話！」漢子們起著鬨，都對有應公大噓特噓。

原來阿關儘管這六年間都躺在床上，但體內的太歲力更加純熟，體力、速度都比以前來得更好，就連黑雷的威力，也比以前大上許多，只是現在全然陌生，不會使用罷了。

「這次換誰啊？」漢子們你推我擠的，這任務實在吃力不討好。一來怕用力過頭會傷了阿關，二來怕打著讓阿關電得胡亂叫，在大夥兒面前丟了臉。

「算了，我來好了。」翩翩攤了攤手，自個兒走進了戰圈中。

「翩翩！」阿關連連搖頭說：「我不跟妳打架，妳明明是女生。」

阿關還沒說完，翩翩已經跨到了他的面前，一拳擯在他肚子上。

「嘔——」阿關痛得彎下了腰。翩翩接連幾記拳打腳踢，都往阿關身上招呼。阿關擋了幾記，一手朝翩翩抓去，抓中了翩翩手腕，只覺得手中那股麻脹氣息就要竄出。

「噫！」翩翩立時覺得阿關的掌上傳來了電擊，趕緊反拉阿關手臂，將他過肩摔倒在地。碰的一聲，阿關抱著腦袋在地上抽搐，大夥兒全看傻了眼。

「你電得我好疼。」翩翩甩了甩手。

阿關剛好摔在寒單爺腳前，搗著腦袋搖搖晃晃地站起，走了兩步就要倒下。寒單爺連忙將他扶住，對著翩翩說：「翩翩仙子，妳要是出手太重，又要將他打昏好幾年啦——」

「不……不要緊……」阿關苦笑著，看了看寒單爺說：「寒單爺，謝謝你關心……」

寒單爺怔了怔，大聲叫著：「阿關大人，你記起我啦！」

大夥兒又是一陣騷動，全都嚷嚷著：「他想起來了！」「他認得寒單了！」「原來眞要照腦袋打啊！」

有應公一聽，翻了個筋斗跳到阿關面前，碰碰碰地連敲了阿關額頭好幾下，大聲問著：「阿關、阿關！那我是誰，你知道嗎？你知道嗎？」

「你是有應，你打我之前，我就知道了！」阿關怪叫著，一把推開了有應公，搗著頭大喊：「別再來了，我要生氣了！」

翩翩急忙問著：「你記起所有事了嗎？」

阿關苦笑搖頭說：「不……我突然記起了寒單爺和有應公的名字，和一些片段經過，我好像和他們在地道裡說過話。」

「不對！不是地道，是白石寶塔，你和咱們在白石寶塔裡說話，你以爲那是地道！」有應公大叫大嚷著，還想衝上去敲阿關的頭，讓義民們架了起來，扔出廟外。

大夥兒喧鬧著，一個個講起了故事，講著太歲鼎崩壞時的種種，翩翩也在一旁補述著。阿關聽得一愣一愣，慢慢也想起了零零碎碎的片段往事。

時間一點一滴過去，太陽漸漸落下。

「好了好了，到此爲止！」翩翩伸手攔住了有應公說話。有應公正說到遷鼎大戰時，他和寒單爺受騙出塔迎敵的經過。

「我才講到一半吶，爲什麼不讓我繼續說！」有應公抗議著。

「你別任性，聽仙子號令行事！」寒單爺喊著，揪住了有應公耳朵。

「你這馬屁精煩不煩！」有應公敲了寒單爺腦袋一下，兩個又打鬧了起來。

「我想起來了，你們兩個以前時常打架！」阿關怔了怔。

大夥兒又一陣騷動：「原來阿關大人看這兩個傢伙打架就會記起往事！」「快打啊！」「打大力一點！」

「別吵了！」翩翩大聲喊著：「時候不早了，計畫要開始了，大夥兒趕快準備行動吧，遲了就來不及了！」

翩翩急急催促著，這票漢子們這才興致高昂地出了順德廟，前往計畫地點。

阿關深深呼了幾口氣，覺得一下子清靜太多，看了看翩翩：「那我們呢？我們不去嗎？」

翩翩笑了笑說：「我們還得去別的地方，這計畫要分頭進行。」

□

豪華大飯店的頂樓布置得富麗堂皇，阿泰大手筆包下了整個頂樓，作爲他婚宴的地點，光是餐桌就擺開百來桌。

阿泰刮去了鬍子，將髮油抹得滿頭都是，一頭中長髮服服貼貼，身上穿著筆挺西裝，皮鞋也黑得發亮。

「怎麼看都帥啊！」阿泰反覆照著鏡子，滿意地擺出了好幾個帥氣姿勢。

「阿泰，別照鏡子了，客人都來啦！」葉元在一旁大喊著。

數十個異常高大的服務生來回走動，將一盤盤菜上了桌。

一個高大漢子和一個矮小駝背的傢伙，肩並肩通過了通往宴席的入口，互相看了一眼，模樣十分緊張。

高大漢子一身黑袍，腦袋包得密不透風，只露出了兩顆眼睛；矮小傢伙穿了童裝，戴了頂大帽子，帽沿壓得極低。

是昨夜襲擊阿關的五眼和小怪。

「五眼大王，我們這樣裝扮，應當不會被那猴孫泰發現吧？」小怪擔心問著。

五眼胸有成竹地說：「放心，任他眼睛多精，也認不出我們。你忘了咱們費了九牛二虎之力，隱去了身上氣息，憑那凡人是感應不出來的！」

小怪四顧看著，突然渾身發抖說：「不好、不好！那葉元道人也來了，他還帶著他的大狼怪，我們可要被發現了。」

「你別瞎擔心，拿出勇氣來，別忘了我們要稱霸三界！今兒個四方妖魔都約好了要來大鬧，我們豈能缺席？有我五眼大帝在此，那葉元有什麼好怕的？」五眼低聲對小怪說著。

小怪仍然擔心地問：「五眼大王，你說今晚會不會有神仙來啊？」

五眼側頭想想，攤攤手說：「這猴孫泰和神仙們的淵源頗爲深厚，來幾個神仙是必然的，但也難敵妖魔大軍壓境，你怕什麼呢？」

兩個妖魔一前一後走著，還煞有其事地在簽名簿上簽下了假名，隨即混入宴席會場，挑了個位子坐下。

入口處擺放簽名簿的桌邊，擔任接待人員的四個女孩，身穿可愛服飾，打扮得漂漂亮亮，都捧著一盆糖果，分別是九芎、含羞、紫萁、螢子。

「……」紫萁看了看另外三姊妹，低聲說：「妳們聽見他們說的話嗎？」

「那兩個傢伙講那麼大聲，不聽見也很難。」含羞哼了哼。

「噓——別說了，客人都來了。」九芎低聲說著。

只見到入口處源源不絕進來著賓客，其中一隊傢伙全身黑服，浩浩蕩蕩地擠了進來，經過迎賓處時理也不理，還撞翻了螢子捧著的那盆糖果。

「好傢伙！」五眼遠遠見著了那陣仗，不由得興奮了起來，對著小怪說：「看，毒妖王他們到了。毒妖王勢力不小，這次肯定鬧得那猴孫泰雞犬不寧！啊呀，大牛王、飛天王、惡膽王全都來了，手下一個比一個多呀！」

只見到陸陸續續到場的賓客們更多了，幾個小魔王全領著大票手下，化作人形，身上施了隱藏妖魔氣息的咒術，擁入宴席會場，四處亂坐。

會場中也有不少妖魔以外的賓客走動。有個高大男人穿了一身華麗西裝，背後也跟著一票手下，威風凜凜地進場。

「咦？那些傢伙是誰？怎麼沒看過？」五眼遠遠看去，正納悶著。見那票人英氣勃勃，卻十分陌生，沒有一絲異樣氣息，活脫就是一票凡人。

「辰星爺，你來啦。」九芎悄聲說著，恭恭敬敬地向那高大男人點了點頭，遞上糖果。

辰星咳了兩聲，眼光掃向會場四周，沒說些什麼。背後的月霜、文回、五部等辰星部將也各自散開，自個兒找座位去了。

阿泰四處走動，和熟識的朋友交談著，招呼著客人。

一個白服老者戴了頂帽子，拍了拍阿泰的肩，說：「孩子，這幾年聽說你在凡間幹得不錯，做了不少好事。」

「嘿嘿……」阿泰摸摸鼻子，得意說著：「沒什麼，標爺。」

白服老者正是太白星，一干太白星部將也早混入了賓客當中，四處走動閒聊。

「小猴子，你面子可真大。」又一個胖壯大紳士走來，滿頭紅髮梳得整齊服貼，火紅鬍子又鬈又翹，伸出手來，重重拍了拍阿泰的肩頭。

阿泰只覺得肩上又重又沉，且十分熱燙，連連低聲求饒：「別、別這樣，熒惑星大爺！」

「他朋友倒真不少。」五眼哼了哼，遠遠瞧著阿泰，也不知道他和那些朋友在聊什麼。

「老頭，你又是那猴孫泰什麼人呢？」五眼拍了拍身旁一個灰髮老者的肩，輕蔑問著。

「我和他沒什麼關係，剛好認識就是了。」灰髮老者穿了一身褐色西裝，身型也十分高大，手中端著一杯葡萄酒。

「我看你也沒什麼見識，這樣好了，你不妨跟著我，我正需要幾個凡人幫手，就像順德大帝那樣。」五眼嘿嘿笑著，說得口沫橫飛：「你知道順德嗎？你當然不知道啦，你這老頭能有什麼見識。我和你說，我五眼大帝可是將來三界之主，帝王中的帝王，你看著我的眼睛……」

五眼按著灰髮老者的肩，凝神瞪視著他，眼神忽明忽暗。他放出蠱惑法術，想效法當年順德大帝，抓幾個忠誠凡人替他辦事，好成大業。

「你有沒有覺得暈暈的？」小怪在一旁起鬨，用手指戳著灰髮老者的臉。

「嗯……」灰髮老者咳了兩聲，神情有些僵硬，仍直直瞧著五眼。

「嘩！那邊那兩個傢伙想幹嘛？」百聲拉著梧桐和長竹，往那灰髮老者方向看去。長竹也露出驚愕神情說：「那兩個傢伙是妖魔，他們竟敢……」

百聲知道自己嗓門大，摀住了口低聲喃喃唸著：「太大膽了，太糟糕了……」

「乖老頭，告訴我，你叫什麼名字。」五眼眼神更加凌厲，和灰髮老者四目相對。

灰髮老者含糊說了兩個音節，五眼怔了怔，又問：「聽不清楚，你說大聲點，這麼不中用，怎麼替我辦事啊！」

灰髮老者從胸前口袋掏出了紙和筆，寫下兩個字──「陳蘭」。

「看不出你這大老頭，名字竟這樣娘們！」五眼似乎有些不滿意，伸手在灰髮老者臉上拍了拍。「乖，以後你就跟我了。」

89 星空下燦爛的火

「妳要帶我去哪裡？」阿關問著，腳下踩踏著石火輪踏板。

天色黑暗，滿天星光閃爍，石火輪騎上山坡，深入山林。

後座的翩翩一邊指路，一邊說：「這是兵分兩路。我們從昨天抓到的那個黑殺王口中探出，今晚前去阿泰婚宴搗蛋的那批傢伙，背後還有一個鬼東西在主導全局。他自個兒沒有出面，集結了一隊手下等著坐收漁利。」

「所以，我們現在就要去對付那個坐收漁利的妖魔？」阿關這麼問著。

今天一整個下午聽寒單爺那一票漢子對他述說往事，也明白了事情的大半過程，已能夠用「妖魔」、「神仙」、「太歲鼎」這些字眼和翩翩溝通了。

「是啊，老土豆查出了他們的巢穴，我們去將他們一舉成擒。」翩翩這樣說著。

「只有我們兩個，打不打得過？」阿關有些不安。

「老土豆只探出了他們巢穴，卻不知道這幕後主使的小魔王有多少手下，不過也不用擔心，我們並非單槍匹馬，還有好幾路援軍分路進擊。到時你就知道了。」翩翩這麼說。

石火輪深入了山林間，四周瀰漫著一股詭異的氣氛。

翩翩看看四周左右，皺了皺眉說：「好傢伙，這些妖魔還會使天障。」

「天障？」阿關怔怔問著，他還沒想起這個詞彙。

「你就當是鬼打牆好了。」翩翩這麼說著，指揮石火輪繞過好幾處矮坡。遠遠見到深山坡壁間有座老廟，緊貼著山壁。那廟的四周發散著淡紫色微光，妖魔在老廟四周布下了天障作爲屏障。

兩人下了車，緩緩往那老廟靠近。

「那兩個傢伙是誰？」幾聲尖嘯，後頭的樹梢上落下了三個妖魔，張牙舞爪地往翩翩和阿關圍來。

「是凡人，凡人送上門來了！」妖魔們怪叫著，流著口水緩緩走向阿關。

「只是三個尋常小妖魔，交給你就行了。」翩翩看了看阿關。

阿關有些無措，但還是召出了鬼哭劍，和三個妖魔對峙著。

「呀！他們不是凡人，我記起來了、我記起來了！」其中一個妖魔似乎想起了大戰當時阿關和翩翩的模樣，尖聲叫著，飛竄逃了。

另外兩個妖魔或許是在大戰當中沒和阿關、翩翩對過陣，並不認得他們，互相呼喝一聲，撲向阿關。

妖魔揮爪亂抓，阿關閃避得輕鬆，揮動鬼哭劍，一劍就斬去了一個妖魔的腦袋；另一個妖魔還沒來得及逃，也讓阿關給斬了。

「原來我這麼能打！」阿關對自己的身手感到有些不可思議。

老廟四周騷動著，好多妖魔擁了出來。翩翩也不以爲意，畢竟大戰當時，四處流竄的妖魔多得數不清，這些年來竟也漸漸地群聚成一個個的小勢力。

四個像是頭頭模樣的大妖魔最後飛出，個個手持兵器，其中一個身材高瘦、全身褐紅，竟是魔將赤三。

原來赤三當時讓阿關放了，在山林間藏匿了很久。這幾年當中，也不時遇上昔日流落凡間的妖魔夥伴，眼見勢力日漸壯大，這群妖魔又起了歹念。

這群妖魔中不乏魔將等級的大妖魔，赤三雖然失去了強悍魔力，但總也算是見識較廣，腦袋口舌較爲靈光，在這群妖魔中地位倒也不低，成了軍師級角色。這次串連四方妖魔一同上阿泰婚宴搗蛋，便是赤三想出的點子。

「啊！是你這個臭小子！」赤三見了阿關，昔日仇恨一股腦全湧了上來。

阿關卻不記得這傢伙，只是突然想到了什麼，問著：「翩翩，妳說太歲鼎已經在天上了，但這些傢伙爲什麼還是壞的，怎麼沒能變好？」

翩翩苦笑了笑說：「惡念始於生靈，無窮無盡。太歲鼎廣納四方惡念，也只是將凡間惡念總量壓制在一定程度之下，並不能真正將世間惡念吸得一乾二盡，更不會先吸比較壞的。你看不順眼，便動手清除他們身上的惡念吧。」

「我不會啊！」阿關攤了攤手。

幾個魔將怒氣高漲，見翩翩和阿關一點也不將他們放在眼裡，更加生氣了。大聲吆喝著，率領一群小妖魔擁了上來。

「哇！」阿關亂掏出翩翩給的白焰符，一下子又忘了咒語，只能亂撒上了天，胡亂揮劍斬著，也斬倒了不少妖魔。

翩翩也召出雙月，放出光圈掩護阿關，只盼阿關打著打著，又能記起些什麼。

「你們幾個打他左邊，那幾個打他右邊！打死他、打死他呀！」赤三躲在後頭指揮著。又有一個魔將緊張地施著法，放出淡淡的天障，緩慢地覆來。

這些魔將大都只是二、三流的角色，都是大戰當時最先逃跑的，身手並不怎麼樣，連天障都使不好，很難發揮作用。儘管如此，終究也是魔將等級。此時三個魔將圍住了阿關猛攻，記憶尚未恢復的阿關倒也戰得費力。

翩翩看著遠方天空，計算著時間。

突然阿關一聲叫喊，原來他小腹讓一個魔將的鐵槍劃過，劃出了道傷口。

另一個魔將見機不可失，一把撲上了阿關，將他撲倒在地，鬼哭劍也給撞落在一旁。張口就要咬他頸子。阿關只覺得這妖魔身上傳出陣陣令人作嘔的氣息，一把抵住了妖魔的臉。妖魔不由自主地呻吟了起來，接著發出了慘嚎。

「哇！什麼東西？好噁心！」阿關睜大了眼睛，愕然看著那妖魔的眼耳口鼻竟冒出了紅黑黏霧。連連揮手想甩開那魔將，卻覺得手掌吸住了魔將臉頰，手上那股刺麻的電流感覺不停湧出，灌進魔將的腦袋，逼出那傢伙體內的髒東西。

阿關奮力站了起來，總算甩開那魔將，看了看手掌，只見到幾條黑色電流在手腕上纏繞流轉，掌上還黏著一團紅黑黏團。阿關不知怎地，對這黏團有種強烈的反感，連連揮著手，想甩去黏團。

就這麼一個分神，兩個魔將早已挺著兵器左右殺來。

「小心！」翩翩不料阿關竟在打鬥中分心甩手，連忙揮動光圈打向那持刀魔將，同時撲向那挺著鐵槍的魔將。

持刀魔將的大刀讓光圈打落，另一個魔將鐵槍卻直直刺向阿關肚子。

阿關見避無可避，只能揮手要擋，翩翩已經攔了上來，擋在他的身前。翩翩的身子猛一顫抖，替阿關受了這記突刺。

阿關張大了口，腦中轟隆隆乍響。另一個魔將撿起了刀，追殺上來，四周的小妖魔尖叫著全擁了上來。

「翩翩……翩翩……」阿關退了兩步，全身發起了抖，眼中閃爍出光芒。

翩翩彎下了腰，挺槍那魔將大聲歡呼，才要抽出鐵槍，卻抽不出來。仔細一看，鐵槍竟是讓翩翩一把抓住槍柄，槍尖只刺破了翩翩腹部的毛衣布料而已。

翩翩站直身子，哼了一聲反手一扭，將持槍魔將摔得翻倒。

舉刀的魔將殺來，翩翩正要翻手以光圈射他，只見那魔將身旁一個白影撞來，竟是石火輪。

那魔將讓石火輪一撞，給撞倒在地。

「啊呀！」翩翩看向阿關，驚訝問著：「你想起這一招啦？」

阿關沒有答話，神情中充滿了五味雜陳。眼睛猛一瞪，大叫一聲，一個黑影激旋亂竄，直直衝來，插入了魔將心窩，是鬼哭劍。

「啊啊！」阿關轉頭，見翩翩好端端地站著，還揮動雙月射倒一片小妖魔，只覺得驚喜交加，指著翩翩，蹦著、跳著，像是有千言萬語塞了滿嘴，卻不知道要先吐出哪一句，只能「哇哇哇」地大叫。

「你怎麼了？」翩翩愕然問著。

「妳說謊！妳騙人！妳騙我！」阿關大喊。

「我騙你什麼？」翩翩不解地問。

「不是用棒子敲頭，妳亂說一通，妳是用睡眠術讓我睡倒的！」阿關指著翩翩大叫。

「你說什麼？」翩翩呆了呆，突然叫出聲音，驚奇地問：「你想起來了！」

「我想起來了！」阿關哇哇叫著，全身黑雷亂竄，幾乎無法控制。四周的小妖魔雖多，但見了阿關這模樣，全都嚇得不敢近身。

赤三在後頭尖喊著：「上啊，打死他啊！」

翩翩驚喜地問：「你想起多少？」

「很多……」阿關吸了口氣，控制住了身上黑雷，使之集中在鬼哭劍上，隨手又斬倒了幾個妖魔，高興喊著：「我想起來了，我想起好多事，好多、好多的事！」

原來翩翩方才攔身替阿關擋下這槍，情境和當初激戰順德大帝府時情景一致，有如一根銳針，刺進了阿關腦袋裡，記憶一下子走馬燈似地全都湧了出來。

赤三扯著喉嚨大喊，小妖魔們亂竄著，驚恐作戰。

天上狂風吹起，一個個身影飛撲下來。

「啊啊——」阿關望著天，激動得說不出話。天上是上百來隻的風獅爺，有大有小，全都乘著風飛來，一隻隻落下，撲進了妖魔堆中。

「哪一隻是風吹？小狂呢？」阿關只見到四周風獅爺中，有兩頭體型特別壯碩。仔細一看，一頭更為大些，白毛飛揚，是風吹；另一頭模樣較為凶悍，毛色偏褐黃，是小狂。

「哇，小狂長那麼大啦！」阿關大叫著，突然想起了昨天老廟的石獅子和虎爺，激動地喃喃自語：「昨天的是牙仔跟鐵頭！還有阿火……大邪……都長好大啦！」

「你們來得那麼遲？」翩翩看了看天空，大聲喊著。

「一點也不遲，翩翩姊！」若雨在天空翻著筋斗，穿著紅衣紅短裙，化作一團紅影落下。青蜂兒現出翅膀，在半空中飛竄歡呼；福生也從樹上跳下，壓扁了好幾隻小妖魔。飛蜓穿著漂亮西裝，帥氣十足，裡頭還披著青綠色的草戰袍，手上握著一柄嶄新的銀亮長槍，乘著大風降臨。

另一邊的樹叢也亂顫搖動，癩蝦蟆、老樹精、綠眼狐狸、小猴兒、水藍兒、章魚兒、螃蟹精、小海蛙等昔日精怪朋友，還領著一堆精怪夥伴，全都跳出了樹叢。精怪當中還有狐仙奝彌，拿著一包草藥，正是治好阿關腦袋的草藥。

癩蝦蟆等精怪在大戰結束後就長住洞天，三不五時輪流帶著奝彌特製的草藥回到凡間，見了阿關始終死氣沉沉地躺在床上，不免有些洩氣。這次接到了翩翩的通知，來凡間替阿泰慶賀婚宴，順便替阿關送藥，想不到喜上加喜，阿關竟也醒來了。

小猴兒搶先一步撲上了阿關的身，哭著大叫：「阿關大人，你醒來了！你醒來了！」

「我好想你們，好想你們！」阿關忍不住流下了眼淚，大聲喊著。

癩蝦蟆等精怪一一圍了上來，牽著阿關的手轉圈。

若雨高興拍著手說：「好呀、好呀，看你活蹦亂跳的，翩翩姊可不用守活寡了，你們可以趕快……」

「妳說些什麼！」翩翩瞪了若雨一眼。

若雨吐了吐舌，硬吞回了說到一半的話，卻仍掩不住高興。

福生和青蜂兒也一一和阿關擁抱。

飛蜓輕搥了阿關胸口一拳，笑著說：「眞有你的，一睡六年。」

阿關笑得涕淚縱橫，話都說不清了。

那些嚇得四處竄逃的妖魔們，則全讓風獅爺給叼了回來，扔在一旁。

「好了好了！別濫殺，擒下他們便行了！」青蜂兒指揮下令著。大小妖魔們一個個束手就擒，赤三也被壓倒在地，惡狠狠地瞪著阿關。

「時間差不多了，大家把話留在後頭說，先把事情做完吧。一群大神等著我們呢！」翩翩催促著。

「好啊，我們先走了，一會兒會合！」若雨和阿關、翩翩揮了揮手，歲星部將們紛紛飛昇上天。

「你們，全都給我跟上——」飛蜓指著那干妖魔，大聲下令著。妖魔們早已嚇得齒顫膽裂，哪敢不聽，乖乖地也飛了起來。

飛蜓揮手一招，四周狂風大作，百來隻的風獅爺紛紛乘風飛上了天，前後左右守著妖魔，防止他們脫逃。有幾隻膽子大的趁亂往下竄逃，飛蜓見了，便揮去幾股旋風打爆了他們。

其餘的妖魔更加不敢妄動，一點鬼心眼也不敢使了。

風獅爺一隻隻往上飛天，還將不會飛天的精怪們也叼了起來。

小猴兒吱嘎嘎叫著：「你們自己去，我要跟阿關大人同行、跟阿關大人同行！」

綠眼狐狸一手揪住了小猴兒背頸，抓著一隻風獅爺的腿，將小猴兒拎上了天。

癩蝦蟆取笑說著：「小猴兒，你真是煞風景耶，你懂事點行不行？阿關大人現在最想親近的不是你，呱呱！」

小猴兒大聲抗議：「臭蝦蟆，你又懂什麼了！」

癩蝦蟆哼了一聲，摟了摟小海蛙的腰，搖搖頭，不屑說著：「這種事是講天分的，跟你說你也不懂，唉，呱呱！」

阿關哽咽看著大夥兒離去，翩翩苦笑著牽來了石火輪，手上拿著插在妖魔胸口的鬼哭劍，還給了阿關，說：「你要哭到什麼時候？阿泰等著你呢。」

阿關連連點頭，抹去鼻涕眼淚，跨上石火輪，等翩翩上了後座，仰頭歡呼兩聲，往山下騎去。

「你全都想起來了？」翩翩遲疑問著，還問了些往事經過。阿關放緩了速度，一一回答著，大都答得八九不離十，幾乎全都記起來了。

「啊啊！」阿關突然大叫一聲，石火輪猛然一傾，往一旁倒去，兩人摔落了車，跌進草叢堆中。

「哈哈……哈哈！」阿關蹦了起來，大聲笑著說：「我又想起一件事，妳以前說過，若我能將妳摔下車，妳就什麼都聽我的！我成功了！」

「……」翩翩坐了起來，撥了撥摔亂的頭髮，有些惱火地瞪著阿關說：「這一招你六年前就已經用過了，你沒想起來嗎？」

「呃？眞的嗎？」阿關有些失望，也十分尷尬，連忙扶起了翩翩。

兩人重新坐上石火輪，阿關問著：「那我做出了什麼要求？」

「你還記得我曾告訴你，大浩劫結束後，你會拿到一筆錢嗎？」翩翩這樣問著。

「啊，我記得！」阿關怔了怔，想起這件事，歡呼起來。

「當時你要我替你處理這些錢，要我捐給慈善機構，我照做了。」翩翩淡淡地說。

「什麼——」阿關張大了口，不敢置信地說：「我怎麼可能會這樣要求，妳又騙我吧！」

翩翩搖搖頭說：「是眞的，你那時眞是這樣要求，而我照著做了，所以不欠你了。」

「哪有這種事？不可能啊——」

「是眞的。」

兩人的聲音倏然遠去，石火輪飆下了山，急急往那華麗飯店騎去。

□

「喲！沒想到你這老頭倒也有不少朋友吶！」五眼看著那白服老者、黑西裝男人、紅髮大紳士一齊走向自己這桌，還都向身旁剛收爲手下的灰髮老者點了點頭，不由得有些驚訝。

「澄瀾，這兩個……」辰星看了看五眼和小怪，又看了看那灰髮老者——太歲爺澄瀾。

太歲看向別處，淡淡地說：「他們說要收我做手下，要一統三界。」

「沒錯！」五眼猛然站起，兩手誇張擺動，手指接連指過辰星、太白星和熒惑星的鼻子，沉聲說著：「人多好辦事，看著我的眼睛！」

小怪在一旁跳著拍手說：「你們！頭有沒有暈暈的？有沒有暈暈的？」

熒惑星瞪大了眼，正想說些什麼，太白星伸手在熒惑星手上拍了拍，示意要他別發脾氣。

熒惑星悶吭一聲，沒說什麼；辰星則抿著嘴巴，冷冷瞧著五眼。

「好！今天眞是開心！」五眼雙手一揚，瀟灑地坐下，對自己一晚上便多了四個凡人手下感到十分高興。

「大王就是不簡單！」小怪也跳下了座位，在五眼背後悄聲歡呼，替五眼搥著背。

「他們就要到了，等等再說吧，我們先坐下。」太白星出聲說話，熒惑星哼了哼，在太歲身旁坐下，辰星則在五眼另一邊坐下，和太歲一左一右坐在五眼兩旁，太白星則在辰星身旁坐下。

「嘩！越來越精彩啦！」百聲連連走動，拉著眾星部將說話，大夥兒都偷偷往五眼那兒看去。

「鎮星爺呢？」百聲拉了黃江，悄聲問著。

黃江一襲燕尾服，捏著一只高腳杯喝著酒，指了指一旁布置得典雅漂亮的講台，啜了口美酒，說：「鎮星爺在講台後頭，想著待會兒要講些什麼。」

百聲催促著：「快叫鎮星爺出來啊，去和標叔他們坐同一桌，大夥兒都很想看那一幕啊！」

黃江笑了笑，拍拍百聲的腦袋說：「你還是那樣頑皮！」

另一旁惡膽王勢力範圍那幾桌，全坐滿了穿著黑衣、化作人樣的手下。

那幾桌當中卻夾雜了兩個男人和一個婦人。

其中一個男人高挺俊朗，身穿運動服，戴了頂鴨舌帽子，腳邊還趴了條大狗；另一個是少年模樣，眼神銳利，正打著哈欠，把玩著纏在手臂上的一條紅色布縵——是二郎和太子。

婦人坐在另一桌，全身鵝黃色禮服，素靜典雅，是后土娘娘。

「這什麼亂七八糟，好端端的，要我們來這兒陪這些爛傢伙玩啊？」太子不耐地玩弄著手上的混天綾，眼神和一旁一個巨漢對上了，便目不轉睛地看著那巨漢。

那巨漢正是惡膽王，惡膽王讓太子爺的尖銳眼神看得惱了，大力拍了拍桌子，張大了口斥罵著太子說：「小鬼！你看什麼看，你知道我是誰嗎？」

太子隨口答著：「我怎麼會知道你是誰呢？」

惡膽王更氣了，陡然站起，指著太子的鼻子罵：「你再看，信不信我挖去了你的眼睛。」

太子聳了聳肩，轉頭看看二郎說：「大哥，不知怎地，對著這些傢伙，我連生氣都懶呀。」

二郎爽朗一笑，搖搖頭說：「那就安靜看戲吧。」

「臭小子，你嘟嘟囔囔說些什麼啊！」惡膽王哼了哼，還要罵些什麼，講台上的麥克風已經傳出了聲音。

「好了、好了，大家安靜些，今天的新郎官要和大家說些話。」葉元拍了拍麥克風，遞給阿泰。

阿泰神氣地走上講台，胡亂清了清嗓子，開口說著：「各位，今天阿泰我真的很高興，凡人百姓裡，除了那小子之外，大概就屬我面子最大了吧。我應該也是第一個，在結婚的時候有那麼多……那麼多的好朋友來參加我的婚禮，非常感謝大家，不過在此之前，有件重要的事情要解決，我請另一位大爺說說話。」

幾個小魔王聽了阿泰這般吹噓，都不屑地哼了哼，彼此間使了個眼色，就等著新娘子現身，準備掀桌發難。

大夥兒心裡打的算盤大都是計畫順利的話，定要將這猴孫泰和葉元撕個粉碎，往後大夥兒擴張勢力時便少了許多阻礙；就算殺不了阿泰，也得要殺幾個賓客，最好是將新娘子也殺了，讓阿泰灰頭土臉、痛苦不堪。

正這麼想的同時，入口處又浩浩蕩蕩地進來一票又一票的大漢。幾個小魔王都覺得奇怪，不知又是哪幾路人馬。

阿泰看了看，原來是鍾馗、寒單爺那一票大漢子。一群大漢們全都換上了凡人的衣服，顯得十分不搭，但這麼一來，倒和幾個小魔王及其手下的穿著情形有些相似。妖魔們心中還暗暗歡呼著，以爲又來了大票幫手。

「咳咳……大家好……」鎭星侷促不安地走上台去，接過阿泰手上的麥克風，不知道該說些什麼。

「哈哈，那傢伙不擅言詞，模樣眞蠢！」熒惑星拍了一下桌子，指著鎭星笑。

「安靜！」五眼大聲喝斥了熒惑星，罵著：「沉住氣，紅毛！懂不懂事啊你，你要是露出了馬腳，我可將你扔下這高樓！」

熒惑星神情僵硬，太歲咳了兩聲，淡淡對著熒惑星說：「聽到沒，叫你沉住氣啊。」

熒惑星撇過頭，不再看五眼。五眼還正色吩咐著：「從今以後，你們就叫我五眼大帝。」

講台上的鎭星愣了半晌，這才開口說：「我……是鎭星，鎭星藏睦。我知道這兒來了許多妖魔，我們神仙早知道了。」

鎭星這麼一說，幾桌魔王登時勃然變色，一票手下都站了起來。但見講台上的鎭星一點神仙氣息也無，一時也不知是眞是假，卻也手足無措。

「你還看！你還看！」另一邊，惡膽王讓太子瞧得氣急敗壞，一巴掌往太子臉上揮去。只見手上突然紅了一片，混天綾不知道什麼時候纏上他的手，太子拉著混天綾輕輕一扯，惡膽王的手腕登時折斷了。

「哈哈！你們聽見沒有，他說他是鎭星！那太白星呢？那太歲呢？」五眼哈哈大笑著，站了起來，張開雙手，高聲說著：「各位！各位大王！聽我說，那個奸詐狡猾卑鄙下流無恥齷齪骯髒噁心的猴孫泰，必定是發覺今日混入了大批魔界朋友，嚇得不知所措，自知不敵我們大軍壓境，這才請出了個胖老頭，說謊話想欺騙咱們。各位，你們說他奸不奸詐啊。」

五眼這樣說，各桌魔王立刻有妖魔出聲附和，還有些妖魔大喊：「大夥兒啊，攤牌啦！」

五眼向各桌魔王拱了拱手，還不忘指了指自己，自我介紹起來說：「在下五眼大帝，請多指教。」

阿泰聳聳肩，攤著手說：「你要這麼想，我無所謂啊。」

妖魔們叫嚣著，紛紛褪去身上那能夠隱去妖氣的法術，面貌也恢復妖魔模樣。

「嗯。我眞的是鎭星，你們不信嗎？」鎭星這樣說著，突然前排幾桌的妖魔全嚇得後退了好幾步。原來是鎭星也解去了身上隱靈咒，妖魔們立時感應到鎭星身上的強悍神力。

「事實上，德標等其他四星也早就到了，神仙們身上的隱靈咒，豈是你們這群小妖比得上的？」鎭星這樣說著，那些由天將扮成的高壯侍者、眾星部將、雜七雜八的神仙，也紛紛解去了身上的隱靈咒。

「嘩——」這一下可將妖魔們嚇得魂飛魄散。惡膽王還搗著手在地上打滾，二郎和太子身旁的妖魔一哄而散，都嚇得連連後退，指著二郎和太子問：「你們……你們也是神仙？」

二郎點了點頭，摘去了頂上鴨舌帽，露出了額上豎眼，正色說：「在下天庭二郎，這位你們大王口中的小鬼，是天庭五營統領太子爺。」

「嘩——嘩——」妖魔們一個個抱著頭蹲了下來，大叫著：「二郎和太子也來了，有沒有搞錯，那猴孫泰當眞請來了他們！」

「嗯嗯……」五眼臉色發白，有些害怕地對著小怪說：「別慌，穩住，這必定是那猴孫泰的障眼法，他懂得一些稀奇古怪的法術，在賓客身上抹些神仙味道，也不是不行！」

五眼這樣說著，突然又站了起來，指著鎮星說：「你說其餘四星都到了，在哪兒？你別吹牛了！」

五眼還沒說完，突然覺得有些發寒，腦中閃過了什麼似的，看看左右，只見到右手邊的熒惑星、太歲，左手邊的辰星、太白星，全都一語不發地望著他。

五眼的腿不由自主地顫抖了起來。突然，狂抖了幾下，是熒惑星褪去了身上的隱靈咒，一股雄烈神力立時傳遍整個頂樓婚宴會場。

會場四周，那些收到了百聲通報，等著看好戲的眾星部將，全都哈哈笑了起來。

接著辰星、太歲、太白星也解除了身上的隱靈咒。

「……」五眼口齒打顫，臉上四隻眼睛連同肚子上那大眼睛全都流出眼淚，什麼話也說不出來。轉頭一看，後頭的小怪已經摔倒在地，尿了一褲子，當場嚇得昏死過去。

后土站起身來，走向講台，朗聲說著：「凡間劫難結束之後，有些落敗的妖魔藏匿在凡間，神仙們當然知道。只是上天有好生之德，你們乖乖地不作亂，神仙們也不會與你們為難，但幾年下來，越來越多不安分的小妖集結想要生事，神仙們也不得不插手了。」

「這次是給你們一個警告，不會取你們性命，你們可以選擇返回魔界，也可以選擇留在人世凡間。但留在凡間的，自然不許作亂，且受四方神仙、民間偏神管轄，不得違命，你們自個兒選擇吧。」后土說完，一票妖魔全跪下磕好幾個頭，大都決心返回魔界。也有些想留在人間的，便已開始和鍾馗、義民等攀搭關係了。

天邊一陣喧鬧，歲星部將領著風獅爺，押解著一票妖魔飛來。會場上的妖魔一見竟是勢力最大的赤三，更是心灰意冷，作亂的意圖早已灰飛煙滅。

天上赤三這票妖魔見到會場眾神雲集，也是驚愕至極。

阿泰哈哈笑著，舉著酒杯接連跟那些昔日夥伴打著招呼，一個個擊掌慶賀，乾杯致意。

「阿泰。」后土摸了摸阿泰的頭，叮嚀說著：「傻孩子，別喝醉了，你的新娘子還等著你，快去與她成親吧。這兒大夥兒都再熟悉不過，還客套什麼。」

「是、是！后土娘娘，五星大爺們、各位大神仙，我阿泰謝謝你們啦！」阿泰將手中的酒一飲而盡，又和衝下來的癩蝦蟆一干精怪說了些廢話，在鏡子前整了整頭髮，立時下了樓。

飯店樓下一台轎車停著，一見阿泰、葉元下來，立刻開了車門。

阿泰上車，駕駛座上是文新醫院的醫官，後座另一邊坐著則是月老。阿泰和葉元擠上了車，轎車立刻上路。

轉了好幾個彎，轎車在阿泰自己開設的咖啡廳前停下。

門前擠滿了虎爺、石獅，將這咖啡廳堵得水洩不通。

咖啡廳裡早已布置成婚宴模樣，小小幾個座位坐的都是宜蓁的親戚朋友。

宜蓁身穿白紗，坐在主桌和自己的父母交談著。

阿泰推開了門，喘著氣大步進來，向賓客們拱了拱手道歉：「我忘了個重要的東西，那是我阿嬤留下來，要給宜蓁的。」

咖啡廳裡的賓客全鼓起了掌，柔美的音樂響起。

月老搶上了台，從李爺爺手上接過麥克風，主持起婚禮儀式。

雯雯也打扮得像個小公主，替宜蓁牽著裙尾。

阿泰掏了掏口袋，掏出了個翠綠玉鐲。那是六婆臨終前留下來的，要阿泰娶宜蓁時，給宜蓁戴上的玉鐲。

婚禮熱烈進行著，月老俏皮主持著，逗得賓客開開心心，熱鬧不已。

「新郎親吻新娘！」月老這樣說著。宜蓁還有些害羞，阿泰伸了伸手，一把摟住了宜蓁正要親吻下去，突然外頭又是一陣騷動，門推了開來，是阿關與翩翩。

「阿泰！」阿關見了阿泰和宜蓁這幸福模樣，忍不住歡呼一聲。

阿泰見了阿關進來，也是高興至極，抱著宜蓁猛一吻，親了一分鐘有餘，死也不鬆口。宜蓁羞紅了臉，用力推著，這才推開了阿泰。

儀式完成，賓客們歡呼鼓著掌，阿泰跳下了台，衝向阿關，大力擁抱拍著背。

「聽說你全忘光光啦？」阿泰大聲問著。

「記起來了！」阿關大聲答著：「全都記起來了！」

「翩翩。」宜蓁也將手上一叢彩花球朝翩翩輕輕拋去。

翩翩接了花球，和阿關互看一眼，滿臉飛紅。

接下來是熱鬧的宴席用餐時間，宜蓁接連換了幾套禮服，和大夥兒起鬨敬著酒。阿泰好幾次喝到要吐，月老便輕輕拍他的背，法術一施，又是神清氣爽，怎麼喝都喝不倒。

一鬧鬧到了深夜，賓客們紛紛離去。

咖啡廳裡除了新郎新娘、李爺爺、月老、阿關、翩翩、雯雯等舊識外，其他都離去了。阿泰癱在桌上，累得爬不起來。

外頭又是哄哄鬧鬧，擠進門的是鍾馗、寒單爺等大漢子，一干歲星部將，以及眾精怪們。

「什麼？結婚結完了！新郎吻新娘了嗎？什麼？吻完了！」有應公大叫著，胡亂嚷嚷起來：「再結一次、再結一次！」

「沒看到親吻啊，再親一次，要我們幫忙也行！」一票漢子全都騷動著，癩蝦蟆也帶頭起鬨，領著一干精怪大吵大鬧。

「你們這些惡霸根本和妖魔一樣，原來要搗蛋的正是你們！」阿泰哇哇叫著。

月老在他背上按了按，阿泰又能喝了，捲起袖子氣呼呼地和大家鬥酒。

「我們是神仙，神仙命令你吻新娘！」寒單爺扯著喉嚨叫。

若雨也尖叫著，一起起著鬨：「猴孫泰，你別以爲你可以安然度過今晚。歲星部將打頭陣先跟你喝，喝完再叫辰星部將來喝，再來是太白星部將、熒惑星部將、鎮星部將，然後又輪到我們歲星部將！」

宜蓁有些累了，無法再和大家嬉鬧，坐在咖啡廳一角和水藍兒聊天。海馬精也奉上自洞天帶來的仙藥、漿果等補身東西，和一大把美麗鮮花送給宜蓁。

葉元、李爺爺、雯雯則進了客房休息。

婚宴中央只剩下阿泰一人大戰一票神仙精怪。阿泰怪叫連連，儘管有月老幫忙驅除酒氣，但一票神仙一個個輪流和他乾杯，阿泰早已醉得七葷八素，連連喊著：「阿關……阿關……我的好兄弟，你躲在哪裡，快來幫幫我——」

阿泰叫了幾次，終於忍不住，吐了出來，吐得癩蝦蟆一身都是。

「呱呱——」癩蝦蟆尖聲怪叫，蹦蹦跳跳著。

綠眼狐狸四處看了看，也不見阿關和翩翩。老樹精說：「阿關和翩翩剛剛走了，要去看他媽媽。」

□

深夜冷風陣陣，阿關和翩翩牽著石火輪，往翩翩替月娥買下的住處走去。

翩翩掏出了大樓鑰匙，遞給阿關，說：「等一下你自己開門上去，給你媽媽一個驚喜。我在樓下替你看車。我平日時常和伯母在醫院裡輪流看你，但她家我卻很少去過。」

翩翩低著頭，手上還抓著宜蓁拋給她的花球，不知想些什麼。

阿關怔了怔，沒伸手去接。翩翩甩了甩鑰匙，阿關這才伸手，卻是抓住了翩翩手腕。

「你幹嘛？」翩翩有些訝異，連連甩著手。

阿關握得死緊，嘿嘿笑著說：「剛剛阿泰灌了我幾杯酒，我又想起來了！妳又騙我，當初我的要求明明不是那樣！」

「我們要永遠在一起，再也不分開了！」阿關說著，一把將翩翩拉來，摟在懷裡。他學著阿泰的動作，大力吻了翩翩。

天上突然炸出了火光，阿關和翩翩陡然一驚，嚇得彈了開來，離了好遠，石火輪也倒在一旁。

抬頭一看，竟是一票神仙飛過天際。原來大神仙們也想見見醒來的阿關，好不容易找著了，卻看見底下兩人的情形，知道時機不對，呵呵笑著全飛走了。但那三花姊妹可不罷休，串通了熒惑星部將，一齊在天空炸火，這才嚇著了阿關和翩翩。

「關哥、翩翩姊，你們保重！有空上天庭來玩玩！」百聲的聲音拉得極長。

阿關和翩翩滿臉通紅看著天上，五色焰火此起彼落，飛旋流轉，久久不停，在空中閃耀著美麗形狀，宛如回到了洞天一般。

眾神仙全飛遠了，阿關和翩翩總算鬆了口氣，先是尷尬地互看了看，往前走了好一陣，才又悄悄地牽起了手，並肩往媽媽家走去。

《太歲》全書完

番外 鬼王的壓寨夫人

「那就這樣說定啦，屆時可要借你鬼王大名，替我多多召集些各路英雄好漢。」辰星大笑起身。

鬼王鍾馗拍著肚子，得意洋洋地送辰星出洞。他怎麼也料想不到，這大名鼎鼎的叛逃辰星，竟會親身光臨他這髒臭山洞，和他暢談如何對付玉帝那些傢伙。話題對了胃口，辰星這面子又給得極大，鬼王鍾馗笑得合不攏嘴，心想等送走辰星，可要好好向義民李強吹噓一番。

洞外太歲澄瀾，腳旁一大票鬼卒，全都讓太歲抓出了惡念，無力癱倒在地上。

「澄瀾，如何？恢復得怎樣？」辰星看了看太歲。

太歲看了看手掌，張張合合，隱約可見黑雷纏繞，說：「恢復了七、八成，已經可以去將斗姆、維淳抓來，狠狠揍上一頓了。」

此時是劫囚後十數天，辰星救出了太歲，一方面和主營追兵周旋，另一方面也四處召集兵馬，準備再次發難，策劃奪回太歲鼎。

「鬼王，我可不是白白要你幫忙，我還帶了份大禮給你。」辰星揮手一招，部將五部立時提了個大布袋走上前。

鍾馗還不明所以，聽辰星說要送他禮物，更是受寵若驚，連忙搖手說：「今天兩星大神親自前來我這鬼王小山洞裡談論大事，已經給足我這黑鬼面子啦。太歲爺還替我這些手下驅盡身上惡念，已經是份大禮物啦！」

鍾馗還沒說完，五部已將那大布袋朝鍾馗拋來。鍾馗愣然接下布袋，辰星和太歲已經與眾部將飛昇上天。

辰星的聲音自空傳下：「我和澄瀾同是兩星大神，澄瀾替你手下驅了惡念，我當然也有份禮物送你啦，哈哈哈——」

鍾馗只覺得布袋裡有東西掙扎，抱在手上軟綿綿的，連忙扯開袋口一看，瞪大了眼、啞然失笑。竟是給五花大綁的雪媚娘，她口裡還塞了塊破布，外加封了道符，使她一點聲音都發不出來。

鍾馗可是又驚又喜，連忙抬頭看天。只見到辰星一夥已經飛遠，辰星的聲音猶自遠遠傳來：「大鬼王，別擔心，就如同我剛才說的，這女魔王早在南部作亂時，被太白星和小歲星拔了牙，魔力盡失，任你處置吧！」

鍾馗大聲道謝，迫不及待將布袋扯了個碎。裡頭的雪媚娘摔落在地，動彈不得，一見又是鍾馗，只嚇得幾乎暈死。

鍾馗捏了捏雪媚娘的臉，果真感到她身上幾乎沒有什麼魔力，這才大膽起來，撕去了她口上的符，取出她口中破布，雙手扠腰，大聲吼笑：「哈哈、哈哈哈哈！妳這賤娘們，終於又落到我手裡啦！」

雪媚娘全身發顫，只能別過頭去。

鍾馗大聲吆喝著，招來了鬼卒手下，大聲下令：「將這婆娘押入洞裡，大夥兒報仇啦——」

鬼卒讓太歲抓出了惡念，本來都癱軟無力，此時見了雪媚娘，一下子都歡呼起來，七手八腳擠來，都要搶這雪媚娘。原來當時五路魔神大戰之後，雪媚娘便讓守在真仙宮外的鍾馗抓了個正著，帶回洞裡休養了好一陣，卻在魔力恢復後大開殺戒，殺了鍾馗一票鬼卒後從容離去。

鍾馗全軍上下，都對這忘恩負義的女魔王恨之入骨。此時見仇人就在眼前，且魔力盡失，更是高興不已。有的伸手揪著雪媚娘頭髮，有的打著雪媚娘的臉，有的擰著雪媚娘的手臂，有的張了大口，就要往雪媚娘脖子咬去。

「喂喂，你們別太粗魯！弄髒了我的白嫩美肉，我可吃了你們填肚子！」鍾馗大聲罵著，鬼卒們這才安分地將雪媚娘扛回洞裡。

雪媚娘早給嚇得花容失色，進了洞裡聞到腥騷惡臭，更皺起了眉頭。

鍾馗領著鬼卒，押著雪媚娘來到洞穴中一間較大的穴室，將雪媚娘扔在地上。鍾馗在那大室裡連連踱步，不時轉頭看著雪媚娘，好半晌，突然踢了雪媚娘肚子一腳，說：「妳這魔王，枉費我當時對妳那麼好，妳忘恩負義，現在可有話說？」

雪媚娘又恨又怕，無話可說，只是別過了頭，看也不看鍾馗一眼。

「將她架起來！」鍾馗哼了一聲，兩個粗壯鬼卒左右架起了雪媚娘。雪媚娘大力掙扎，但身手早不若以往，使力半天都無法掙脫。

鍾馗高舉著手，在雪媚娘臉上重重打了兩個巴掌，打得雪媚娘口角流血。

「你這惡鬼王，我落在你們手裡，也逃不掉了，你要殺便殺吧，逞什麼威風？」雪媚娘怒極大罵。

「嘴硬！」鍾馗哼了一聲，又是重重兩個巴掌打在雪媚娘臉上，喝著：「妳這魔王可知道妳上凡間作惡，受妳大軍逼害虐殺的精怪、凡人有多少？」

鍾馗故意將臉靠得離雪媚娘極近，大聲說著，惡臭口水噴得她滿臉都是。

「妳第一次受擒，本來有機會乖乖當我手下，妳吃我住我，養好了傷，要逃就逃，還殺我一票手下。逃了不乖乖回底下，竟又開始興風作浪，再被那小歲星擊敗，又給抓了，卻還死性不改，又設計陷害那阿關小弟的愛人蝶兒仙，將她整得可慘了，辰星都和我說了！只不過我倒訝異辰星竟沒殺妳，反而送給了我。妳說說，妳怎麼這麼壞、這麼賤？」鍾馗大罵著，說完又賞了雪媚娘兩個重重的巴掌。

雪媚娘給打得眼冒金星，兩頰紅腫，臉上全是鍾馗的惡臭口水。此時她早無力反擊，只氣得渾身發顫。

「唉呀，打太大力了，像個豬頭便不好吃了！」鍾馗大叫著，還又補上一巴掌。跟著斥喝：「將她押入石牢，讓我想想要怎麼個吃法，看看是清蒸好，還是紅燒好。」

「大王，我看不妨生吃吧！」「先吃她的手，再吃她的腿！」「大王，快吃了她，替兄弟們報仇呀！」鬼卒們歡呼催促著。

「吵死了，老子剛剛才吃了一頭牛，現在並不是很餓！」鍾馗不耐揮著手，指揮鬼卒將雪媚娘押入洞穴中的石牢。

雪媚娘給鬼卒們七手八腳地扔進石牢，只覺得萬念俱灰，不知鍾馗會使什麼樣的手段來折磨她。她想要趁夜逃出石牢，外頭卻守著一大票鬼卒，日夜看守著她。

雪媚娘倚在石牢牆邊，四周難聞噁心的臭氣使她不時作嘔。

到了深夜，雪媚娘聽石牢外頭傳來了聲響，提了提神，進來的正是鍾馗。

鍾馗提了隻雞，領著鬼卒嘻皮笑臉地走了進來，對著雪媚娘說：「我想過了，儘管妳這婆娘惡毒，但我這黑臭鬼王卻也好不到哪裡去，咱們倆倒是很配，剛好配成一對。妳乾脆嫁了我，做我的壓寨夫人，我就不和妳計較過去恩怨了。」

雪媚娘呸了一口，怒罵：「放你個屁，你這黑臭鬼，趕快殺了我吧，少在那兒作夢！」

「唉喲！發脾氣呢，別生氣了，來吃烤雞吧，這是我派手下去凡人商家偷來的，好吃極了，魔界沒有呢！」鍾馗笑呵呵地扯了塊雞腿下來，湊到雪媚娘口中。

雪媚娘見鍾馗一隻髒兮兮的黑手，手上還傳來臭味，一點胃口也沒有，一巴掌打落了鍾馗手上那隻雞腿。

「好賤的傢伙！給我抓起來，扳開她的口，不吃也得吃！」鍾馗氣得哇哇大叫，撿起了那雞腿。

雪媚娘讓幾個鬼卒抓著，嘴巴也給扳開，見到鍾馗惡狠狠走來，只嚇得全身發顫。

鍾馗幾口將那雞腿咬得稀爛，又吐在手上，粗魯地全往雪媚娘口裡硬塞。

雪媚娘翻著白眼，幾乎要嘔，但見鍾馗張大了口，在一旁等著。

「妳敢吐，信不信老子將妳吐出來的東西咕嚕嗚下去，在肚子裡轉一圈再全還給妳吃！」鍾馗哈哈大笑，一旁的鬼卒也大聲笑著。

雪媚娘聽得頭皮發麻，眼淚在眼眶打轉，硬是吞下了讓鍾馗嚼得稀爛的雞腿肉泥。

「將她綁了，想死也不行，老子明日再來求婚！」鍾馗拍了拍肚子，將剩餘的烤雞分給鬼卒吃了，領著鬼卒們出了石牢。

雪媚娘給五花大綁，生不如死地過了一夜。

接連幾日便都是如此，鍾馗到了夜裡便拿著酒肉前來求婚，不從便是一頓打罵。有時雪媚娘使了心機，故意先答允，鍾馗卻又大罵，賞她巴掌。如此一來，雪媚娘更不相信鍾馗真的要娶她，只當是故意編造理由，百般折磨她。

一直到了第七日，這晚鍾馗獨自前來，手中仍然拎了一隻燒雞，扯下了雞腿，湊上雪媚娘的口。

雪媚娘早在前兩日學會了教訓，知道鍾馗拿酒肉來要她吃，她必然得乖乖吃，否則鍾馗便會自個兒嚼一遍，強塞進她嘴裡。爲了免於受苦，雪媚娘便也乖乖吃著燒雞。

「我說小美人吶，妳願不願意嫁給我呀？」鍾馗笑嘻嘻地問，一面解開雪媚娘身上的繩索。

雪媚娘給五花大綁了好幾日，此時身子搖搖欲墜，全身無力，無奈地點了點頭。這兩日她也學會鍾馗問她什麼，她便答什麼，一切先應允了再說，鍾馗要再耍花樣，那也是無可奈何了，能過一日便是一日。

「其實妳一點也不想嫁我。」鍾馗嘆了一聲，轟隆重重一拳打在雪媚娘肚子上，打得她張口一嘔，將方才的雞又全吐了出來。

雪媚娘癱軟倒地，連連嘔著，一句話也說不出來，只能恨恨地看著鍾馗。

「其實妳也不想吃我的烤雞，老子都知道，妳不想吃，老子便也不爲難妳了！」鍾馗這幾句話說得倒是誠摯，一把拎起了雪媚娘，扛在肩上，往外頭走去。

「你……你又想玩什麼花樣？」雪媚娘又驚又怕，無奈問著。

鍾馗也不回答，在山洞中繞著，繞出了洞外，見著了幾隻守備鬼卒，便說：「這婆娘老子玩膩了，正想帶出去吃。」

幾個鬼卒拍手要跟，還要召集夥伴一同觀賞，讓鍾馗一聲喝斥，嚇得不敢作聲。

鍾馗扛著雪媚娘，自個兒出了山洞，在山上奔著，奔了好遠，到了溪畔，這才將雪媚娘放在石上。

雪媚娘無力躺臥在大石上，心想自己死期終於到了，便也不再說些什麼，怔怔看著月亮。

「妳走吧。」鍾馗在一旁坐下，胡亂抓著溪魚，對著月光大口嚼了起來。

雪媚娘哼了哼，心想鍾馗花樣果然多，臨死前也要惡整她一番，便也不答話，仍躺石上。只覺得天上月光柔美，在魔界從未見過，上凡之後每日想著爭權奪利，直到此時才是第一次靜靜瞧著月亮。

「喲，這可奇了？放妳走妳還不走？」鍾馗站了起來，口中還嚼著鮮魚，將臉往雪媚娘嘴巴湊去，笑嘻嘻地說：「還是妳肚子餓了，想吃魚啊？」

雪媚娘先前讓鍾馗強塞食物，都是給抓住手腳、扳開嘴巴，此時沒了束縛，本能性地伸手攔阻，還一巴掌打在鍾馗臉上。

鍾馗仰頭大笑，笑聲震天。

雪媚娘掙坐起來，就要逃跑。跑了兩步，轉身見鍾馗背對著她，坐在溪畔，不禁又懷疑有詐，問著：「你……你眞的放我？」

「是啊。」鍾馗頭也不回地答。

「爲什麼？」雪媚娘仍不相信，不解地問。

「這幾天欺侮妳，也欺侮得夠本了，那是妳應得的報應，我也替兄弟們出了氣。但妳不願嫁給老子，老子也捨不得吃妳，弟兄們必然不服，我只好放了妳啦，走吧。」鍾馗嘆了口氣起身，走向雪媚娘，將幾條剝了乾淨的魚塞入她手中。

「這些魚我洗乾淨啦，不是那麼臭，妳吃吧，吃飽了好上路，別再使壞啦。還有，離這兒越遠越好，我回去會跟我那票手下講我已吃了妳，妳可別讓他們瞧見了。」鍾馗拍著肚子，邁開大步，走了。

雪媚娘呆立溪畔，一句話也說不出來，轉身想走，卻又不知能上哪去。她在底下有一缸子仇家，此時魔力全失，早和尋常精怪無異，魔界自是回不去了。但她在凡間一樣無立足之地，讓主營神仙抓著了必然是死罪，辰星、太歲等叛逃神仙也當她是壞魔王，就連那小歲星阿關和她也有深仇大恨。要是落入一般邪神手中，免不了又是一頓屈辱。

雪媚娘呆呆望著手中的生魚，鍾馗洗得仔細，雖然不免仍有腥味，但和前幾日的惡臭牢房比起，已是美味了。雪媚娘這才恍然大悟，她和鍾馗一干鬼卒軍也有不小的仇恨，鍾馗也不好客氣地要她吃，便故意用些噁心方法逼她進食，一方面替那些讓她殺死的弟兄出氣，一方面也讓手下信服。

雪媚娘跪了下來，靜靜吃起生魚，抬頭再看月光時，已是滿臉淚水。

□

翌日夜裡，兩個守在洞口的鬼卒交頭接耳，望著自遠處大步走來的雪媚娘，不解嚷嚷著：「耶！她還沒死？」「大王不是說已經吃了她嗎？」

「妳……妳……」鬼卒見雪媚娘越走越近，奇怪地問：「原來妖魔死了，也會變鬼呀，妳來做什麼？」

雪媚娘瞧了那鬼卒，便是前些日子扯她頭髮、賞她巴掌的鬼卒之一，二話不說，狠狠還了一巴掌。

那鬼卒給打得疼痛叫嚷：「妳做什麼！妳是來報仇的？」

「混帳，見了壓寨夫人還不跪下，叫你們大王出來！」雪媚娘吸了口氣，大聲罵著。

那兩個鬼卒更是丈二金剛摸不著頭緒，趕緊跑入洞裡。不一會兒，鍾馗又驚又奇地領了大票鬼卒，全都出了洞外。

「妳……妳回來做什麼？」鍾馗驚奇問著。

「你不是要我做壓寨夫人？我現在便是啦！」雪媚娘答。

鍾馗這下可樂得歪了，問：「眞的？」

「在你鬼卒軍裡，壓寨夫人地位如何？」雪媚娘問。

「當然是二頭目啦！」鍾馗連忙答。

「好！」雪媚娘早已豁了出去，此時大聲吼著：「叫那些前兩天扯我頭髮、打我臉、吐我口水的傢伙，全都滾出來，讓我好打一頓！」

這下鍾馗一干鬼卒可全都嚇得傻了，怎麼也料不到雪媚娘竟當眞成了鬼王鍾馗的壓寨夫人，且要來報仇了。

「妳要打弟兄們，那可不行！前兩天妳只是戰犯，不是壓寨夫人，可不能溯及既往，來報舊仇啊！」鍾馗連連搖手，跟著抬腳踢了兩個鬼卒屁股，將他們踢到雪媚娘跟前，說：「這樣好了，那些欺負妳的，妳便吐他們口水罷了！」

「哼！」雪媚娘吸了口氣，當眞呸了一大口口水，在一個將她白嫩手臂擰出好幾個青紫的鬼卒臉上。

不料那鬼卒一點也不生氣，反倒笑了起來，舌頭伸得老長，在臉上轉著，將雪媚娘一口唾液，全掃進了口中，還意猶未盡地大喊：「好香，好甜，壓寨夫人的口水竟如此美味！」

鬼卒們全騷動了起來，全往雪媚娘大腿抱去，嚷嚷著：「壓寨夫人，前兩天我也打過妳，妳大人有大量，吐我幾口口水吧！」「二頭目，我扯過妳頭髮，妳還記得吧！」

「混帳！混帳！」雪媚娘氣得要炸，揮手打著鬼卒。鍾馗也跟著惱了，將一隻隻鬼卒揪著往後扔，罵著：「你們這些臭鬼膽子也太大了，想吃我夫人豆腐？」

啪的一聲好響，是雪媚娘重重一巴掌打在鍾馗臉上，罵道：「大黑鬼，這幾天你打我打得最兇，現在可有話說？」

「沒話說、沒話說！」鍾馗哈哈笑著，摀著發疼的臉，轉身向眾鬼卒吼著：「將好酒好肉全拿出來，幾個小鬼去將李強也給找來，慶祝老子娶老婆啦！」

鬼卒們一聲高呼震天，蹦蹦跳跳，對著月光唱起了歌。

「恭喜大王、賀喜大王！」

〈番外　鬼王的壓寨夫人〉完

番外 許多年前的老鞦韆

這天午後烏雲密布，本來陰沉的公園角落顯得更陰沉寂寥。

那兒有一個鞦韆架，左右兩只鞦韆。左邊的鞦韆一邊繩索斷了，座椅木板斜斜觸著地；右邊的鞦韆微微盪著，上頭坐著個七歲大的小男孩。

小男孩斜著頭，低聲哼著卡通節目裡的主題曲，兩隻腳伸得直挺挺，坐在鞦韆上晃。

這是七歲時的阿關。

遠處一座大象造型的溜滑梯上，三個五、六歲大的小女孩聚在高處，盯著這頭的鞦韆看。

「翩翩姊，早上西王母娘娘和后土娘娘帶著妳去我們學校時，妳不是說不見小備位嗎？怎麼現在又要我帶妳找他呀。」穿著紅衣紅裙、一頭褐色短髮的紅雪這麼問。

「我沒要見他啊，我不想跟他說話，我只是好奇想瞧瞧這傢伙而已。」套著黑色棉襖的翩翩嘟著嘴，像生著悶氣，瞪著遠處那獨自盪著鞦韆的阿關。

「他看起來就像一般凡人小孩。」穿著鵝黃洋裝的秋草，手上還抓著一只草編蟲兒。

三人看了半晌，只見阿關始終搖頭晃腦地哼著歌。

「我偷聽西王母娘娘說，翩翩姊以後要當小備位的保姆，要跟他在一起好幾十年耶——」

紅雪湊在秋草耳邊這麼說，聲音倒沒壓低。

「我才不要！」翩翩皺著眉，怒氣沖沖地說：「跟這個笨小孩在一起幾十年，那豈不是悶壞了，我喜歡跟妳們在一起，當個凡人多不好玩！」

「是啊。」紅雪點頭附和說：「變成凡人，沒有翅膀，不能飛了。」

「我不想沒有翅膀，我不想不能飛。」翩翩皺著眉，認眞思索失去翅膀後的種種不方便。

「啊！」秋草突然縮了縮身子，低下頭說：「他往我們這邊看呢。」

「嗯？」翩翩和紅雪望向鞦韆，果然見到阿關抬起頭往這滑梯望來。

「喂！你要玩滑梯嗎？過來一起玩啊——」紅雪突然開口這麼喊。

「妳幹嘛喊他，我又沒有要和他玩！」翩翩有些著急。

「我猜他沒認出我。」紅雪吐了吐舌頭，指著鞦韆那兒的阿關。

阿關只是呆了呆，左右看看兩邊。由於鞦韆和滑梯有段距離，加上此時紅雪可沒戴著那副大紅框眼鏡，因此，阿關倒也沒認出紅雪正是他們班上一位不起眼的女同學，他甚至沒聽清楚紅雪是不是眞的在喊他。

「他站起來了。」秋草又探出頭，望著鞦韆那兒。

三人只見阿關下了鞦韆，一動也不動地呆望著一旁樹叢，跟著後退了兩步，像是見著那樹叢之後的可怕東西。

「他在看什麼呀？」三人好奇地順著阿關的視線，盯著那處茂密矮樹叢。從那矮樹叢後頭走出來的，是一隻黑毛野狗。

阿關又後退兩步，像是有些懼怕這隻野狗。這壞傢伙是這幾條街上著名的惡犬，體型不大，但性情頑劣，這兩週一連咬過六個小孩的小腿肚了。

「這個笨蛋，連狗兒也怕。」翩翩不屑地搖了搖頭。

「但……小備位只是個凡人，他不會法術呀。」秋草愣愣地說。

「哈！」紅雪倒是瞪大眼睛，露出一副想瞧好戲的神情。當她聽著那黑毛狗一聲吠叫，見到阿關轉身拔腿要跑的那瞬間，忍不住哈哈大笑出聲。

「哇——」阿關用盡全力跑著，他只覺得後頭野狗的細碎腳步聲跟喘氣聲越來越接近，跟著小腿一陣刺痛，絆了一跤，整個人嘩啦啦地滾倒在偏僻公園裡的草叢堆上。那野狗瘋了似地啃咬著他的腳和鞋子。

「汪嗚——」野狗突然哀叫一聲，奔離阿關身子，胡亂吠叫一陣，跟著又對阿關低聲嗚吼，一副又要撲上來的模樣。

阿關嚇得口唇發白，勉強掙扎坐起，只覺得小腿十分疼痛，也不曉得有沒有給咬破。他見那黑毛狗還惡狠狠地瞪著他，害怕之餘，揮手大叫：「你滾開——」

不叫還好，阿關這一叫，那黑毛狗又衝了上來，撲在阿關身上，要咬他臉。

阿關驚恐至極，揮手亂打，他的胳臂讓那野狗咬著了，死命甩著，也甩不開。

「汪嗚——」野狗又尖叫一聲，整個身子彈起，在地上翻了個滾，哀哀怪叫地夾著尾巴逃了——是被翩翩在遠處扔來的石子給打跑的。

「嗚……」阿關摀著流血的胳臂，又捲起褲管看看也給咬破的小腿，嗚嗚哭了起來。

「眞沒用。」翩翩和紅雪、秋草等早落在滑梯下，跟到一棵樹後，探頭看阿關抱著腳哭。

翩翩手上還抓著兩枚石子，她見阿關哭得一把鼻涕、一把眼淚，一想到自己要爲了這愛哭鬼，棄了翅膀化作凡人，在人間保護他幾十年，不禁有氣。她揚了揚手，倏地將其中一枚石子擲向阿關，不偏不倚地打在阿關腦袋上。

「哇！」阿關給那石子打得痛極了，又驚又怕地站起，四處張望。視線還沒轉到翩翩等躲藏的樹叢那兒，後腦便又挨了一枚石子，幾乎要將他打得向前撲倒在地上。他抱著頭，一跛一跛地逃著，只想趕緊逃離這個可怕的地方。

「不想看了，越看越氣。」翩翩哼了哼，燃了張符令通報據點神仙們，就要離開。

「咦，翩翩姊，妳不幫他治傷嗎？」秋草愣了愣問。

「不幫，痛死他最好。」翩翩整了整頭上那小小的棉襖帽子，背一抖，現出雪白翅膀。她輕輕摸了摸翅膀，像是十分寶貝這對翅膀，身子微微浮起，說：「不想理他了，今天西王母娘娘和后土娘娘親自下凡，晚上還有會議，咱們不能玩太久。」

「西王母娘娘和后土娘娘這次專程下來看小備位，我們趁閒偷偷瞧瞧小備位，應該沒關係。」秋草這麼說。

「不不……我都說我不見他了，我只是好奇看看，不想讓其他神仙知道我來看他。我要趕快回去，免得大家都知道了……妳們也別玩太晚了。」翩翩連連搖頭，一振翅膀竄起老高，化作了一隻蝴蝶飛得遠了。

「咦？翩翩姊飛走了？」紅雪手上捧了些碎石子和堅硬的樹果，欣喜地跑來。一見阿關已經逃得不見蹤影，又見翩翩離去，不禁露出失望神情，卻仍不願拋下手上那些石子，噘著嘴問：「小備位人呢？是不是翩翩姊跑去追著他打了？」

「紅雪姊，妳得負責保護小備位這六年的安全，怎麼反過來欺負他呢？」秋草不解地問。

「哈，因爲好有趣呀！」紅雪呵呵笑著，這才拋下了手上的石子，盤指算了算自個兒今日還有哪些任務沒做完。一看天色，急急地向秋草告別，也飛得遠了。

□

「爺爺……嗚嗚……」

七歲的阿關抹著眼淚，嗚嗚哭著，一路奔跑，他的爺爺在去年的這一天過世。

他特地提早寫完功課，獨自出門來到爺爺生前時常帶他來的公園裡盪個鞦韆，回想一下爺爺，可沒想到會碰上那隻凶惡黑毛狗，還莫名其妙地挨了兩記石頭砸。

年幼的他無法做出一些更加深刻的情緒反應，他僅僅覺得在這一刻，腿上和胳臂的破洞好痛好痛、腦袋上的腫包好痛好痛、那隻黑毛狗好討厭好可怕。

他好想好想爺爺。

他跑上人多的巷弄街道時，不好意思再哭了，而是垂著頭，默默拭淚，一面揉著腦袋上的腫包。

接著，他覺得似乎有個人跟著他，所以回頭，那是個年紀看來比他略小些的小女孩，穿著一身鵝黃色洋裝，模樣十分可愛，是秋草。

阿關愣了愣，自顧自地走。他走了半晌，心中奇怪，再回頭，那小女孩仍跟在他身後。阿關看看左右，確認這女孩確實是跟著自己，便停下腳步，氣呼呼地說：「妳幹嘛跟著我？」這個年紀的小孩子，對異性往往會有種莫名其妙的敵意。

「你在流血，那隻狗嘴巴可能有細菌，你可能會生病喔。」秋草走到阿關面前，探頭看了看他手臂上的齒痕，說：「你要去看醫生。」

「嗯？妳……妳是剛剛溜滑梯上面那些女生，啊！剛剛是不是妳們拿石頭丟我？」阿關愣了愣，想起剛才公園裡發生的事，有些生氣地問。

「不……」秋草搖搖頭說：「我們是拿石頭丟那隻狗，想趕跑牠。」

「是嗎……」阿關皺起眉頭，狐疑地瞪著秋草，像是在回想剛才黑毛狗哀哀叫著逃跑之後，石頭仍然不停飛來的矛盾。

秋草突然伸出小手，在阿關胳臂上繞了兩個圈圈。

「咦？」阿關愣了愣，舉起手，見到那黑毛狗的齒痕小了許多，也不怎麼疼了。正訝異間，秋草又蹲了下來，對他小腿也畫了兩個圈圈，於是他的小腿也不疼了。

「咦、咦？」阿關又是詫異、又是佩服地問：「妳……妳做了什麼？妳好厲害！」

「我本來不應該這麼做的。」秋草站起身，側著頭，像是覺得自己做錯了一件事。她說：「這六年裡，應該是紅雪姊負責看護你。但是狗嘴巴可能有細菌，你可能會生病。要是你病得嚴重，那大神仙會責備紅雪姊，可能也會發現翩翩姊丟你石頭的事。」

「啊？」阿關聽得一頭霧水，但總算聽到「丟你石頭」這幾個字。他皺起眉頭問：「誰丟我石頭？果然妳們故意丟我石頭，爲什麼？是誰丟的？紅雪姊是誰？翩翩姊又是誰？她爲什麼要丟我石頭？」

「翩翩姊是你未來的保姆，負責照顧你一輩子；紅雪姊是你同學，負責保護你這六年。」秋草這麼回答。

阿關不解地問：「妳說什麼我都聽不懂，翩翩姊照顧我一輩子？那她幹嘛拿石頭丟我？她躲在哪裡？叫她出來，我要揍她！」

「你打不過她的。」秋草搖搖頭，跟著又說：「而且翩翩姊爲了當你的保姆，必須犧牲掉翅膀，你要對她好。」

「什麼？什麼翅膀？」阿關後退兩步，搖搖頭說：「我聽不懂妳說什麼，妳是不是有毛病？妳們不要纏著我。我不需要妳們保護，我自己會保護自己。而且翩翩姊並沒有保護我，她丟我石頭。」阿關這麼說時，只覺得後腦還一陣疼痛，用手一摸，兩個腫包十分突出。

秋草沒說什麼，跟了上去，對著阿關腦袋又畫了幾個圈圈。

「哇！」阿關瞪大眼睛，摸著那腫包消去的腦袋，訝異地說：「妳好厲害，妳會法術！妳叫什麼名字？」

「我叫秋草。」秋草這麼說。許多年後，她和象子、紅雪一樣，在接替了保護阿關的任務時，又替自己取了另一個凡人名字。

「妳這麼厲害，怎麼不是妳當我保姆？妳們到底是什麼人啊？」阿關又檢視了胳臂和小腿上的傷痕，齒痕變得更小、幾乎要消失了。

「嗯？」秋草愣了愣，後退一步，搖搖手說：「你的保姆是翩翩姊，不是我……」

「為什麼？這是誰決定的？保姆到底是什麼？」阿關抓著頭問：「我會記住有個翩翩姊拿石頭丟我，我見了她一定會報仇。」

「我剛剛說了，你打不過她，而且……」秋草搖搖頭說：「翩翩姊很漂亮，你要是見了她，一定會喜歡她的。你的保姆是大神仙們安排的，大神仙這麼安排，一定有他們的道理，你以後就會明白了。」

「我還是聽不懂……」阿關攤攤手，隨口亂說：「亂丟石頭的女生一定不漂亮，我不喜歡。妳也很漂亮啊，不過，妳說的話我一句都聽不懂。」

「……」秋草呆了呆，搖搖頭說：「你的封印還沒解開，知道太多對你不好。我不應該跟你說這麼多，只是幫你把狗咬傷治好，這樣我們才不會被大神仙罵……」

秋草邊說，邊又往前走了兩步，來到阿關面前，微微揚起手，手上綻放出淡淡的光芒。

「嗯……」秋草望著阿關，突然又問：「你剛剛說我也很漂亮？」

「對啊……」阿關點點頭說：「至少比亂丟石頭的女生好一萬倍，不過這些不重要啦，妳的法術到底是跟誰學的？可不可以教我？妳……」

「嗯……」秋草低了低頭，像是有些不知所措。她見阿關指著她微微放光的手哇哇大叫，惹著附近路人都向這兒望來，趕緊揮了揮手，幾道光在阿關眼前流竄閃爍。

阿關的眼神漸漸變得呆滯而迷濛。

「備位大人，以後再見。」秋草轉身走進了小巷，搖身化作一股流光，高高飛上了天。

她在空中收到了符令，加快速度飛行。半晌之後，便遠遠見到太歲爺領著翩翩和紅雪往這兒飛來，後頭還跟著那飛蜓、象子、青蜂兒。

紅雪搶在前頭，急急飛來與她會合，拉著她的手往太歲爺那兒飛，還低聲在她耳邊說：「太歲爺也想要瞧瞧小備位，要我帶路，剛剛我們丟石頭的事，可別說出來呀……」

「嗯！」秋草連連點頭，她也不想讓人知道剛剛她自己又回頭找了阿關說話這事兒，儘管她只是為了替那備位大人治傷。

「小子現在應當在家裡吧？」太歲沉聲問。

「大概吧，他有時候會去公園玩，有時候會去河堤玩，有時候會在家裡和朋友玩。」紅雪聳聳肩答，她負責保護阿關小學生涯，對阿關平日作息也有一定程度的了解。「剛剛我在天上巡視，還見他去了公園，被野狗嚇跑了，現在大概回到家裡了吧……」

「是嗎？」太歲撇頭，望著底下一方。「小子又跑出來了。」

「咦？」秋草、翩翩、紅雪等飛低去看，果然見到阿關一路走向公園。

「唔！」秋草吐了吐舌頭，知道她剛剛使用了短暫的催眠術加上御夢術，消去阿關一小段記憶，此時的阿關大概以為自己還在前往公園的路上呢。

「走吧——老夫也好久沒看那小子了。」太歲招了招手，領著大夥兒低飛。此時一干神仙們都隱著身，便也不怕被人看見，他們越飛越低，紛紛落入那公園裡。

只見到阿關和剛剛一樣，搖頭晃腦地走進了公園，坐上那只鞦韆，搖搖晃晃地哼著歌，還抬頭看天，似乎有些奇怪這天色晚得比他預期中的還要快。

飛蜓、象子、青蜂兒等也湊了上去，對阿關品頭論足一番。

太歲則只是遠遠觀望，像在專注感應阿關身上的太歲血流動情形，接著嘖嘖地說：「為了煉這小子，烏幸、千藥，以及天界一干醫官、煉神官，可是耗費了太多心血。老夫也放去身子大半的血。唉，這幾年過去，也不曉得成不成，要是不成，那可又得重頭開始了。」

「啊！」紅雪微微低呼一聲，大夥兒見到阿關驚慌地跳下鞦韆，愣愣望著一旁的小樹叢。

樹叢裡走出剛剛那隻黑毛狗，黑毛狗面目猙獰，像是正生著氣一般。

阿關轉身就跑，又哪裡跑得過那發怒的黑毛狗。他被那衝來的黑毛狗一口咬著小腿肚，撲倒在地上，哇哇哭叫著抵抗那生氣的黑毛狗攻勢。

翩翩嘆了口氣，從地上撿了枚石子，倏地一扔砸在那黑毛狗的屁股上，將黑毛狗打得跳起老高，哀哀吠叫，夾著尾巴逃了。

阿關抱著小腿大哭，喊著爺爺，這次黑毛狗咬得更大力，他的小腿又流血了。

「……」翩翩手上還捏著兩枚石子，來到太歲身旁，氣呼呼地問：「太歲爺，這小子這麼沒用，他連狗兒都怕，我真的要保護他一輩子嗎？我看了他就討厭，他要害我沒有翅膀，我可以用石子丟他嗎?」

太歲還在思考煉製備位的煩人瑣事，也懶得理睬這些童言童語，揮了揮手說：「去、去……別打死就好了。」

翩翩呀了一聲，倒沒想到太歲竟然眞會允許。她和紅雪互望一眼，紅雪哈哈一笑，又將剛才隨手拋去的小石子和小堅果通通撿了回來。

翩翩一揚手，兩枚石子打在阿關屁股上，痛得他怪叫一聲，摔倒在地上。

「哈哈，好玩耶!」「我也要!」飛蜓、象子等也向紅雪要了些石子。他們年紀較長，較有分寸，不敢大力扔擲，但仍打得阿關驚駭怪叫、抱頭鼠竄。

紅雪笑得差點摔倒在地上，翩翩也哼哼笑著，不停扔石子打阿關屁股。

秋草雖然也瞧得有趣，但顯得有些心不在焉，像是回想著剛剛和阿關那番對話。

她知道要等阿關長大，當上備位，還有好多好多、好多好多年。

那時候的他會變成什麼樣子?

那時候的大家會變成什麼樣子?

那時候的自己，會變成什麼樣子?

〈番外　許多年前的老鞦韆〉完

番外 長大的小女孩

打開窗，滿滿的青草氣息撲鼻而來。

「這麼冷的天氣還開窗戶，凍死了！」小芳聒噪喊著，上前拉開雯雯，將窗子關上。

雯雯聳聳肩，她懷中一只大熊玩偶暖呼呼的，使她不那麼冷。

距離阿關甦醒之後，又過了六年，十六歲的雯雯在這靜僻秀麗的女校就讀，平時住宿舍，放假便回到老人院去探視李爺爺。

「雯雯，妳命好，有隻大娃娃可以抱，我們卻沒有吶。」「給妳最後一次機會，快說是誰送給妳的？」阿麗和小芳先後問著，非要雯雯供出她懷中那隻漂亮大熊玩偶的由來不可。

此時離當年太歲鼎崩壞那場浩劫，相隔了十二年，漢堡包的道行日漸增長，魂魄已漸漸和玩偶本身同化，有法力護體，玩具熊的外觀因而不會變舊。一雙眼睛反倒顯得炯炯有神，總在深夜時骨碌碌地轉動，對著雯雯的耳朵嗷嗚兩聲。

「我說了一百次妳們也不信，漢堡包是我很小的時候就有的玩偶了，好像是我爺爺買給我的！」雯雯苦笑答著，將漢堡包抱得更緊了。

她依稀還記得，除了育幼院到老人院那時幾個照顧她的爺爺之外，還有一個爺爺——那個和藹又神祕的爺爺。

這幾天寒流來襲，將寢室裡四個小女孩凍得臉頰發紅。這日是長假第一天，宿舍裡一半以上的學生都已返家，其餘學生也大都會在一、兩日之內準備妥當，相約出遊，或是回家。

「呀——」這時隔壁寢室傳出了淒厲的尖叫聲，將這頭雯雯等三個女孩全嚇得跳下了床，穿鞋的穿鞋，拿球棒的拿球棒，魚貫衝出門，推開了隔壁房門。

此時附近幾間寢室的姊妹們紛紛聚來，只見到傳出驚叫的寢室之中，那向來開朗活潑的小美，雙眼瞪直愣愣地咬住了室友小芹的左手掌。小芹痛得流下了眼淚，一面叫著，一面抓扯著小美的頭髮。

「哇！」雯雯等一票女孩搶入房裡，費了好大一番工夫，總算將兩人扯開。小芹手掌給咬出一排深深的齒痕。

小美給拉開到了一旁，突然又靜默下來。推開拉著她的雯雯和阿麗，自顧自地走到床邊，捧起她床上一只人偶，坐在床沿，輕拂著人偶頭髮。

「怎麼回事？」「妳們不是好朋友嗎？」「爲什麼要打架？」大夥兒七嘴八舌地問。

「誰教她亂動我的寶貝，又嫌我寶貝難看。」小美皺著眉頭說，一面摸著手中的人偶。那是一只有手臂大小的木造人偶，造工粗糙，穿著鮮紅色洋裝，腦袋瓜上有一半的毛線頭髮已經脫落，模樣的確不怎麼好看。

那讓小美咬出齒痕的小芹，驚慌地躲在其他同學背後，她倆本是非常要好的朋友，發生了這爭執，大夥兒都感到意外。

「妳講不講道理？」「怎麼可以這樣就咬人呢？」一票女孩七嘴八舌地指責小美。

反倒是小芹打斷了大家的話，斷斷續續地說：「算……算了，沒事了，小美最近……比較累……沒事啦！」

大夥兒見苦主小芹都打起圓場，便也不再說些什麼。

雯雯和兩個室友回到房間，悄悄地討論起剛才的事。

「會不會是小芹搶了小美男朋友？」阿麗沒頭沒腦迸出了這句話，聲音大了些，一旁雯雯示意要她小聲點。

「別亂講，小美又沒有男朋友。小芹更不是會搶別人男友的那種人。」雯雯這麼說。在她們印象之中，小美開朗外向，小芹則內向寡言。

「小美最近真的怪怪的！」小芳將耳朵貼在牆上，聽了好一會兒，這才小聲地發言，說：「妳們有沒有見到剛剛她抱著的那個怪玩偶？妳們不覺得那玩偶還眞的很噁心嗎？」

阿麗點頭附議：「眞的是好醜、好噁心的玩偶，之前都沒看小美拿過啊，她從哪撿來的啊？」

小芳有些心虛地說：「其實……是我叫小芹偷偷去把那個玩偶丟掉的。」

「什麼？」雯雯和阿麗互看一眼，驚訝地問：「爲什麼？」

原來隔壁房的小芹平時和小美要好，形影不離。最近幾天小美卻莫名其妙地轉了性格，不再開朗，到了半夜，也會莫名地說些不著邊際的夢話，語調十分奇異。

小芹本便膽小，見了好朋友一天比一天古怪，不知該如何是好。到了這連續假期，同寢室的兩個室友都回家了，寢室只剩她和小美，更加害怕，找了機會向隔壁的小芳訴苦求助。

原來這木頭人偶是小美在一週前，躲進宿舍後的廢棄倉庫抽菸時，在角落邊一只箱子裡撿到的。自此之後，小美便無時無刻都捧著這木頭人偶，有時和人偶低聲說話，有時呆愣愣地坐在床沿獨自發呆。

「雯雯！是妳傳染給小美的，對吧！」阿麗哈哈大笑，指著雯雯。

「妳別打岔，聽小芳說完。」雯雯尷尬地推了阿麗的肩。她也時常抱著漢堡包說些話，室友有時好奇問她說些什麼，她總是搖搖頭，或是說些「他說妳腳丫子臭」之類搪塞的話。

小芳繼續說著：「我聽了也覺得奇怪，小美的情形比雯雯嚴重多了。雯雯頂多只會自言自語，不會亂咬人，而且漢堡包比那個噁心木偶可愛太多了！」

小芳說到這裡，和阿麗一左一右地摸了漢堡包一把，捏著他兩隻耳朵亂搖。

「妳們不要欺負他！」雯雯拍開阿麗和小芳的手，嚷嚷叫著。

「所以那人偶一定有問題，說不定上面有不乾淨的東西，我奶奶都說外面的東西不要隨便亂撿。我就叫小芹趁著小美不注意時，把那玩偶扔掉算了。小美問起，說不知道就行了，這也是為了小美好。」小芳用極低的聲音說，她生怕隔壁小美聽見了，來咬她的手。

「結果小芹肯定是被小美發現了，兩個人才吵起來的。」阿麗低聲地應和。

三人討論了一會兒，也沒有什麼結論，時間漸漸晚了，便熄燈上床睡覺。雯雯抱著漢堡包，翻了個身，目光看向窗外，只見到黑沉沉一片。不知怎地，她心中隱隱升起奇異的不安感，她回想著那木偶醜陋的模樣，和一雙渾濁黯淡卻又瀰漫著奇異氣息的眼睛。

十二年前的玩具城大戰，已經成了雯雯記憶中極為模糊的一塊，當時她才四歲，她幾乎將這段經歷，當成是李爺爺和她說過的許多故事之一了。

這一夜雯雯睡得極不安穩，她在夢中似乎聽見漢堡包對她悄聲說話，要她趕快逃跑，離這兒越遠越好。

□

「妳還不起床，妳動作再不快點，我們就不等妳，自己回家囉！」阿麗推著雯雯肩頭，將她喚醒。

「咦？天還沒亮吶！」雯雯揉著眼睛，寢室裡陰暗暗的。

「是妳睡太晚，已經過中午了。宿舍停電，所以才這麼暗。」阿麗解釋著，將一份三明治放在雯雯床頭。

雯雯伸了個懶腰，她們三個本來計畫一同返家，但雯雯行李整理得慢，她有兩大箱雜物堆藏在床底下，都是她那阿泰大哥、葉元爺爺在她就學的半年當中寄來的禮物。她自然抗議過，表示自己並不需要這些禮物，但每隔一、兩週，仍然會收到以牛皮紙袋包著的大包裹，雯雯大都看也不看，全塞進床底下的大箱子裡。

「小芳呢？」雯雯不甘願地起床，吃著三明治，一面將床底下滿布灰塵的兩只大箱子拉出。

「還有，剛剛發生了事情，小美失蹤，小芳、小芹她們帶著一票同學去找人了。」阿麗無奈地說。

雯雯瞪大了眼睛，正不明白之際，房門給推開，小芳雙手藏在背後，笑嘻嘻地走進來。

「咦，找到小美了嗎？」阿麗問。

「找到了，小美在破倉庫裡玩，我們還有其他的發現，是好東西呢！」小芳神祕地笑，緩緩將雙手捧起，手上是一個人形木偶。

「呀！」阿麗和雯雯不由得打了個冷顫。只見那木偶和昨晚小美那只不太一樣，是個男孩造型的木偶，穿著藍色短褲，一條木手斷了，頭髮稀疏，臉孔上還有不知是什麼的髒污。

「妳從哪裡撿來的？」阿麗驚恐問著。

小芳點點頭說：「就是宿舍後的廢棄倉庫呀，裡頭有個箱子，裝了好多木偶。妳們快去挑一個吧，很多人都去挑玩偶了，再不去就來不及囉。」

「別傻了，快扔掉！」阿麗大步向前，一巴掌將小芳手上那木偶打落下地。

雯雯只聽見小芳發出了尖銳的叫聲，露出了昨晚和小美相同的眼神，張大嘴巴將阿麗撲倒在地。磅的一聲，阿麗的腦袋撞在床沿木板，登時昏了過去。小芳卻不罷休，喃喃罵著惡毒話語，雙手緊緊掐住阿麗脖子。

「小芳！妳住手，妳發瘋啦？」雯雯愣然上前幫忙，扯開了小芳的雙臂，和她糾纏不休，一面大聲呼救。

寢室外頭靜悄悄的，不知是同學們大都返家，還是聽聞了消息，都跑去那廢棄倉庫了。

雯雯的個子比小芳高出半個頭，力氣也大她許多，將小芳壓到了牆角，重重地連賞了她好幾巴掌，這才將小芳打得呆了。

「小芳……妳……妳沒事吧，妳知不知道妳剛剛……」雯雯見到小芳臉頰讓她打得紅腫，不由得有些歉疚。

小芳瞪視著雯雯，咧開嘴巴笑了起來，眼神閃動著詭譎光芒。

「小芳……」雯雯還不明所以，突然之間覺得背後陡然升起一股涼意。回頭，只見到那木偶頭髮倒豎，飄浮在空中，眼睛暴射出青光。

木偶嘴巴一張，露出尖銳牙齒，獨臂伸長，撲在雯雯肩頸上。

「呀──」雯雯大聲尖叫，深埋在心底深處的恐懼一股腦地迸發了出來，是那十二年前的恐怖回憶。

在木偶張大了嘴巴，咬向雯雯頸子之際，讓一隻毛茸茸的圓手一巴掌拍落在地。

漢堡包嗷嗚叫著，攔在雯雯身前，兩隻圓手也伸出了利爪，搖搖晃晃地威嚇著那木偶。

雯雯怔了一怔，除了當年印象模糊的幾場大戰之外，漢堡包可從沒在雯雯面前露出這副凶狠模樣。雯雯正茫然害怕時，又讓背後的小芳發狂勒住了頸子。

同時，那木偶發出了奇異的叫聲，像是呼朋引伴的求救信號。

「放手，妳勒死我了！」雯雯讓小芳勒得透不過氣，兩個人掙扎了好半晌。突然，雯雯腳下絆在那拉在床外的大箱子上，和小芳同時跌在大箱子上。

「唔……唔唔……」小芳發出了難受的嗚咽聲。雯雯搖搖頭，撐起身子，只見到小芳背下的箱子細縫，瀰漫出淡淡的白色霧氣，又似光芒，且微微顫動著。

雯雯回頭看去，只見到那木偶已被漢堡包一把抓住，咬得支離破碎，一股暗沉沉的黑霧自木偶破碎的身子溢出，在半空中慢慢凝聚成形。漢堡包嗷嗚兩聲，不等那霧氣變化，便亂蹦亂跳地揮動爪子，在空中亂抓，抓在那霧氣上頭，竟抓出了血花。隱隱聽得那人形霧氣淒厲叫著，讓漢堡包壓在地上，一陣亂打，漸漸消散無蹤。

漢堡包舐了舐手上的毛，奔爬過來，利爪收回，撲在雯雯身上撒嬌，又變成了原先的可愛模樣。

雯雯低頭看去，小芳已然暈厥。她將小芳和阿麗扶上了床，漢堡包卻急切地在她腳邊轉圈，扯著雯雯褲腳，示意要她快離開。

「你是說，外頭還有其他的怪物？」雯雯愕然問著，但轉頭見到兩位室友仍不醒人事，卻又不能獨自逃跑。

她又瞧了瞧大皮箱，以往她在老人院時，偶爾聽阿泰吹噓自己法術厲害，有時葉元也在，兩人會講些過往事蹟。但李爺爺不願意雯雯讓這些玩意兒嚇著，平時極少和她講這些故事，憑藉著童年時的模糊記憶，雯雯只能隱隱約約知道自己這些朋友，是有些古怪的本事。

一想至此，雯雯慌忙地找出手機，連撥數次，這才撥通。同時她揭開了皮箱，裡頭是大包小包的牛皮紙袋包裹。

「阿泰叔叔！」雯雯尖聲叫著。

「是雯雯嗎？妳認錯人了，這裡沒有阿泰叔叔，只有英俊瀟灑的阿泰哥哥，罰妳重撥一通……」阿泰嘿嘿笑著說，就要掛上電話。

「阿泰哥哥，我有麻煩啦！」雯雯大叫著。胡亂將那些牛皮紙袋扯開，裡頭都是些古怪護身符。

「靠！是英俊瀟灑的阿泰哥哥，妳不照著說，我是不會理妳的。」阿泰哈哈笑著，咕嚕一聲，正喝著飲料。

「不要鬧了！有鬼、有怪物、有奇怪的小妖怪！怎麼辦？」雯雯大叫。

阿泰聽見「鬼」、「妖怪」這樣的字眼，這才正經問起：「妳說什麼，妳在哪邊？發生了什麼事？」

「我在學校宿舍……」雯雯和阿泰夾纏不清地說了好半晌，總算將自己的處境說了明白。

「妳快點把我寄給妳的那些符全拿出來，貼得整個房間都是，乖乖躲著。老葉寄給妳的就扔進床鋪底下，那些東西沒什麼用。我替妳想想辦法……」阿泰急急說著，還不忘嘲笑葉元老道幾句。阿泰想了想，又說：「啊呀！不好，妳那個阿關叔叔，他跟翩翩仙子跑去洞天逍遙快活，也不知道什麼時候才會回來，大概還要好幾週才會回來，手機打不進洞天，沒辦法找他！」

「那怎麼辦？」雯雯聽見寢室外頭的長廊傳來了腳步聲音，有淡淡的青光漫來。

「就照我的方法呀，快把符全部貼起來，還有紙人。那些紙人很聰明的，快將紙人拿出來！他們會保護妳。我不相信尋常的小鬼、小怪能打贏我的紙人。」阿泰老神在在地說：「妳把這些準備好，乖乖躲在房裡，我替妳搬救兵。記住，老葉的法器就別擺了，說不定會有反效果……」

雯雯和阿泰結束了通話，手忙腳亂地扯開那些牛皮紙袋，裡頭果然全是奇奇怪怪的法器、符籙之類的東西。她也分不出哪些是阿泰的，哪些是葉元爺爺的，只得全部堆在腳邊。

「沒有紙人呀？阿泰哥說的紙人是什麼東西？」雯雯急切地說。轉頭一看，門口站著兩個其他寢室的女同學，手中各自捧了一個怪模怪樣的木偶，眼神冰冷。

「方智雯，妳在這兒，還不快去拿個玩偶，快呀、快呀！」兩個女同學嘻嘻笑著，一前一後地走向雯雯，一面說著：「快呀，快去呀！」

「我不要玩偶，妳們走開、走開！」雯雯讓她倆的詭異眼神嚇著，連連揮著手。

「把妳腳邊那些東西丟掉！」「丟掉，快去拿玩偶！」兩個女同學似乎對雯雯腳邊堆放著的符籙感到十分厭惡，露出憎恨的眼神。同時，她們手上的木偶活動了起來，都張開嘴巴，現出尖銳的牙齒。

「走開、走開！」雯雯尖叫著，將手上一把符扔出，各式各樣的符籙飛撒上天，一時之間，五顏六色的炫光曜起，伴隨著那兩個女學生的尖叫聲。漢堡包也殺入戰圈，胡亂揮動著利爪，一陣混戰之下，將兩個木偶連同裡頭的厲鬼都給抓爛了。

「原來阿泰叔跟葉元爺爺的法寶這麼厲害！」雯雯張大了口，看得合不攏嘴。腦海中的過往畫面鮮明了些，阿關拿著鬼哭劍掩護她逃跑的畫面一下子突然跳了出來。

「對了，阿關哥哥好像也很厲害！還有阿泰叔也是……」雯雯拍手叫著，趕忙又將癱倒在地的兩個女學生拉到了角落。接著將更多的牛皮紙袋撕開，將那些重量較重的法器堆放在四個昏厥的同學身邊，又將各種稀奇古怪的符籙，全塞進原先要拿來裝衣物的背包裡——她並不打算遵照阿泰的吩咐，乖乖待在房裡。

「漢堡包，來！我們去救同學！」雯雯叫了一聲，將背包揹上，順手抄起床邊一根掃把。見到地上還有一疊亂七八糟的符紙，靈機一動，取出抽屜裡的膠水，扭開瓶蓋，淋灑在地下那小疊符紙上頭，再以掃把胡亂沾著，黏得滿滿都是符紙。這才出了房門，還順手關上門，從掃把上撕下幾張符貼在門上。

停電加上陰暗天氣，使得此時的長廊如同傍晚，幽幽暗暗，只有在轉角處閃耀著淡淡的青色光芒。

又有幾個女學生步出轉角，手上都捧著一只木偶，她們看了雯雯幾眼，立刻奔跑過來。

「好可怕！」雯雯讓那些女同學的神情嚇著了，加上她們動作奇快，一下子便已經奔到了自己面前。雯雯本能地舉起掃把去抵擋，只見到掃把前頭花光亂炸，也分不清楚哪道光是自哪張符上發出的。

雯雯感到掃把胡亂抖動，突然迸出了好幾個大傢伙，薄薄的身子，力氣卻十分大，將幾個女學生手上的木偶全打落下地，踩個粉碎。漢堡包嗷嗚叫著，頂著圓滾滾的肚子四處衝殺，去追打那些溢出木偶身子的煙霧鬼怪。

「好厲害，原來阿泰哥說的紙人是這些東西！」雯雯興奮拍手，打開背包，在雜亂的符紙堆中，找出那些人形的紙張，足足有一大疊。

「你們會聽我的話嗎？」雯雯向前頭那五隻紙人問著。

五隻紙人一同躬了躬身子，向雯雯點點頭。

「太棒了！好好玩！你們將這些女生帶進我的寢室，保護她們！」雯雯樂得不可置信。原來這紙人術法經過阿泰數年來的研究改良，施法變化出來的紙人能聽人言，會認主人，懂得依照主人吩咐，進行較爲細膩的任務。

阿泰寄了一大包來，要雯雯時時刻刻帶一、兩張在身上，碰上危難時取出，紙人便會保護她。當然，當初這些信上交代的瑣事，雯雯看也沒看，都塞進床下的大箱子裡了。

雯雯提著掃把，另一手抓著一疊紙人，向漢堡包招了招手，繼續往樓下走。一些稀奇古怪的回憶浮上腦海，她想起那年玩具城大戰時，漢堡包也是這般張牙舞爪地守護著她。

和當初不同的是，她長大了，現在是她帶著漢堡包，去救她的同學、朋友。

佇在樓梯口的是小芹。她的臉色青白，口吐黑氣，臂彎裡伏著兩只木偶。

「小芹……」雯雯害怕地喊，背後的漢堡包已經一躍而下，撲向小芹。

小芹在兩只木偶的操控之下，動作比起其他女學生更加靈活，一翻身竟然翻上了牆壁，像壁虎一般地貼在牆上，又一個翻身竄下，一腳將漢堡包踢倒。

一個木偶脫離小芹臂彎，露出恐怖嘴臉，兩隻手上暴長出利爪，抓向漢堡包的大肚子。

漢堡包經過這十二年修煉，道行終究有些進步，吼叫一聲，翻身彈起，張大嘴巴一口咬碎那木偶，連同附在裡頭的鬼怪都吃下了肚。

底下又有幾個女學生，手中都拿著玩偶，怪吼怪叫地奔上樓梯。

雯雯將手中一半的紙人撒出，紙人一落下地，感應到了妖氣，紛紛脹大站起，一下子將樓梯擠得水洩不通。

「不要傷害到女生，把她們手上的醜木偶打爛！」雯雯尖聲下令。

頓時只聽得女學生的尖叫聲，和紙人們窸窸窣窣的動作聲交雜成一片，好似鬼哭神號。

雯雯在亂糟糟的樓梯當中，還不停自背包中取出符籙，胡亂撒著，一陣一陣的光芒炸開。從四周聚集而來的女學生紛紛昏了，那些木偶和其魂魄一下子全都給紙人們打死。

雯雯指揮著大票紙人下樓，途中又將幾個女學生擒下，消滅了她們手中的玩偶之後，接著分派了部分紙人，將她們帶回寢室安頓保護。

來到宿舍外頭，天際流雲旋動，廢棄倉庫那頭的上空發出了青色的光芒。

雯雯不免有些害怕，但聽那兒似乎還有些聲音，想來應當還有些同學在那兒，包括第一個找著木偶的小美。

「妳們別傻了，這些都是我的，都是我的！」小美站在廢棄倉庫前的一個大箱子上，輕拂著臂彎中的那只紅衣木偶。箱子外圍也停佇著十幾只木偶，箱子微微晃動，裡頭似乎還有許多木偶。

小美身前好幾個女學生正彼此互相扯著頭髮，發了瘋似地叫罵著，像是要爭著去搶那些木偶一般。

一聲悶雷，大雨落下。小美遠遠地瞧見了雯雯，笑嘻嘻地朝她招手。

雯雯讓這陣雨淋得措手不及，手上的紙人一下子濕黏成一團，敞開著的背包裡的符籙也全濕了。所幸已經變化成形的紙人由於有法術護體，不至於讓雨淋壞。雯雯看看左右，還有數十隻紙人，而眼見前頭同學們鬥爭激烈，只得硬著頭皮指揮紙人向前，吩咐著：「和剛剛一樣，小心別傷到她們，把木偶打壞！」

紙人們接了號令，紛紛搶上。那頭小美也發出了號令，尖聲嚷著：「打死他們、殺死他們！」

木箱子裡的木偶們紛紛爬出，爬上那些本來鬥成一團的女學生身上。女學生不再互鬥，紛紛轉移目標，衝向紙人。

小美身上攀爬了二十來只的木偶，動作如同鬼魅，也躍進了紙人陣中，胡殺亂打。小美身上的木偶都暴出利爪，抓壞了好多紙人。

紙人們本來強悍，但在雯雯的吩咐之下，不能傷害女學生，儘管將不少木偶打壞，但卻奈何不了身上附有二十來只木偶的小美。

「圍住她、圍住她！」雯雯遠遠地指揮，只見到大部分女學生都已經倒下昏厥，但小美仍然尖聲笑著亂衝亂殺，紙人們漸漸少了。

「怎麼辦？怎麼辦？」雯雯急得跺腳，手上的背包已然濕透，總算撈出一疊黏糊糊的符籙，使勁朝小美扔去。小美動作飛快，在那疊符籙炸出光芒時，就已避開，尖叫著衝向雯雯。

「呀——」雯雯見了小美凶狠模樣，嚇得將背包一扔，轉身逃跑。

漢堡包全身濕透，嗷嗚吼叫了好幾聲，眼睛發光，身子脹大一半有餘，撲向小美。小美一爪抓去，將漢堡包打倒在地，抬腳一跨，坐上了漢堡包的肚子，舉起手來，手臂上三只木偶全都張大了嘴巴。

「不要欺負我的漢堡包！」雯雯尖聲叫著，也不管身上已無符籙法寶，衝向小美，伸手要抓她頭髮。

兩個木偶躍上了雯雯的手臂，雯雯只覺得像是觸了電一般，一下子恍惚起來。

「何方妖孽作祟——」

遠遠的天上劈下一聲怒吼。

雯雯恍惚之中，只見到天際那邊一個獨臂黑臉大漢，身後跟著一票花臉裸身的陣頭飛下。又見到陣頭後頭還有兩個身影。一個手裡拿了柄長大鐮刀，模樣是個俏皮女孩；一個腰間懸著長刀，是個皮膚黝黑的開朗男孩。那兩個身形速度比一票漢子更快，如飛電奔雷瞬間便已到了眼前。只見那男孩揮了揮手，光芒閃動，爬上她手臂的兩個木偶已然碎裂。

雯雯登時回了回神，坐倒在地。

小美齜牙咧嘴地彈起身子，像頭豹子一般地伏在地上，惡狠狠地瞪視著自天上飛落下來的一票神仙——城隍和家將團，以及若雨和青蜂兒。

雯雯將漢堡包拉回懷裡，漢堡包嗷嗚叫著，滿臉不服氣，仍想和小美打鬥。

若雨和青蜂兒好奇地瞧著小美，自顧自地交談。

青蜂兒說：「這是什麼玩意兒？怎麼這地方會有這些稀奇東西？」

若雨聳聳肩說：「當年那場神魔大戰，很多古怪東西隨著戰役結束躲藏起來，無意之間給解除封印什麼的跑了出來，一點也不稀奇，自那時到現在，也不知發生多少起了。快解決吧，翩翩姊等著我們吶！」

青蜂兒應了一聲，隨手一揚便是千道光針，小美身上的二十來只木偶一下子盡皆爆碎。木偶當中的鬼怪還來不及脫出，便隨著木偶消失毀壞而魂飛魄散了。

城隍和家將團落下，雯雯咦了一聲，對城隍和家將團似乎還有些印象。當年玩具城一戰時，最終殺進來解救他們的，便是城隍家將團。

腳邊土地發出光芒，兩個土地神冒了出來，急急忙忙地問：「趕上沒有？趕上沒有？小女娃呢？怎麼滿地都是？是哪一個？」

「咦？」雯雯見那土地神一個是老爺爺，一個是老婆婆，便問那老爺爺：「你是……老土豆爺爺嗎？」

「才不是、才不是！我是白菜兒，土豆那傢伙最愛出風頭了！」小白菜不悅地說著。

原來大戰之時，老土豆時常和阿關、阿泰們相處，雯雯也有所記憶，但終究是四歲時的記憶，此時將同為土地神的小白菜，誤認作老土豆了。而那老婆婆，自然便是韭菜，他倆接著了阿泰的符令，趕來救援，一面通知城隍；在前來途中，又以符令聯絡上正在凡間的若雨和青蜂兒，便一同招呼來了。

「妳就是阿關那個小妹妹嗎？長好大了！」若雨摸了摸雯雯的頭。

由於神仙外貌成長緩慢，此時若雨模樣和當年相差極微，看來竟和雯雯年紀相仿，連個頭都比雯雯矮了許多。一旁的青蜂兒更像是兩人的弟弟一般。

「你們……你們……」雯雯驚愕不已，說不出話。

「別怕、別怕，妖怪死掉了，這邊的事妳別擔心，讓土地神們負責善後就行了，我們趕快去見阿關吧！」若雨催促著，小白菜和韭菜已經施了術法，將那些女學生們都搬進宿舍。

「你們要帶我去哪？去找阿關哥哥？阿泰哥說，他和翩翩姊在什麼天……」雯雯問著。

「是洞天。」青蜂兒嘿嘿笑著說：「我聽裔彌姊姊說，昨天在綠水畔，阿關哥喝了三壺洞天水果酒，結結巴巴地向翩翩姊求婚呢。今兒個大家收到消息，準備要去洞天喝喜酒啦！」

「哇！是眞的嗎？洞天是什麼地方吶？」雯雯驚喜問著，突然覺得身子輕飄浮起，低頭一看，腳已經離了地，忍不住尖叫出聲。

「樹神奶奶破例讓凡人遊玩一趟，待會兒還得去接阿關媽媽吶。」若雨輕輕提起雯雯，一下子飛起老高，也不理會雯雯的尖叫，和青蜂兒交談著還要去通知誰。「去跟猴孫泰說吧，他一定會高興到哭出來！」

雯雯緊緊抱著漢堡包，在空中被若雨提著越飛越高，一陣陣風從臉旁吹過，她也從本來的驚慌恐懼，變成了興奮好奇。她不時望望提著她的若雨和一旁的青蜂兒，再摸摸漢堡包。

天上的濃雲漸漸地散了開來，她見到了濃雲後頭那午後的陽光。

〈番外　長大的小女孩〉完

後記

當初受限於舊版實體書篇幅限制，未能將當時在網路連載終結時的感言和心得，完全收錄進舊版書中，如今將當時所寫下關於故事靈感來由的文字新編修改，穿插補上三年後重看時的新想法，完整地聊聊《太歲》這篇故事。

一、上古神魔和現代都市的結合

應該是受到大量日本動漫畫的影響，在我很小的時候，就一直憧憬著這樣的場面和情境，《妖獸都市》、《孔雀王》、《明王傳》、《幽遊白書》、《三隻眼》等等日本動漫畫，對兒時的我而言，可都是相當震撼的作品。

從十一、二歲左右，我就開始自己畫著這樣的塗鴉漫畫，一篇一篇地畫，當時的作品篇名也大都還記得（作品其實也大都保存著），什麼「闖入魔界」、「妖怪都市」、「魔域傳說」、「三界封魔傳」等等亂七八糟的東西。

其中那篇叫作「三界封魔傳」的玩意兒，算是《太歲》的前身，是一個八十回左右（未完）的簡陋劇本，是我在十九歲那年無聊時寫的。

在當時的故事中，便已經有了老人院、玩具城、小強、方留文、洞天這些靈感和角色。

故事主角也叫作關家佑，男配角叫作「阿豪」，算是阿泰的前身，女主角的形象也和現在的翩翩如出一轍，金城大樓大戰、洞天大戰等點子，也都在當時便有了初步的原型構想。很遺憾的是，當初的電子檔案經過了許多年，不知不覺大都損壞了。

二、**老人院**

我已經忘記這個構想的由來是什麼了，照常理來說，在冒險故事中加入一票老頭子，是很奇怪的一個安排。故事中的工爺爺，形象是來自於以前我老家樓下的剽悍榮民爺爺，人豪氣又爽朗，附近的小孩子都對他相當敬畏。

老人院大戰也是故事中的第一場有前置準備的守備戰，當時寫來可相當過癮的。

三、**阿泰和六婆**

阿泰這樣的形象角色由來已久，大概是以我國小時的死黨為原型吧，吊兒郎當的。而我自己則相當喜歡「身懷法術的神祕老人」這樣的感覺，方留文、六婆、阿姑、葉元都是基於這樣的元素而產生的角色，兩男兩女，兩正兩反。

在第一版《太歲》（硬碟壞掉而消失的那十幾萬字）當中，阿泰和六婆的出場大致上相同，但並不是祖孫。當時故事安排行騙詐欺的阿泰，在老廟被虎爺撲倒之後，正式拜在六婆門下，專心學習法術，和六婆建立起有如祖孫一般的情感。

後來重寫時，覺得這樣的安排太囉唆多餘，便直接將他們寫成祖孫了。在故事進行的中間，大約是故事剛在網路上張貼不久（二〇〇三年底），故事架構就已經規劃到後期了。那時就開始猶豫，到底要讓阿泰死去，還是讓六婆死去。

我記得其中一個構想是讓阿泰死去了成神，仍活蹦亂跳的。但我不喜歡故事當中角色死了還會活起來的寫法（那會傷害到整個故事的說服力，之後再有角色死掉，讀者也不信了），所以否決了這樣的構想。

當然，計畫性地安排角色死去或許會引人非議，認爲是一種灑狗血的手法。但我覺得小說是寫人的情感互動，喜怒哀樂都能寫，生離和死別也是人生無法避免的過程，在一篇大長篇裡也自然少不了這樣的橋段。我比較重視如何自然地將之呈現出來，同時也試著表現相關角色的情感波動。

尤其故事當中反派都是一桶一桶地掛，主角這方怎麼打也死不了，是相當奇怪的一件事。（其實我已經手下留情得很過頭了，畢竟在漫長的連載過程中，我自己也和故事角色建立了深厚的情感，也不捨得那些老朋友一一消失。在這次修改的過程當中，甚至一度想要「救活」一些在舊版中死去的角色，但後來還是忍痛放棄了這樣的想法。）

四、兩個謎題——阿關那神祕的夢和蒼白鬼手的由來

還是無解。

當初修訂舊版《太歲》時，曾經想要將這兩個謎題解開，但那時解不開，又過了兩、三年，還是解不開。

就擱著好了。

故事裡阿關時而出現的神祕的夢（當然不包括林珊後來的御夢術），其實是一種抽象的表現，只是想藉由「擺脫不去的噩夢」，來表達「阿關是一個可憐的孩子，他在封印解開之前，就承受著惡夢的巨大壓力」這樣一個很抽象的東西。

在後來修訂的過程當中，我曾規劃出一個方向——

阿關的噩夢是黃靈、午伊的精心安排，作爲將來誘發阿關邪化的一個引子。

但那會和黃靈、午伊煉出的時間點上產生矛盾，且沒有太大意義，所以否決了那樣的構想。

至於蒼白鬼手，在故事中一直是很神祕且遲遲沒有登場的角色（直到大戰結束，阿關醒來之後，才小小地上場）。在先前提到過的「三界封魔傳」當中，我塑造了一個很酷很屌、亦正亦邪、非常強的大妖魔。

而在《太歲》的故事裡，我原先設計的蒼白鬼手就是這樣一個角色，他身上帶著封印，被壓制住力量，被太歲爺收入伏靈布袋當中，會在適當的時機被外力脫出布袋。

但在連載的過程中，我一直找不到合適的時機讓他登場。在舊版修訂時，曾經一度想要讓蒼白鬼手能夠以眞實身分登場，但後來放棄那樣的想法。這次修訂時，仍然維持原來的樣貌，畢竟《太歲》這篇故事裡，有太多強悍的角色，蒼白鬼手若是眞的登場，反而會變得不起眼，因此我寧可讓他躲在伏靈布袋裡，當一個「鬼手頭頭」來得更有特色。

五、林珊

《太歲》這篇故事中最複雜、最難寫的角色，就是林珊了，當時我在她身上花了相當多的心力，去構思她的一言一行、一舉一動。

坦白說，林珊一開始就是以反派角色的形象登場的，在最初網路版本中，林珊的形象是比較壞的。

當時有讀者提醒我，叫我不要將這樣的形象太過明顯地揭露，對當時的我來說，有如當頭棒喝，十分受用。這應該是對《太歲》這篇故事影響最大的一個讀者意見，來自於當時WEB網站上一個網友；也是我寫作至今，唯一改變我寫作方向的一個意見。

也因爲這樣一個轉折，我讓林珊從原先「明顯的反派」轉變成一個「悲劇角色」。我改以較爲含蓄、無奈的方式去刻劃她。

至於爲什麼要有這樣一個反派角色，其實理由也非常簡單。《太歲》有八十九回，翩翩在第三回就正式登場了，要是少了林珊這個角色，《太歲》這篇故事裡，男女主角的情感部分會顯得有些僵化，阿關和翩翩予人的感覺，可能會變成像衛斯理與白素那樣老夫老妻的感覺。

陰影的存在更能凸顯光的可貴，肚子餓了食物更顯美味，林珊的參與使得阿關和翩翩本來平鋪直述的青澀戀情，摻入了很多雜七雜八、酸甜苦辣的滋味。

六、**魔界**

在最初網路版本中，魔界的構想比較晚誕生；而在實體書中，則提前在故事初期寫出伏筆，當然，仍免不了予人一種「塡充反派人數」的感覺。

幾個魔王當中，雪媚娘是最引人注意的一個，或許是角色形象本身佔了優勢，成熟美艷的女性角色，在故事中幾乎就只有雪媚娘一個。和鍾馗的糾纏不清超出我原先設定之外，但寫起來還滿有趣的，自己也喜歡這樣的安排，甚至在番外篇中，寫出她與鍾馗的相處經過。

七、**虎爺等神獸**

忘記爲什麼會將虎爺寫進故事中了，我只記得小時候和外公上山散步，去廟裡拜拜，我常會掀開神壇布簾，偷看藏在裡頭的虎爺像。對我來說，躲在布簾之下的虎爺，是一種相當神祕有趣的東西。

強壯巨大的大阿火，幼貓大小的小牙仔，都是我相當喜愛的角色，很想做成公仔放在桌上。還得提一下另外一個元素，那就是獅子和老虎打架誰會贏這樣的想法，應該不少小男生都曾爲這個問題傷過腦筋吧。也因爲這樣的緣故，故事中便出現了「風獅爺」、「石獅子」等等角色，不過，這些獅子、老虎角色之間的打架戲，倒是沒有太過認眞廝殺，或許是一開始就打定主意，讓他們成爲夥伴的緣故吧。

八、番外篇

當初寫作舊版《太歲》時，一方面希望多寫些東西，當作是購買實體書讀者的一個福利，也替實體書增添些買氣，因此有了「角色小傳」這樣的構想。但由於當時必須配合每一本書的剩餘篇幅來寫這些小短篇，因此有些小傳寫得較為零散，且寫得不夠好。

這一次重修《太歲》，改最多的反而是這些小短篇。另外也在編輯的建議之下，將「角色小傳」改成了「番外篇」（畢竟有些短篇裡不只一個角色，內容也並非生平傳記，用小傳稱之有點奇怪）。其中原本的翩翩短篇故事經過打散，寫進了本傳裡，林珊的小故事則通篇重寫。

聊完了一些故事裡的心得，講講這次重修時的感想好了，其實十分有趣。一開始修改時挺艱困的，最前頭二、三十萬字中，故事裡一些遣詞用字都十分生澀，修改時往往得逐字逐句地照著寫，再去改其中許多的句子跟詞彙。這樣一路修改下來，速度漸漸加快，改動的地方也漸漸減少，心中當然是欣慰的，這表示當時花費兩、三年的寫作過程當中，確實有持續進步。

這一、兩個月的修訂日子裡，最大的樂趣是能夠重新閱讀這篇故事。在《太歲》連載的過程中，也有各式各樣的讀者聲音，其中當然也有批評的聲音，通常我都樂於聆聽，偶爾也會有些遲疑自己是否寫偏了方向。但這次修訂的閱讀過程中，除了對於當時有些寫作想法較為天真，以及某些故事結構上較為隨性之外，我倒是可以更加確定地說，「《太歲》是一篇令我感到驕傲的故事」。

我照抄當年舊版後記的句子來做結尾好了——

千言萬語也說不盡我對這部故事的感受，漫長的冒險終於畫下了句點。

非常感謝這段時間每一個朋友對這部故事的喜愛。

星子

2008.11.2 於台北淡水

國家圖書館出版品預行編目資料

太歲 卷七 / 星子 著.——二版.——
台北市：蓋亞文化，2021.01
冊；公分.——（星子故事書房；TS026）
ISBN 978-986-319-527-6（卷7：平裝）

863.57　　109020342

星子故事書房 TS026

太歲 卷七（新裝版） 完

作　　者 星子（teensy）
封面插畫 葉明軒
封面裝幀 莊謹銘
責任編輯 盧琬萱
主　　編 黃致雲
總 編 輯 沈育如
發 行 人 陳常智
出 版 社 蓋亞文化有限公司
地址：台北市103大同區承德路二段75巷35號
電話：02-2558-5438　傳眞：02-2558-5439
電子信箱：gaea@gaeabooks.com.tw
投稿信箱：editor@gaeabooks.com.tw
郵撥帳號 19769541　戶名：蓋亞文化有限公司
法律顧問 宇達經貿法律事務所
總 經 銷 聯合發行股份有限公司
地址：新北市新店區寶橋路二三五巷六弄六號二樓
電話：02-2917-8022　傳眞：02-2915-6275
港澳地區 一代匯集
地址：九龍旺角塘尾道64號龍駒企業大廈10樓B&D室
電話：+852-2783-8102　傳眞：+852-2396-0050
二版一刷 2021年1月
定　　價 新台幣299元
Published and printed in Taiwan

ISBN / 978-986-319-527-6